Goldmann Science Fiction

Von Brian M. Stableford
sind außerdem im Goldmann Verlag lieferbar:

Selbstmord im All. 23260
Schmetterlinge im Paradies. 23285

BRIAN M. STABLEFORD

Die Erde über uns

THE FACE OF HEAVEN

Science Fiction-Roman

Deutsche Erstveröffentlichung

Wilhelm Goldmann Verlag

Aus dem Englischen übertragen von Tony Westermayr

Made in Germany · 11/78 · 1. Auflage · 1110

Umschlagentwurf: Creativ Shop, A. + A. Bachmann, München
Umschlagfoto: Jürgen F. Rogner, München
Gesamtherstellung: Mohndruck Reinhard Mohn GmbH, Gütersloh
Verlagsnummer 23279. Koch/Hofmann
ISBN 3-442-23279-1

1

Die Sterne standen still am Himmel, wie sie es immer getan hatten und immer tun würden. Sie schienen mit stetigem, perlweißem Licht. Jeder war vollkommen rund. Sie waren nicht gleichmäßig am Himmel verteilt. Sie drängten sich zuhauf über dem Land, das Shairn hieß, und standen kaum weniger dicht im Osten, wo die Länder der Menschen ohne Seelen sich vom Cudal-Kanal hinaus erstreckten, weiter, als das Auge von der Amalek-Höhe aus blicken konnte. Im Norden Shairns lag die Zweifelnde Ödnis, und an diesem Himmel standen die Sterne weiter auseinander und immer weiter, wenn man nach Nordwesten kam und die große Mauer aus Eisen umging. Zuletzt, im fernen Westen des Nordens, lag das Dunkelland, wo gar kein Stern leuchtete, mit Ausnahme einer einzigen Linie, die sich in die Dunkelheit davonwölbte: eine Sternenstraße. Niemand beging die Sternenstraße, nicht weil niemand neugierig gewesen wäre, wohin sie führte und warum, sondern weil das Dunkelland Wesen Zuflucht bot, die es vorzogen, sich vom Lichtland und von Menschen aller Arten fernzuhalten, und die Menschen Angst vor ihnen hatten.

Im Westen und Südwesten von Shairn leuchteten die Sterne hell genug, aber das waren schlimme Berge, befleckt mit Gift und unheilbarer Seuche. Es gab Nomadenwege – angeblich sichere Wege – über die Berge, aber nur die Cuchumantes wagten sie zu benützen, es sei denn, die Notwendigkeit zwang Flüchtlinge, das Risiko auf sich zu nehmen. Im Süden selbst gab es wieder gutes Land – das die ›Kinder der Stimme‹ Dimoon nannten.

Chemec kauerte auf dem Berg, der Clauster-Grat hieß, geborgen unter dem Schirm einer Sauerkappe vor dem Licht der Sterne. Clauster-Grat war bei weitem kein so eindrucksvoller Gipfel wie die Amalek-Höhe, aber er führte Chemec viel zu nah an die Sterne heran, als daß er sich wirklich hätte wohlfühlen können. Er spürte, daß so, wie er die Fahlmark beobachtete, ungenutzt zwischen Grat und Cudal-Kanal, die Sterne ihn im Auge behielten. Aber jemand mußte Wache halten – irgend jemand mußte immer Wache halten in diesen schweren Zeiten. Der Alte Yami wurde alt, und den jungen Ermold jenseits des Kanals gelüstete es nach einem Kampf und der Gelegenheit, sich ein paar Schädel zu holen. Aus irgendeinem beliebigen Grund oder auch aus gar keinem.

Umgeben von den vielen Sauerkappen konnte Chemec eigentlich kaum Wache halten, aber er legte seine Pflicht großzügig aus und vertraute ganz auf seine Nase. Heutzutage war es ja Mode, lieber die Augen als die Nasen zu schärfen, aber Chemec konnte sich einfach nicht mit dem Gedanken anfreunden, die Sterne im großen Krieg des Lebens zu seinen Freunden zu zählen. Sie waren bestenfalls neutral. Während Gerüche . . .

Er lauschte auch auf Bewegungen in den Askusfeldern, die den sanfter geneigten Rand des Grates hinter ihm überzogen. Wenn irgend etwas Eßbares vorbeikam, konnte er es ebensogut fangen, und von einem seiner eigenen Leute wollte er auf keinen Fall überrascht werden. Der Wind – sanft genug – blies direkt von Walgo her. So war es immer gewesen, so würde es bleiben.

Als er das Signal auffing, kam es scharf mit dem Wind. Es war ein kalter Geruch, ein unheimlicher Geruch. Ein Geruch, der entschieden fremdartig war. Er kam als solcher Schock, daß er sich einbildete, ein Schatten stürze sich von Osten her auf ihn, und er sprang hoch, riß die Steinaxt aus der Ellenbeuge und bereitete sich auf den Angriff vor. Aber der Schatten war nichts.

Er bewegte sich auf seltsame Weise seitwärts schlurfend, ähnlich wie ein Krebs. Ein Bein war gekrümmt, seit einem Bruch in früher Kindheit. Er hatte gelernt, mit der Verunstaltung zu leben. Er genoß den Ruf, vom Glück begünstigt zu sein. Wenn er schnell vorwärtskommen wollte, krabbelte er wie eine Spinne, und man konnte seine Richtung nie genau ausmachen, während sein Kopf schwankte und seine Schultern sich wanden.

Der scharfe Geruch log. Nichts war in der Nähe. Was es auch sein mochte, es wurde nicht sichtbar. Aber es *kam* näher, ganz langsam. Chemec wartete, grübelnd und besorgt, bereit, zu bleiben oder zu fliehen, wie die Lage es verlangte.

Etwas Neues bedeutete für ihn etwas Schreckliches.

2

Die Sterne standen still am Himmel. Perlweißes Licht. Jeder Stern vollkommen rund, gleichgültig, wie nah seine Phantasie hochschwebte, wie weit sie kroch, in Schlamm und fauliger Erde kauernd. Immer dieselben Sterne. Immer stillstehend, weiß-leuchtend. Immer.

Carl Magner, schweißnaß in seinem Traum, einen Traum träumend, der, für ihn, von Entsetzen und Rätseln erfüllt war, konnte sich nicht vorstellen, was diese Sterne bedeuten mochten, warum es sie gab. Er wußte nur, daß sie ewig auf ihn herabzustürzen schienen, ihn bedrohend, mit kaltem, stählernen Zorn herausfordernd.

Magner mochte die Sterne. Echte Sterne. Sterne, die schwach leuchteten, Stecknadelkopfsterne, die sich langsam durch den Nachthimmel drehten und, wenn der Morgen graute, im Westen verblaßten. Er fühlte sich von diesen Sternen angezogen. Sie bedeuteten ihm etwas – etwas Wirkliches und Sicheres und zuletzt Erkennbares, wenn auch noch unbekannt.

Aber während die Sterne sich drehten, schlief Magner, und sein Schlaf führte ihn in die Welt fremder Sterne, die sich verhielten, wie Sterne es nicht tun sollten.

Sie waren die Sterne der Hölle.

Carl Magner verstand seine Alpträume nicht wirklich. Es gab keinen, der ihm helfen konnte, sie zu verstehen. Alpträume gab es als Zeichen, Symptome und wirkliche Erscheinungen nicht mehr. Niemand – außer Carl Magner – hatte Alpträume. Die Welt war ein Etikett, das zu einer Lüge geworden war. Es gab, angeblich, keine Alpträume. Carl Magner war allein. Niemand konnte ihm helfen, keiner Hilfe anbieten.

Bei der Flucht vor dem Sturz der Sterne blieb Magner in Gesellschaft von fremdartigen Wesen – Wesen, deren Namen auch Lügen-Etiketten waren, aber deren Sein einmal wirklich oder wenigstens hypothetisch gewesen sein mochte. Er konnte sie benennen – die meisten – aber nicht verstehen. Er hatte keine vorgefaßte Haltung, die zu ihnen gepaßt, keine Kette der Logik, die ihm zur Entscheidung verholfen hätte.

Sie waren die Wesen der Hölle. Der wahren Hölle. Der echten Hölle. Nicht Dantes Inferno, sondern Euchronias Tartarus. Die Unterwelt. Die Welt unter den Eingeweiden der Erde.

Da er wußte, daß die Hölle wirklich war, und wußte, daß es keinen vorstellbaren Zweifel an dieser Tatsache gab, blieb Carl Magner wenig anderes übrig, als die Offenbarungen seiner Träume als Wirklichkeit anzuerkennen. Weil Träume ausgestorben waren, stellte sich die Unwirklichkeit von Träumen nicht unbedingt als Axiom dar. Magner erschien sie nicht einmal wahrscheinlich. Er betrachtete die Erlebnisse im Schlaf als zusätzlichen Sinn – ein Ultra-Sehen. Es gab keine andere Möglichkeit, sie einzustufen.

Unterstellt, daß die Hölle wirklich war, unterstellt, daß die Alptraum-Erfahrung wirklich war, blieb Carl Magner nichts anderes übrig, als zu glauben, daß die Dringlichkeit des Traums, der Wahnsinn des Traums, die Wildheit des Traums und die Furchtbarkeit des Traums Bedeutung besaßen. Die Gefühle von Angst und Zwang waren zweckbestimmt. Magner dachte – und was konnte er anderes denken? – daß die Träume nicht nur versuchten, ihm etwas zu sagen, sondern sich auch bemühten, ihn zum Handeln zu zwingen. Er allein, von den Millionen Menschen, die Euchronias Tausendjahr-Reich bewohnten, war Beute dieses Zwangs, dieser Angst, dieses Bedürfnisses.

In der bloßen Tatsache seiner immer wiederkehrenden Alpträume lag etwas Messianisches.

In Magners Träumen war die Unterwelt angefüllt – wirklich *angefüllt*, so schien es jedenfalls – mit Leuten. Leute, die unter den Sternen lebten, für immer unter dem kalten Licht der fremden Sterne *gefangen*. Es war ihr Schrecken, den Magner spürte, so kam es ihm jedenfalls vor. Es war ihr Zwang.

Er spürte die Leute kaum als einzelne. Er nahm sie wahr *en masse*, als Einheit, als einen riesenhaften Schwarmorganismus, stetig wachsend und stufenweise sterbend. Aber im Innersten menschlich. Er nahm die Bewohner der Unterwelt wahr als Rasse, aber es war eindeutig eine menschliche Rasse. Magner konnte sich mit diesen Leuten identifizieren – er *war* mit ihnen identifiziert. In seiner Sympathie identifizierte er ihre Furcht mit der seinen, seinen Alptraum mit dem ihren.

In seinem Schlaf war Magner verstrickt in eine grauenhafte, klebrige Phantasmagorie von Bildern, die ihn zum Reagieren zwangen. Er konnte sich nicht befreien von den Empfindungen, daß Füße in leimiger Erde steckten, Lungen sich mit toter, stinkender Luft füllten, Kehlen dreckiges Wasser einsaugten, so wenig, wie er sich vom Entsetzen zu befreien vermochte. In seinen Träumen war er nie sauber, weil Exkremente aller Art ihm *immer* nah waren. Er schwitzte unaufhörlich. Es war heiß und schlimmer als feucht-schwül.

In seinen Träumen floh er oft – vor den stürzenden, starrenden

Sternen, vor den flatternden, kreischenden (?) Nachtflugmotten, vor den vielfarbigen, spiegelhäutigen, klicklickenden Krebsen. Aber das Laufen ging so langsam, seine Gliedmaßen waren so verklebt, seine Umwelt war so sirupartig und zähflüssig, daß er nie vorankam. Die Wesen der ewigen Nacht bedrängten ihn aufhörlich, ewig.

Sie fingen ihn nie ein, außer in Stufen.

Das Schlimmste – wirklich das Allerschlimmste – war die Tatsache, daß der Übergang von der Höllenwelt seines Alptraums in die wirkliche Welt seines wachen Lebens so mühelos stattfand. Die eine ging in die andere mit beiläufiger Glätte über, als veränderten sich die Bilder in einem Holo-Empfänger. Die Welt seines inneren, geheimen Lebens und die Welt, in der er als einer der unendlich Privilegierten von Euchronias Reich lebte, waren einander nicht bloß nah, sie überschnitten sich.

Im besten Fall berührten sie einander. Im schlimmsten waren sie ein und dieselbe Erde.

Carl Magner glaubte zutiefst und ehrlich – und was sonst *konnte* er glauben? – daß sein Alptraum eine Botschaft und ein Befehl war. Er glaubte, daß die Bewohner der Unterwelt seine Hilfe erbaten . . . forderten.

3

Chemec folgte den vier fremden Wesen die Bergkontur entlang. Ihr unfaßbarer Gestank bedrängte seine Nase immer noch, aber er hatte sich nun schon daran gewöhnt, so daß er nicht mehr schmerzhaft oder übelkeiterregend war. Wenn man es genau nahm, war er nur ein wenig unangenehm. Seine alles durchdringende Eigenschaft erweckte das Gefühl, daß man ungeschützt ausgeliefert sei. Er glaubte, daß er einen Furchenhund aus nächster Nähe nicht würde wahrnehmen können. Das erschreckte ihn, obwohl ihm klar sein mußte, daß der Geruch einen Furchenhund sofort zur Flucht veranlassen würde.

Seiner Furcht wegen ging Chemec mit gespitzten Ohren, während seine Augen – sonst ruhig und träge – wild hin- und herzuckten. Manchmal führte er beide Augen gleichzeitig nach vorn, um den Blick scharf einzustellen und räumliches Sehen zu erlangen, aber im düsteren Freien half das wenig – er betrachtete das als kindliche Spielerei oder als Methode, bei Lampenlicht zu lesen.

Oberflächlich gesehen, ähnelten die Fremden Menschen. In erster Linie Menschen ohne Seelen. Aber ihre Kleidung war nicht menschenartig, wenn es wirklich Kleidung war. Sie waren unbehaart – kahl wie Eier. Auf dem Rücken trugen sie vollgestopfte Säcke, und sie hatten Dinge bei sich – nicht Äxte, nicht Speere oder Messer, sondern eindeutig Gegenstände aus dem Überhimmel. Aber bei ihrem Hiersein ging es um mehr als einen Besuch vom Himmel darüber. Sie waren fremdartiger. Sie trugen Masken, aber nicht bemalte Menschenmasken nach Art der Ahrima. Kleine Masken mit Augen- und Nasenfiltern. Sie bewegten sich wie nichts sonst auf der Erde, hoch aufgerichtet und langsam, ohne eine Spur von Wachsamkeit oder Vorsicht.

Ihre Fremdartigkeit war für Chemec beängstigend. Er stolperte einmal und scheuchte einen Schwarm Gespenster auf. Sie flatterten wild empor, und aus dem Nichts fegte eine Fledermaus heran, um einen von ihnen zu schnappen. Die anderen schnalzten leise, als sie in Spiralen ins schützende Seidenhaar zurücksanken, in der Luft schwebend, gehalten von ihren riesigen papierenen Schwingen.

Die Fremdwesen sahen weder den Schwarm Gespenster noch das Zustoßen der Fledermaus, obschon kein richtiger Mensch ahnungslos hätte bleiben können. Chemec konnte den Zwischenfall sogar riechen, trotz des Geruchs der fremden Wesen. Die Panik der Gespenster war aus ihren Poren in die Nachtluft gequollen – eine Warnung für alle, die sich in der Nähe aufhielten. Aber nicht für die Fremden.

Augenblicke später kamen die Wesen plötzlich doch zum Stillstand, und Chemecs Herz schien zurückzuzucken, als ihm der Gedanke kam, sie mochten die ganze Zeit über gewußt haben, daß er ihnen folgte. Aber *so* alt war er auch nicht – sein Herz blieb nicht stehen, und sein Körper erstarrte zu vollkommener Regungslosigkeit. Er mochte nach Angst gerochen haben . . . nur ganz wenig. Aber das stand ihm zu, während er sich den Schritten des Unbekannten entzog.

Die Fremden hatten Chemec jedoch nicht gesehen. Statt dessen hatten sie zum erstenmal Stalhelm im Tal hinter dem Berg entdeckt. Sie hatten nicht gewußt, daß es dort lag, trotz der Tatsache, daß die Hänge, die sie jetzt durchquerten, die unverwechselbaren Spuren menschlicher Benutzung trugen. Chemec begriff, daß die fremden Wesen Dummköpfe waren. Sie waren Sinneskrüppel – Lahme im innersten Sein.

Während er regungslos stand, kam ein Krebs aus dem Schatten

eines Kranichbogens und kreuzte seinen Weg. Er war nur wenige Fuß entfernt, und er hätte ihn aufheben, ihm die Scheren abreißen und den Panzer binnen Sekunden knacken können. Aber er ließ ihn laufen. Das tat er oft. Er sah sich als Chemec der Krebs. Chemec mit dem krummen Bein, der aus Vornehmheit und Stolz anderes Fleisch vorzog.

Die Fremden setzten sich wieder in Bewegung, geradewegs auf Stalhelm zu. Die Bewohner wußten inzwischen, daß ein Feind – sie mußten als Feinde gelten – sich näherte, und sie würden auch wissen, daß Chemec auf der Spur war. Sie würden überzeugt sein, daß er seine Pflicht erfüllte, die Steinaxt bereithielt. Zweimal oder öfter hatten Orgond und Jewen den Gedanken aufgebracht, er solle zum Sternkönig gemacht werden. Er war für die Probe stets bereit gewesen und hatte sie stets bestanden, trotz des krummen Beins. Selbst der Alte Yami war beinahe ein Freund für ihn, trotz der Tatsache, daß er verkrüppelt war. Aber für den Alten mußte es Grenzen der Freundschaft geben. Das einzige Sichere im Leben war, daß der Alte eines Tages der Sternkönig sein würde, und der Alte war jederzeit bereit, an seiner Stelle einen anderen die Probe bestehen zu lassen. Niemand wollte Sternschein sein, wenn sein engster Freund am Feuer saß. Freundschaft hatte Grenzen.

Die Fremden gingen bis hin zur Erdmauer, als erwarteten sie, die Tore würden ihnen geöffnet werden, die Bewohner des Dorfes kämen heraus, um sie willkommen zu heißen. Aber die Tore blieben zu, und ein halbes Hundert Pfeile steckte schon in Bogensehnen. Die Krieger von Stalhelm warteten, aber sie waren besorgt, und wenn der Geruch in ihre Nasen drang, würden sie begierig sein, zu töten. Die fremden Wesen hatten keine Aussicht auf Leben. Wenn sie keine Masken getragen hätten ...

Yami, der tapfere Yami, der seine eigene Geduld und seinen Mut auf die Probe stellte, weil er voller Zuversicht war, ließ sie bis an die Schwelle seines Dorfes herankommen.

Es war ein gutes, schönes Tor, das den Weg nach Stalhelm öffnete, besät mit den Gebeinen von hundertfünfzig Männern, jeder Schädel in der weiten Wölbung der Mauer eingesetzt. Jeder Schädel war ein ehrlicher – jedenfalls gab kein Mann etwas anderes zu, wenn es nicht der Wahrheit entsprach. (In Walgo, so glaubten Chemec und alle Männer im Dorf fest, wurde das Tor mit den Gebeinen der eigenen Toten bestückt. Sogar mit denen ihrer Frauen. Aber die Menschen von Walgo hatten keine Seelen, ihrer Natur nach, und so bedeutete es – für sie – wohl nichts.)

Die Fremden murmelten miteinander, als sie vor dem Schädel-Tor standen. Chemec war erstaunt zu hören, daß sie seine eigene Sprache sprachen. Echtes Ingling. Er konnte jedes Wort verstehen.

Wie konnten fremde Wesen die Sprache der Unterwelt kennen? Selbst die Menschen der Unterwelt konnten nicht *alle* Ingling sprechen – jedenfalls nicht gutes Ingling. Die Cuchumantes kannten zum Beispiel nur einige Wörter, und die Furchenhunde besaßen eine schreckliche Bellsprache, die allein auf sie beschränkt war (so hieß es wenigstens).

Chemec rückte näher an die Fremden heran, inzwischen davon überzeugt, daß sie praktisch taub waren und keinen Geruchssinn besaßen; sie würden nicht wissen, daß er sich unmittelbar hinter ihnen befand, bis sie sich umdrehten. Sie drehten sich nicht um, hörten aber auf zu sprechen, bevor es ihm gelungen war, herauszufinden, was sie meinten. Das große Tor von Stalhelm öffnete sich einen Spalt.

Chemec hatte nicht damit gerechnet. Er blieb stehen und wartete.

Der Alte Yami . . . der tapfere Yami . . . kam heraus. Nur Camlak, kaum mehr als ein Junge, begleitete ihn. Yami verspürte das Bedürfnis nach einer Probe. Vielleicht war es klug, bedachte man Ermolds Blutdurst. Seit der letzten Kommunion der Seelen schien viel Zeit in die Erinnerung eingegangen zu sein. Yami bereitete sich frühzeitig auf die unausweichlichen Herausforderungen vor. Er trug seine Orakelkleidung und hatte leere Hände. (Aber sein Sohnjunge Camlak trug ein langes Stahlmesser. Vom Himmel geschicktes Werkzeug, um vom Himmel erschienenes Fleisch zu zerteilen.)

Eine Reihe von Gesichtern füllte sich langsam entlang der Erdmauer auf, Gesichter von Fleisch vermischt mit eisweißen Schädeln. Ein paar Kinder kletterten auf die Palisade hinauf, gierig nach Anblick und Geruch von Himmelsblut. Es war vermutlich die einzige Gelegenheit, die sie je erhalten würden.

Yami setzte sich auf den Boden und bedeutete Camlak, sich neben ihm niederzulassen. Camlak, der zur Vorbereitung auf den Tag, an dem er versuchen würde, den Platz des Alten einzunehmen, die Kunst der Führerschaft studierte, nahm seinen zugewiesenen Platz behende ein, ohne eine Spur von Angst zu verraten.

Das Beintor ging langsam hinter ihnen zu.

Chemec blieb geduckt an seinem Platz, begierig, zu erfahren, mit welcher Art von Hohn der Alte die Fremden überziehen mochte, bevor sie hingeschlachtet wurden.

Die Fremden kauerten im Halbkreis nieder und warteten darauf, daß Yami das Wort ergriff.

»Wir sind aus der Welt über euch hierhergekommen«, sagte einer der Fremden und deutete zuerst auf sich und dann zum Himmel hinauf, als halte er Yami für einen Narren.

»Das weiß ich«, sagte Yami ruhig.

»Mein Name ist Ryan Magner«, sagte der Fremde.

»Und was habt ihr uns mitgebracht?« fragte Yami.

»Wir sind gekommen, um mit euch zu reden«, sagte Ryan. »Wir wollen alles über euch erfahren.«

Yami lachte, zuerst scharf, dann herrisch, bis die Krieger auf der Mauer und die Kinder dahinter und die überall umherlaufenden Kinder den Ton aufnahmen und ihren Hohn hinausschrien.

Das Gelächter hielt lange an.

4

In seinen Träumen war Carl Magner am Ertrinken. Er starb und wußte es. Der Druck von . . .

Der Druck war unerträglich.

Magner wurde wach und behielt seine Angst. Er hatte wirklich Angst. Fürchtete sich wahrhaftig. Irgend etwas war in Unordnung.

Er kannte die Rätsel der Hölle. Er wußte nicht, daß die Sterne am Himmel unter seinen Füßen genau so stillstanden, wie er wußte, daß die Sterne über seinem Kopf ferne Sonnen waren, aber nichtsdestoweniger . . .

Die Folgen des Wissens waren keineswegs gleichwertig. Er wußte vom Exkrement, vom Treibhauseffekt, der radioaktiven Wüste und der zerstörten Welt der Vorgeschichte. Auf die eine oder andere Weise wußte er davon. Solches Wissen wurde nicht aus dem Lernstoff der Bürger von Euchronias Reich wegzensiert, nur aus den Mythen. ›Die Hochzeit von Himmel und Hölle‹ war abgeschlossen und aus den Fächern seines Gehirns herausgepickt. Er hatte aus dem Studium Blakes Inspiration und einen Anflug von Verständnis gezogen, aber am Ende hatte sich sein Bedürfnis, das Original mißzuverstehen und falsch auszulegen, es nach seinen eigenen Zwecken zu verzerren, als unüberwindbar erwiesen. Er glaubte an seine eigene vierfache Vision, nicht an die von Blake.

Carl Magner hatte noch immer Angst.

Der Druck zwang ihn, zu . . .

5

Am Ende des zweiten Mittelalters, als die Kälte unmittelbar bevorstehender Auslöschbarkeit kaum noch erträglich war, die Kleidung des Wahnsinns zu dünn zu tragen (das zweite Mittelalter ist auch als Zeitalter der Psychose bekannt), wurde klar, daß die Welt unwiderruflich verloren war. Die Oberfläche der Erde war zerstört.

Die Euchronische Bewegung wurde zur einzig bedeutsamen Form des Protestes gegen die Auslöschung von Wissen, Kultur, Zivilisation und anderen Dingen, die menschliche Wesen damals Menschlichkeit hätten nennen können. Die Bewegung beschränkte sich auf kalte Gleichungen – jahrelang hatte sie kalte Gleichungen als Anwerbepropaganda und Protest gegen die fortwährende unbarmherzige Verwüstung der Welt zitiert. Am Ende wurden die kalten Gleichungen simultan und verbanden sich zu einer einzigen absoluten Gleichung. Die Welt starb. Eine neue Welt würde gebaut werden müssen. Die Bewegung legte Pläne für den Bau einer Schale vor, die die gesamte Landoberfläche der Erde umgeben sollte: eine gigantische Plattform, auf der aus Grundprinzipien eine neue Zivilisation erbaut werden konnte.

Der Gedanke war unsinnig. Die Gleichung sah jedoch nur diese eine Lösung vor. Überdies war die Vorstellung, ganz neu anzufangen, erregend und anziehend zugleich. Am durchschlagendsten war, daß sie die Hoffnung zu repräsentieren begann. Die Bewegung nahm eine politische Haltung des beiläufigen Optimismus ein und fuhr fort, eiskalt mit ihren Zahlen zu operieren. Es mochte eine Million Jahre in Anspruch nehmen. Aber im Lauf der Zeit mochte es einfacher werden. Vielleicht würden fünfhunderttausend genügen.

Der Plan (der Euchronia-Plan) wurde in Angriff genommen. Die Erde und die Menschheit der Erde besaßen die zur Errichtung der Plattform erforderliche Technologie nicht, noch konnte man sich vorstellen, woher man die notwendige Energie nehmen sollte. Aber mit der Arbeit begann man trotzdem.

Selbst als Geste war das Projekt ein lohnendes Unternehmen, selbst bei einem Scheitern war es eine große Geste. Es gab keinen Mangel an Arbeitskräften, die den Planern zur Verfügung gestellt wurden. Die Operation begann an tausend Orten rund um den Globus. Die Bewegung schluckte Regierungen und Nationen und übernahm eine entmutigte Welt durch unblutige Revolution. Die ganze Menschheit, soweit sie organisiert war, wurde zu Euchronia. Die Rebellen wurden weder ausgestoßen noch gehaßt, sondern nur ignoriert, so, als hätten sie ihre Menschlichkeit verwirkt.

Die Arbeit ging weiter, ruhig, unerbittlich. Man erzielte Fortschritte. Und das Ende blieb ganz offenkundig unerreichbar. Es lag nicht so sehr daran, daß das Projekt jenseits allen menschlichen Ehrgeizes und aller menschlichen Fähigkeiten lag, sondern einfach daran, daß die Zeit so vollkommen gegen sie stand. Sie hatten keine Zeit, zu lernen, weil sie nicht die Zeit zum Leben hatten. Die Welt konnte ihre Bemühungen nicht stützen. Die erschöpfte Welt vermochte ihre Endfristen einfach nicht einzuhalten.

Sisyrs Sternenschiff landete im ersten Jahrhundert des Plans auf der Erde. Es war reiner Zufall. Die Vernunft (kalte Gleichungen) sagte, daß eine Technologie, die Sternenschiffe bauen, auch eine neue Welt bauen konnte, und Euchronia bat Sisyr deshalb um Hilfe. Er betrachtete das Problem in allen seinen Aspekten und erklärte schließlich, das Ziel könne erreicht werden, und er wolle die Verantwortung auf vertraglicher Grundlage übernehmen.

Er sandte eine Botschaft zu seinen eigenen Leuten und bat um Material und technische Unterstützung. Die Botschaft brauchte Jahrzehnte, um den interstellaren Abgrund zu überwinden, Material und Unterstützung benötigten Jahrhunderte. Inzwischen arbeiteten Sisyr und mehrere Generationen von Euchroniern zusammen, um den Plan zu überarbeiten, die Arbeitskräfte auszubilden und in den verwüsteten Ländern der Erde neues Potential zu erschließen. Es *mag* zu diesem Zeitpunkt eine hypothetische Wahl zwischen der Errichtung der neuen und der Wiedergewinnung der alten Welt gegeben haben. Wenn dies so gewesen sein sollte, war die Festlegung der Menschheit auf Euchronia von solcher Art, daß sich eine Alternative nie anbot.

Sisyr und eine kleine Armee von Helfern seiner eigenen Art überwachten im Lauf der nächsten Jahrtausende den Bau der Plattform. Bis sie die Landoberfläche der Erde ganz bedeckte, waren die meisten der fremden Wesen zu den fernen Sternen zurückgekehrt.

Sisyr blieb, um den Wiederaufbau einer lebensfähigen Zivilisation auf dieser Oberfläche zu leiten. Er leistete Hilfe bei der Modellierung der neuen Erdoberfläche, er arbeitete mit am Plan der Landverwaltung, und er lieferte Entwürfe für das gesamte Muster der Lebenserhaltung. Das gesellschaftliche System selbst wurde von der Bewegung entworfen, aber es war dafür bestimmt, sich der Welt und der Umwelt anzupassen, die zum größten Teil nach Sisyrs Plänen gestaltet worden waren.

Als Gegenleistung für seine Dienste durfte Sisyr sich auf der umgestalteten Erde sein Zuhause einrichten. Er blieb isoliert von der euchronischen Gemeinschaft, verpflichtete sich aber, ihre Gesetze zu achten. Er baute sich einen Palast und zog sich zurück. Acht oder neun Jahrhunderte, bevor der Euchronia-Plan in seiner endgültigen Form Gestalt annahm, hatte Sisyr aufgehört, sich aktiv daran zu beteiligen. Drei- oder viermal in jedem Jahrhundert besuchten Sternenschiffe die Erde, aber sie kamen zu Sisyr, nicht zu den Menschen. Die Menschen hatten mit den Sternenschiffen nicht das Geringste zu tun, als die notwendige Hilfe von den Sternenwelten geleistet worden war.

Sisyrs Beitrag zum Plan führte zu seiner erfolgreichen Verwirklichung in wenig mehr als elftausend Jahren – vergleichsweise eine kurze Zeitspanne. Die Euchronier beanspruchten den Triumph natürlich als den ihrigen – was er auch war. Es war ihre Vision gewesen, ihre Arbeit, ihr Wille. Sisyr hatte ihnen nur Zeit geliehen, die sie dringend brauchten.

Sisyr blieb, wie die Unterwelt, die von den Euchroniern zurückgelassen worden war, allen Bürgern bekannt, aber nur als Tatsache, noch dazu als eine irrelevante. Er hatte keinen Anteil an der Mythologie der Neuen Welt.

Das Euchronische Tausendjährige Reich wurde schließlich verkündet, und die Menschen wurden frei von ihrer völligen Verpflichtung auf den Plan. Sie wurden entlassen, um seine Früchte zu genießen, um aus ihrem neuen Leben zu machen, was sie wollten. Die Bewegung behauptete nicht, die von ihr entworfene Gesellschaft sei eine utopische, beharrte aber darauf, daß sie utopische Möglichkeiten in sich berge. Alles, was zur Vollkommenheit erforderlich blieb, war der Wille der Menschen. Die Gesellschaft war auf Stabilität konstruiert, aber nicht steril. Die Stabilität Euchronias war eine dynamische. Es gab auf Anhieb weder vollkommenes Glück noch vollkommene Freiheit, aber Euchronia tat, was es konnte und wartete – mit beiläufigem Optimismus – darauf, daß die neu erhitzten Fragen um Leben, Gleichungen von Leben und Tod sich lösten.

Die Vollendung des Planes hatte verlangt – ja, die ganze Philosophie von Euchronia verlangte – daß die Menschen, während der Plan unvollendet war, zielstrebig auf das gemeinsame Ziel hinarbeiteten. Die Bewegung hatte dem durch ungewöhnliche Mittel nachgeholfen, die ausgezeichnete Ergebnisse zu erzielen schienen. Als das Tausendjährige Reich begann, behielt die Hegemonie der Bewegung eben diese Mittel bei, um die Gesellschaft bei ihren ersten, schwierigen Jahren der Freiheit und Umgewöhnung zu unterstützen.

Die bemerkenswerteste Tatsache an Euchronias Reich, an Euchronia selbst und vor allem an seinen Führern, war die scheinbare Blindheit – bewußte Blindheit – im Hinblick auf die weitergefaßten Zusammenhänge des Seins. Sie lebten in einer dünnen Schicht und achteten in keiner Weise auf die Reiche von Tartarus darunter oder auf das unendliche Universum darüber. Aber sie lebten in den frühen Jahren des Reiches im Erbteil von elftausend Jahren der Zielstrebigkeit, in denen das einzige Seinsfragment, worauf es ankam, diese dünne Schicht gewesen war. Sie brauchten Zeit, um auch nur im Ansatz zu begreifen, daß solch enge Grenzen sie nicht einschnüren konnten.

6

Die Fremden versuchten sich mit dem Alten zu verständigen, aber daran war er nicht interessiert. Er interessierte sich nicht für ihre Fragen oder ihre Gründe. Er interessierte sich in erster Linie für wirkungsvolles Auftreten. Dic fremden Wesen waren lediglich sein Mittel zum Zweck.

Er stellte sich ihnen, und sie töteten ihn nicht. Er lachte sie aus, und sie waren von seinem Gelächter offenkundig verletzt. Dann ließ er Stille eintreten und stellte seine Geduld zur Schau, weil er wußte, daß das stumme Warten zuletzt die Eindringlinge ebenso verletzen würde wie das Gelächter.

Chemec wußte, daß Yami die fremden Wesen töten lassen würde, sobald die Stille lange genug gedauert hatte. Darüber gab es keine vorstellbaren Zweifel. Chemec sah keinen anderen Weg, so wenig wie die Krieger auf der Mauer. Im Inneren gab es manche, die es anders sahen, die sich wünschen mochten, daß die an Yami gestellten Forderungen nicht diese Form angenommen hätten. Die Leser sahen zweifellos die Vorteile, die Freundschaft mit den Männern vom Himmel bringen mochte. Sie hätten sie sich gewünscht, aber sie wußten so gut wie Yami, daß das Leben einfach nicht so war. Es gab erprobte Methoden.

Außerhalb des Tores empfand der Junge Camlak für die Haltung der Leser wahrscheinlich mehr Mitgefühl als für die seines Vaters. Er studierte die Staatskunst sorgfältig, befand sich aber noch in dem Stadium der Meinung, daß dem Alten gehorcht wurde, einfach weil es richtig war, daß andere ihm gehorchten. Er hatte keine Vorstellung von der delikaten Aufgabe, über die Eignung zum Herrschen und Entscheiden zu befinden. Entscheidungen fielen Camlak schwer, weil seine Urteilsfähigkeit stets von Motiven, Gründen und Möglichkeiten bedrängt wurde. Sein Kopf mußte von alledem befreit sein, bevor er Yamis Platz würde einnehmen dürfen.

Die Stille, die Yami hergestellt hatte, alterte und starb.

»Ich bin Yami«, sagte der Alte. Es waren die einzigen Worte, die er sprach. Er kannte den Wert von Wörtern und die Majestät des Schlichten.

Die Fremden waren sichtbar unruhig geworden, als ihre ursprünglichen Versuche, die Stille abzuwürgen, in murmelnde Verwirrung und endliche Bestürzung verblaßt waren. Als Yami sprach, atmeten sie auf wie bei einem Wunder. Sie lächelten unter ihren makabren Masken. Einer von ihnen streckte den Arm aus, die Hand geöffnet, als wolle er nach Yami greifen. Der Alte blieb regungslos und starrte die Hand fort, als trage er in einem Blickduell mit einer Schlange den Sieg davon.

Der Fremde zog die Hand zurück.

»Es tut mir leid«, sagte er.

Das große Tor hinter den sitzenden Männern öffnete sich wieder. Offensichtlich hatte Yami eine vorbereitete Rolle gespielt. Das Ende war entschieden worden, bevor er aus dem Tor getreten war. Die Fremden saßen ruhig und behaglich, anscheinend zufrieden, da, während die junge Myddal Schalen mit warmer Flüssigkeit brachte, eine nach der anderen, und sie vor die Fremden hinstellte. Die letzte Schale bekam Yami. Offenbar enthielt sie etwas anderes, weil sie nicht dampfte. Die Fremden sahen das, und obwohl ihre Gehirne verkrüppelt waren, regte sich sichtbar Verdacht in ihnen. Aber jener, der sich Ryan Magner genannt hatte, schlürfte aus seiner Schale und gab ein Zeichen mit der Hand. Die anderen folgten seinem Beispiel.

Yami leerte seine Schale und sah zu, wie seine Opfer es ebenfalls taten. Dann lachte er wieder – nicht laut diesmal, auch nicht lange. Niemand fiel ein. Es war das Lachen eines privaten Augenblicks – ein Zeichen persönlicher Befriedigung. Das Lachen klang leise und quoll über die Zunge des Alten.

»Es ist Gift, Ryan«, sagte einer der Fremden bitter. Drei von ihnen – alle, bis auf den Anführer – wußten nun, daß sie ermordet worden waren. Der Anführer wollte es nicht eingestehen, obschon er inzwischen *spüren* mußte, daß es so war.

»Ihr Dreckskerle«, sagte einer der Männer, als sie sich alle anstrengten, aufzustehen. Nur einem gelang es wirklich, auf die Beine zu kommen.

Als der Mann hochaufgerichtet dastand, richtete Chemec sich zu seiner vollen Größe von 1.17 m auf und griff hinauf, um den Mann zu töten. Er achtete darauf, die Wirbelsäule unter den Atlaswirbeln zu zerschmettern, um den Schädel unbeschädigt zu erhalten.

7

Burstone schleppte den schweren Koffer über den Laufgang zu der Leiter, die in die Tiefen der Grube hinabführte. Das gleichmäßige Pochen der großen Maschine füllte seine Ohren und übertönte die leisen Schritte des Mannes, der ihm folgte.

Als Burstone die Leiter erreichte, befestigte er den Koffer an einer Kette, die an einer dicken Welle baumelte. Er schob ihn vom Laufgang und begann die Kurbel der Welle zu drehen, so daß die Kette ablief. Die Lampen, die in einer langen Reihe neben der Leiter angebracht waren (für die Wartungsleute, die sich gelegentlich um die Maschine kümmern mußten), waren schwach und gelb, und der Koffer wurde im Halblicht bald zu einem undeutlichen Schemen.

Joth wartete, bis Burstone den Koffer ganz hinuntergelassen hatte. Er war vielleicht vierzig bis fünfzig Meter entfernt und preßte sich an den Rumpf der Maschine. Er war nicht völlig unsichtbar, aber Burstone zeigte keine Neigung, sich umzuschauen – er hatte keinen Anlaß, zu vermuten, daß ihm jemand hier hinunter gefolgt sein mochte. Kaum jemals kam jemand so tief hinunter. Die Maschine kannte keine Defekte, und man überprüfte sie nur ungefähr zweimal im Jahr.

Joth schwitzte stark. Er spürte die Hitze der Maschine durch den dünnen Hemdenstoff, und seine eigene Haut schien vor Erregung zu glühen. Er hatte erwartet, daß es hier unten heiß sein würde, aber nicht mit der Heftigkeit seiner eigenen Reaktion gerechnet. Der Druck seines Herzschlags sandte dünne Wellen der Übelkeit durch seinen Körper. Er konnte sich das nicht erklären.

Burstone war es auch heiß, aber er hatte das schon hundertmal hinter sich gebracht. Seine Reaktionen auf das, was er tat, und wie er es tat, unterschieden sich in der Qualität von denen Joths, aber der eigentliche Unterschied lag in der Integration seiner Psyche mit den physiologischen Symptomen. Joth erlebte ein Gemisch von Angst und Aufregung, reine, nackte Empfindung. Burstones

Gefühlsgemisch war weitaus komplexer, und er genoß die delikate Verschmelzung und Ausgewogenheit. Für ihn war das *gut*, die Erfüllung eines echten Zwecks.

Es wäre unmöglich gewesen, den leisen Aufprall zu hören, als der Koffer den Boden erreichte, aber Burstone wußte fast auf den Zentimeter genau, wieviel von der Kette er abspulen mußte. Er war auf ihr Erschlaffen vorbereitet und verlor keine Zeit. Die Sparsamkeit seiner Bewegungen, der flüssige Ablauf des ganzen Unternehmens stellten einen beachtlichen Anteil des Kitzels dar. Er schwang sich über den Rand des Laufgangs, stellte die Füße fest auf die Metallsprossen der schlanken Leiter und begann geschickt und mühelos hinunterzuklettern.

Joth trat an die Leiter heran. Er packte die Geländerstangen des Laufgangs auf beiden Seiten der Lücke, preßte die Hände zusammen und schob sich langsam vorwärts, um in den Abgrund hinunterschauen zu können. Er ängstigte ihn. Höhe, Dunkelheit, Ungewißheit – alle diese Dinge waren seinen Sinnen relativ fremd. Er hatte Recht und Anlaß genug, Angst zu empfinden. Er wartete eine ganze Minute länger, als die Vorsicht es verlangte, und sammelte Mut und Entschlossenheit, bevor er Burstone in die Tiefen hinabfolgte.

Er fühlte den Schlag seines Herzens, und es schien im Vergleich zum tiefen, gleichmäßigen Rhythmus der Maschine noch schneller zu rasen. Er kannte die Aufgabe der Maschine nicht. Er nahm Maschinen als selbstverständlich hin. Maschinen gab es überall, und niemand fragte, wie sie sich in das komplizierte Funktionsgeflecht einfügten, das die menschlichen Bedürfnisse in fast jeder Hinsicht befriedigte. Maschinen waren der Stoff des Lebens selbst.

Burstone erreichte den Boden. Er war allein in einem winzigen Lichttümpel, umgeben von grenzenloser Dunkelheit. In der Dunkelheit verbargen sich die Maschine, Maschinen, die bei ihr schmarotzten, und Maschinen, die bei diesen schmarotzten. Es gab Rohre und Kabel und Nieten und Schweißnähte. Er wußte von ihrer Anordnung oder ihrer Rolle nahezu nichts. Er hatte nie das Bedürfnis gespürt, in dieser Tiefe Erkundigungen anzustellen. Diese Etage war tot und konnte der Neugier eines Kenners nichts bieten. Elektronische Anatomie und mechanische Physiologie waren sein Thema so wenig wie das von Joth. Was Burstone interessierte, war das Leben, und das Leben lag noch viel tiefer unter ihm.

Mit vollkommener Sicherheit, ohne Licht zu brauchen, entfernte Burstone sich vom Fuß der Leiter und schleppte den Koffer mit.

Bis Joth den Fuß der Leiter erreicht hatte, war Burstone längst fort. Joth verfluchte sein Zögern und unterdrückte den plötzlich aufquellenden Drang, umzukehren. Die Angst, die ihn gezwungen hatte, sich mit derart wilder Entschlossenheit bei jedem Schritt an die Leiter zu klammern, hielt seine Hände fest, und es erforderte eine echte Anstrengung, loszulassen und auf eigenen Füßen zu stehen. Er begriff jetzt, daß er sich am untersten Grund der Welt befand, und das Wissen, daß freier Raum und Unterwelt nur Zentimeter unter seinen Füßen sein mochten, brachte ihn auf den Gedanken, er schwebe auf irgendeine Weise in unmittelbarer Gefahr, *durch* den Boden zu stürzen. Er lauschte angestrengt, konnte aber nichts hören. Er wußte, daß er seine Lampe benützen mußte.

Selbst im schwachen Licht der Lampenzelle an der Maschine konnte er sehen, welche Richtung Burstone eingeschlagen hatte. In der hohen Staubschicht gab es nur einen verschwommenen Weg – oft begangen, aber nur von einem Paar Füßen saubergefegt. Und von einem Koffer.

Joth schaltete die Stablampe ein. Es war ein winziges Gerät, mit einem Kristall nicht größer als ein Augapfel. Der Strahl, den er aussandte, war bleistiftdünn. Für das menschliche Auge wäre er unsichtbar gewesen. Er machte sich daran, dem Pfad durch den Staub zu folgen, in der Hoffnung, daß Burstone schon die nächste Stufe seines Abstiegs erreicht hatte, aber auf jeden Fall in der Gewißheit, daß der andere das winzige Leuchten, das ihm folgte, nicht sehen konnte, selbst wenn er sich zufällig umdrehte.

Vor sich sah Joth Licht flackern, das zu einem sanften Glimmen erstarb, für seine umjustierten Augen fast nicht wahrzunehmen.

Am Ende des Weges im Staub befand sich im Boden ein kreisrundes Loch. Ein vorher dort befestigter Deckel lag daneben. Am Loch war eine zweite Winde angebracht – größer und stärker als jene, mit der Burstone den Koffer vom Laufgang heruntergelassen hatte. Sie surrte leise – eine automatische Anlage. Joth vermutete, daß die dicke Doppelkette, die sich mit ruhiger Gleichmäßigkeit abwickelte, eine Art Käfig oder Korb trug, in dem Burstone und der Koffer standen. Sie waren auf dem Weg zur Unterwelt – zur Oberfläche der alten Erde.

Joth schaltete die Lampe aus. Das sanfte, perlweiße Leuchten um den schwarzen Rand des Loches überraschte ihn. Er hatte sich die Unterwelt stets als pechschwarz vorgestellt. Er hob die Hände, um seine Augen umzustellen, so, daß sie das Licht der Unterwelt-Sterne maximal nützten.

Er ließ sich auf Hände und Knie nieder und kroch an den Rand des Loches heran. Er schaute in die Unterwelt hinunter, vom Blickpunkt eines ihrer eigenen Sterne aus.

Er konnte weit sehen ... Berge, Wälder aus unheimlichen, fleischigen Pflanzen, vermischt mit anderen von gedrungenerer, vielfältigerer Art.

Wildnis, zerstückelt und wirr, aber ganz entschieden nicht tot. Sehr lebendig, sogar fruchtbar. Aber er sah nichts von menschlichen Behausungen. Abgesehen vielleicht von dem niedrigen, ebenen Kamm, der auf seiner rechten Seite am Wasser entlangführte. Das mochte ... *mochte* ... ein Wall sein.

Tief unter ihm sank der Käfig noch immer hinab.

Joth nickte und sagte sich beruhigend, daß alles gut war. Dann stellte er die Augen um, schaltete die Ultraviolettlampe ein und hielt Ausschau nach einem geeigneten Versteck.

8

Burstone und Ermold feilschten eine Stunde oder länger – wenngleich die Zeit dem Mann aus der Unterwelt wenig oder nichts bedeutete. Zwei Krieger aus Walgo, Fortex und Theogon, halfen Ermold flüchtig beim Argumentieren, waren im Grunde aber nur des Ausflugs wegen dabei.

Das Mädchen dagegen war etwas anderes. Burstone hatte sie noch nie zuvor gesehen. Sie war mit Ermold verbunden – buchstäblich verbunden. Die Schnur ging um ihren Hals und sein Handgelenk. Ab und zu, wenn sie glaubte, Ermold achte nicht darauf, zupfte sie mit den Fingernägeln an der Schnur. Ermold wurde meistens aufmerksam und gab ihr eine Ohrfeige. Einmal versetzte er ihr einen Tritt.

Von Burstones Standpunkt aus war das Feilschen praktisch Zeitverschwendung. Es zog sich immer zu lange hin. Aber er konnte dabei nichts gewinnen – der Preis, den er für die Waren im Koffer erzielte, ging an den Lieferanten. Was ihn betraf, war die materielle Transaktion nur ein Austausch von Abfall. Ihn bewegten ganz andere Gründe. Ihm ging es um das Erlebnis.

Das Mädchen war interessant. Ihretwegen mochte sich der ganze Ausflug lohnen. Ihre Anwesenheit hob die Gelegenheit heraus, obwohl keiner der Männer sie je erwähnte oder auf ihre Anwesenheit einging. Burstone berührte sie nie, unternahm keinen Versuch, mit ihr zu sprechen, und stellte keine Fragen über sie, aber er nahm sie wahr, sie und das dünne Seil, das sie mit Ermold verband, und das zu zerreißen sie entschlossen schien. Ermold richtete sie ab. Er war ein Sadist.

Der Krieger war im Laufe der letzten beiden Zeitspannen merklich gealtert. Es schien so kurze Zeit her zu sein, daß er nach Burstones Maßstäben ein junger Mann gewesen war. Jetzt war er über die mittleren Jahre hinaus. Die Zeit in der Unterwelt lief schneller, wenn man überhaupt von Laufen sprechen konnte. Die Menschen alterten schneller, richteten ihr Leben sparsamer ein, spulten ihr Dasein enger ab.

Ermolds Stimme war brüchig, alle Sätze würzte er mit Flüchen, und seine Geduld schien übermäßig kurz zu sein. Burstone war natürlich bewaffnet, aber er wußte, daß Ermold und seine Männer schnell genug waren, um ihn zerteilt zu haben, bevor er einen von ihnen töten konnte. Er nährte sich von dieser Furcht, als sei sie sein einziges Vergnügen.

Burstone entnahm dem Übermaß an Bitterkeit und Unflätigkeit, das Ermold entströmte, daß der Häuptling die ganze alberne Angelegenheit satt hatte, aber die beiden Männer wußten, daß Ermold ohne Burstone nicht auskam, und am Ende mußte er Burstones Bedingungen annehmen. Wenn es irgendeine Alternative gegeben hätte . . . aber es gab sie nicht.

So betastete Ermold die scharfe Schneide seines Messers – es war ein Messer, das Burstone ihm verschafft hatte – und hing dunklen Gedanken nach, ließ sich auf grobe Phantasievorstellungen dessen ein, was er dem Mann vom Himmel hätte antun können . . . wäre er nicht davor zurückgeschreckt.

Zuletzt wurde der Handel jedoch abgeschlossen, und man ging seiner Wege. Burstone nahm sein Paket mit, Ermold ließ Fortex den schweren Koffer tragen.

Sich zur Oberwelt zurückzuhangeln, war eine lange und mühsame Aufgabe. Das Hebegerät war richtig ausgeglichen, und die Maschinerie war völlig in Ordnung, aber Burstone hatte im Lauf der Zeit stufenweise ein Nachlassen der Leistungsfähigkeit der Maschine wahrgenommen. Ob das Nachlassen auf einem Defekt des Laufmechanismus oder auf einem Versagen seiner eigenen Geduld beruhte, wußte er nicht genau. Er hatte keinen Sinn fürs Mechanische.

Oben, im Dach der Unterwelt und den tiefsten Kellern von Euchronia, verriegelte Burstone sorgfältig das Hebezeug und stülpte den runden Deckel auf das Loch, um ihn zu befestigen. Er zündete kurz eine Flacker an, um sich über die genaue Richtung des Weges zurück zur Leiter zu vergewissern. Es war eine beiläufige, fast unnötige Geste, veranlaßt durch die lange Gewohnheit. Normalerweise ließ er die Flamme nur ein paar Sekunden lang flackern. Diesmal dauerte es länger, als ihm die zweite Fußspur auffiel, die von seiner Tür zur Hölle wegführte.

Dann schritt er in die Dunkelheit hinein, ohne sich anmerken zu lassen, daß er jemanden in der Nähe wußte oder diese Tatsache ihm etwas bedeutete.

9

Eine halbe Stunde später kam er zurück. Der Aufzug war unten, die Kabel hingen schlaff. Er kurbelte den Käfig wieder hinauf und stellte zu seiner vollen Zufriedenheit fest, daß er leer heraufkam. Er verriegelte ihn ein zweitesmal, befestigte den Deckel und ließ für zwei Sekunden seine Flacker aufflammen. Dann entfernte er sich. Diesmal kehrte er ganz zurück in die sonnenhellen Weiten der zivilisierten Welt, während er sich fragte, ob diese Route noch verwendbar sein mochte.

Wer immer ihm gefolgt sein mochte, saß in der Welt darunter in der Falle. Es würde einige Zeit vergehen, bis er wieder einen Ausflug dorthin unternahm, und der Spion würde bis dahin zweifellos längst tot sein. Das einzige Problem war, ob noch jemand von ihm wußte, und wenn ja, sich für sein Schicksal interessierte.

10

Die Unterwelt entstand natürlich nicht schlagartig. Die Verdunkelung der alten Oberfläche durch die neue ging stufenweise vor sich und nahm mehrere tausend Jahre in Anspruch. Mehr noch, die Plattform, aus der die Oberwelt werden sollte, wurde an verschiedenen Stellen zugleich in Angriff genommen. So waren die perimetrischen Grenzen zwischen den beiden Welten gleichzeitig weitreichend und von langsamer Ausdehnung.

Mit der Zeit erstreckte sich das Lebenssystem der Erde über diese

Grenzen. Unter jedem Abschnitt der überdachten Welt überlebte irgendeine Art Ökosystem der alten Welt. Die Oberfläche war bereits verwüstet, Organismusgemeinschaften hatten sich schon einige Zeit in einem Zustand dynamischen Ungleichgewichts befunden, bevor das Licht der Sonne langsam abgeschnitten wurde. Der zusätzliche Druck durch den Diebstahl der Sonne war groß, aber letzten Endes nicht entscheidend. Als die Abschnitte der Plattform sich zusammenfügten, taten das auch die zwei ringenden – und nicht unbedingt gleichartigen – Gemeinschaften, die darunter herangewachsen waren. Die Vermischung der Gemeinschaften rief Wettbewerb und wechselseitige Ergänzung hervor und unterstützte die evolutionäre Anpassung des neuen Ganzen.

Homo sapiens war die Spezies, die sich den neuen Bedingungen am leichtesten anpaßte, und durch aktives Eingreifen ermutigte und unterstützte er viele andere Arten, es ihm gleichzutun. Nicht alle Menschen gehörten zu Euchronia. Manche zogen ihren eigenen Begriff von Freiheit vor – Freiheit von einem Plan, der ihre völlige Hingabe verlangte und – vom einzelnen aus gesprochen – dafür nichts gab. Es gab viele Menschen, die die Neue Welt als einen Traum betrachteten – als Luftschlösser – und es für richtig und klug hielten, sich der Alten Welt anzuschließen und der Aufgabe zu widmen, daraus zu machen, was sie konnten.

Trotz eines gewissen Maßes an wechselseitiger Abneigung und Verstimmung fand viele Jahrhunderte lang, während die Plattform errichtet wurde, beträchtlicher Handel zwischen den Euchroniern und den Bodenmenschen statt. Ohne die Nahrungsmittellieferungen und, in geringerem Maß, die Rohstofflieferungen der Menschen, die sich dem Boden verschrieben hatten, wären die Anfangsjahre für die Planer viel schwieriger geworden. Aber als die Plattform wuchs, schob sie sich über das von den Bodenmenschen genutzte Land – und es schluckte das Land der Gutwilligen ebenso wie das der Feindseligen. Viele Jahrhunderte lang wurde an den sich hinausschiebenden Grenzen der Oberwelt ein bitterer Krieg geführt. Die Menschen der Alten Welt glaubten, mit Euchronia fair umgegangen zu sein, und hielten den Diebstahl ihrer Sonne für das Ärgste an gemeiner Behandlung. Die Euchronier glaubten, der Plan sei all-wichtig, es könne keine Kompromisse geben, und sie boten den einzigen Ausgleich an, den sie allen am Boden bieten konnten – die Gelegenheit, sich dem Plan anzuschließen. Die meisten Menschen am Boden lehnten ab, und die meisten zogen vor der nachrückenden Welt der Dunkelheit davon, bis es keine Zuflucht mehr gab, außer auf die

Inseln, die zu winzig waren, um die Planer zu interessieren. Viele der Inseln waren schon nicht mehr fähig, menschliches Leben zu erhalten – aus dem verseuchten Meer ließ sich nur ein dürftiges Leben fristen – und viele mehr wurden unfähig dazu, als die Horden ihre Ufer erreichten. Manche Inselkolonien waren erfolgreich, aber für die übergroße Mehrheit der Menschen gab es nur zwei Möglichkeiten von Bedeutung: Himmel und Hölle. Als die Plattform die Welt schließlich ganz einschloß, kapitulierte die größere Zahl und stieg hinauf zum Himmel, um sich dem Plan zu verschreiben (der damals noch Jahrtausende von seiner Vollendung entfernt war). Eine beträchtliche Anzahl – vielleicht eine überraschend hohe – blieb jedoch bei der Alten Welt und nahm die blassen elektrischen Sterne als dauernden Ersatz für die grelle Sonne hin. Es gab viele Motive dafür, oft gemischter Art. Bitterkeit und purer Haß den Planern gegenüber herrschten vor, waren jedoch nicht von überragender Bedeutung. Die maßgeblichen Gründe dafür, daß die Menschheit sich weigerte, die Alte Welt aufzugeben, waren eine Bindung an sie und eine Identifizierung mit ihr, so machtvoll wie die Hingabe Euchronias an den Plan.

Die Alte Welt war nach den Maßstäben der menschlichen Zivilisation, die sich in ihr entwickelt hatte, rettungslos verloren. Das hieß aber nicht, daß das Leben zum Untergang verurteilt war, und nicht einmal, daß es eine realistische Möglichkeit gab, das Leben könnte ausgelöscht werden. Es hieß lediglich, daß die meisten der alten Arten sterben mußten und bis dahin unwichtige Arten für das System lebenswichtig werden würden, ja sogar, daß neue Arten entdeckt werden mußten. Ein ganz neuer Vertrag zur Wechselbeziehung zwischen Leben und Umwelt mußte niedergelegt und ausgehandelt werden – ausgehandelt in erster Linie (aber dank der Anwesenheit des Menschen nicht allein) durch Herumprobieren.

Die unterste Schicht der biotischen Hierarchie, die Schicht der Primärerzeugung, erlebte die stärksten Veränderungen. Die Priorität der photosynthetischen Formen ging verloren. Die Pflanzenentwicklung gab die Angiospermen praktisch auf und kehrte zu einem primitiveren Zustand zurück, um sich neu aufzubauen. Die Sterne waren in der Beziehung entscheidend, daß sie der Brücke einen kleinen zusätzlichen Vorteil verschafften, aber am Ende waren sie als Energiequellen völlig nutzlos (außer für ein paar flüchtige Arten von geringer Bedeutung). Ihre einzige echte Funktion bestand darin, für die Sinne viel höherer Organismen zu sorgen – vor allem für den Menschen.

Offenkundig waren es die Schwämme und die nicht photosynthetischen Algen, die sich den neuen Bedingungen am leichtesten anzupassen vermochten. Sie unterzogen sich mit großer Behendigkeit einer evolutionären Wiedererweckung.

Die Spezialisten der zweiten Schicht – die Primärverbraucher – gingen den Weg ihrer Nahrung. Die Generalisten dagegen stellten einfach ihre persönlichen Prioritäten um. Der Mensch hatte nicht die geringste Aussicht, die Kuh, das Schaf oder das Huhn zu retten, aber er konnte es beim Schwein und tat es.

In den höheren Schichten nahm die prozentuale Verwüstung serienmäßig ab. Sekundärverbraucher neigten viel weniger zur Festlegung als Primärarten und besaßen wegen des relativen Erfolges mancher Primärarten einen Vorteil. Je mehr Sekundärarten erfolgreich waren, desto leichter wurde es für die Tertiärarten. In den höheren Regionen der Lebenshierarchie gab es Veränderung – natürlich gab es Veränderung –, aber eine relativ niedrige Ebene von Ausrottung. Was das Aussehen anging, fand die Veränderung langsam, aber schließlich in drastischer Weise statt, im Sinn der evolutionären Kontinuität dagegen gab es nichts, was der umsturzartigen Umorganisation in den unteren Schichten entsprach. Nur die spezialisierten Insektenfresser und manche Fleischfresser verschwanden von der Bildfläche, die für das bloße Auge sichtbar war. Mikrobiotisch stand es etwas komplizierter, aber das Prinzip blieb das gleiche.

Die Allesfresser waren zu keiner Zeit wirklich in Gefahr (was das Überleben als Rasse anging). Alle Arten, die die Belastungen des zweiten Mittelalters überlebt hatten, konnten von der Überdachung der Welt kaum ernsthaft betroffen werden. Die alten Verbündeten des Menschen, Katze und Hund, überlebten beide – aber unabhängig vom Menschen. Seine alten Rivalen, Ratte und Schabe, überlebten ebenfalls – ja, sie gediehen sogar.

Auslöschung war für sehr wenige der Veränderungen verantwortlich, die in den tertiären Schichten stattfanden. Die Anpassung dagegen verlangte, daß tiefgreifende Veränderungen in den Verhaltensmustern – und oft solche in physischer Form – eintraten.

Unter den Umständen einer derart ungeheuren Reorganisation wurde die Evolution ermächtigt – ja, sogar gezwungen – überaus schnell vorzugehen. Die Evolutionsgeschwindigkeit erreichte nicht nur bei einer Art oder einer Artgruppe, sondern im ganzen Lebenssystem eine enorme Beschleunigung.

Evolution durch natürliche Zuchtwahl kann ungeheuer kostspielig sein. Um früher nützliche durch jetzt nützliche Gene zu ersetzen, muß in einer Reihe von Generationen eine riesige Zahl von Individuen sterben. Die auf den Arten ruhende Last wird immens. Das verlangt große Fruchtbarkeit und die Hinnahme einer sehr hohen Sterblichkeitsrate. Wenn einer Art ungewöhnliche Anforderungen auferlegt werden, schrumpft unweigerlich der Gesamtbestand dieser Art. Je mehr der Bestand schrumpft, desto schneller geht der Umschlag an Genen vor sich. An oder vor dieser Schwelle ist der evolutionäre Prozeß unfaßbarer, explosionsartiger Veränderungen fähig. Darunter wird Ausrottung unausweichlich, und die Art stirbt in einem wahrhaft verzweifelten Ausbruch von Anpassungsversuchen aus. Gelingt es der Evolutionsexplosion an der Schwelle jedoch, ein ganz neues Schema der Anpassung zu liefern, *ohne* die absolute Zahl der stehenden Bevölkerung zu tief absinken zu lassen, folgt dem evolutionären Ausbruch eine rasche zahlenmäßige Zunahme, während der die Auswahl nach wie vor eine Evolutionsrate bewirkt, die schneller ist als der ›normale‹ Ablauf in einer stabilen Art bei stabiler Umwelt. Verhältnismäßig seltene Arten mit einem hohen Grad an genetischer Gleichartigkeit in ultra-stabiler Umwelt gehen möglicherweise über in das dritte Stadium evolutionärer Geschwindigkeit, bei der die Veränderung sich drastisch verlangsamt und die Art nur noch geringe Fähigkeiten zur Veränderung besitzt.

Während der Jahrtausende, in denen die Euchronier ihren Plan der endgültigen Vollendung entgegenführten, veränderte die schnelle Evolution, die das gesamte Unterwelt-System erfaßte, das Gesicht der unteren Erde vollkommen. Ein paar tausend Jahre sind im evolutionären Maßstab ein sehr kurzes Intervall, aber die Umstände wären überaus ungewöhnlich, und der Prozeß wurde bis zu einem gewissen Grad durch die Anstrengungen der Menschheit angeregt und gelenkt. Der Mensch selbst war den Veränderungen gegenüber, die herbeizuführen er mithalf, keinesfalls immun, und die menschliche Rasse – oder, um genau zu sein, Rassen – die in der Unterwelt überlebten, unterschieden sich in vieler Beziehung grundlegend von der Rasse, die über ihr überlebte. Selbst diese Rasse – der euchronische Mensch – war in den Jahrtausenden des Plans einer gewissen Evolution unterworfen, da die Umstände auch für diese Rasse eine etwas beschleunigte Veränderung erforderlich machten.

Bis das Euchronische Reich begann, hatte sich der evolutionäre Fortschritt der Unterwelt etwas verlangsamt. Die stabile Mittelrate, die für diese Welt typisch wurde, entsprach jedoch keineswegs der

Mittelrate in der Oberwelt. In der Unterwelt herrschten nach wie vor Bedingungen rigorosen Wettbewerbs, die evolutionäres Auseinanderlaufen verlangten. Darüber hinaus gab es eine zusätzliche und keineswegs unbedeutende Belastung durch die hohe Mutationsfrequenz. Die Strahlungsabgabe der Oberwelt war nach unten gerichtet. Radioaktiver Abfall wurde nach unten beseitigt, und obwohl man ihn sorgfältig abschirmte, war das Maß an Ausströmung doch hoch.

Der Mensch – Allesfresser, intelligent und auf der höchsten Ebene der biotischen Hierarchie – veränderte sich von den Arten auf dieser Stufe am wenigsten, und selbst die Menschheit erlitt eine dreifache Unterteilung. Die Arten, die sich am meisten veränderten, waren die halb-intelligenten, die zusammen mit dem Menschen die Beton-Dschungel im Zeitalter der Psychose bewohnten. Diese Arten hatten schon einige Jahrhunderte vor dem Erscheinen des Euchronia-Planes unter beträchtlichem Anpassungsdruck gestanden. Unter den neuen Bedingungen zerbrach der Druck die Begriffsgrenzen, die der Gehirnentwicklung im Weg standen, und drei Arten entwickelten rasch Intelligenz von einer ungewöhnlichen Beschaffenheit.

Während die Euchronier ihr neues Leben begannen, nachdem der Plan zu einem erfolgreichen Abschluß gebracht worden war, standen die Bewohner der Unterwelt noch immer vor einem schrecklichen Kampf ums Dasein. Während die eine Welt sich niederließ, um in totaler Stabilität zu leben, verblieb die andere in einem Zustand, der praktisch auf ein Chaos hinauslief.

II

›Die Hochzeit von Himmel und Hölle‹ von Carl Magner stand Minuten nach der Eingabe ins Kybernetz allen Haushalt-Druckgeräten und den üblichen öffentlichen Stellen zur Verfügung. Die Mitteilung, daß das Buch verfügbar sei, verbreitete sich ein wenig langsamer, und selbst dann gab es keinen Ansturm darauf.

Viele Leute mißverstanden die Verwendung eines bekannten Titels von William Blake. Es war in Euchronia keineswegs ungewöhnlich, daß lange Kommentare über und manchmal sogar neue Versionen von prähistorischer Literatur geschrieben wurden. Wesen und Sinn alter Werke hatten sich schließlich im Licht brandneuer euchronischer Perspektiven völlig verändert, und es gab in den abstrakteren Bereichen kultureller Studien eine Lücke von elftausend Jahren, die intellektuell überbrückt werden mußte. Die Annahme, Magners Werk hänge eng mit dem von Blake zusammen, war nicht unnatürlich. Es ist durchaus möglich, daß manche der Männer und Frauen, die das Buch bald nach der Veröffentlichung lasen, den ganzen Text wirklich auf der Grundlage dieses vermuteten Zusammenhanges mißverstanden. Es ist nicht unvorstellbar, daß Magner nach angemessener Zeit und einem gewissen Maß an Zufallsglück so etwas wie ein literarisches Phänomen geworden wäre, in manchen Kreisen begrüßt als Genie, in anderen verleumdet, übel verleumdet.

Die Avantgarde verpaßte jedoch ihre Chance (oder Magner die seine). Es dauerte nicht lange, bis man begriff, daß das Werk für sich selbst stand, daß Wirklichkeit war, was es darstellte, und daß Magner wirklich meinte, was er sagte. Diese Offenbarung rief einige Aufregung hervor, aber es war Aufregung von gänzlich anderer Art.

Das Buch schilderte in Einzelheiten das Leben in der Unterwelt, wie es von der menschlichen Rasse geführt wurde. Der Bericht war erfüllt von einer seltsamen Hysterie, und den dargebotenen Bildern mangelte es an allgemeinem Zusammenhang, wenngleich sie unzweifelhaft Kraft und im einzelnen Klarheit besaßen. Viele Leser kamen zu dem Schluß, daß Magner, wenn schon nicht mehr, so doch ein vollendeter Künstler war. Das Bizarre und Erschreckende kam in der Literatur Euchronias nicht häufig vor.

Das Buch lieferte auch ein kraftvoll formuliertes Argument dahingehend, daß Euchronia darin extremer Unmenschlichkeit schuldig sei, daß es vorzog, seinen Reichtum nicht mit den Menschen am Boden zu teilen. Magner behauptete, die euchronische Zivilisation hätte, als die Plattform zu einer Einheit geworden war, die Tür zur Unterwelt nicht schließen dürfen. Er behauptete, die Möglichkeit, sich der Bewegung anzuschließen, hätte während der gesamten Geschichte des Planes offengehalten werden müssen.

Er behauptete ferner, die Bürger von Euchronia besäßen die moralische Pflicht, die Türen zur Unterwelt aufzureißen, den Handel mit den Menschen am Boden wiederaufzunehmen, ihre Bedürfnisse zu befriedigen und, wenn sie das wollten, zu ermöglichen, daß sie die Unterwelt verließen und ihren Platz an der Sonne einnahmen. ›Wir haben nicht das geringste Recht‹, schrieb Magner, ›die Bewohner der Welt vom Antlitz des Himmels fernzuhalten.‹

12

Etwa zwei Wochen nach der Veröffentlichung begann sich die Affäre Magner zu entwickeln. Der Mann, der die *Cause celebre* auslöste, war Alwyn Ballow, ein Software-Bearbeiter für das Holovisions-Netz. Er ging zu Yvon Emerich, der in den Live-Medien größten Einfluß hatte.

Emerich war ein vielbeschäftigter Mann, ein Mann mit dem zwanghaften Bedürfnis, sich zu beschäftigen, sich zu verbrennen. Er hatte eine große Menge an Energie zu verbrauchen, und er verbrauchte sie ganz nach außen, sandte sie weltweit durch das Sendenetz, schleuderte Schall und Wut in jeden Haushalt, der sich die Mühe machte, ihn einzuschalten. Die pure Gewalt seiner extrovertierten Entschlossenheit genügte, um ihm ein riesiges Publikum zu sichern. Er besaß unendlich viel mehr Feinde als Freunde, aber seine Feinde liebten ihn mehr als seine engsten Verbündeten. Freunden hatte er nichts zu bieten, Feinden alles – die Leute suhlten sich im Charisma seiner Angriffe, und er griff alle an und demolierte alle Standpunkte mit gleichem Feuer. Niemand litt wirklich unter einer Attacke Emerichs, weil in der *Laissez-faire*-Welt von Euchronia niemand sich für etwas so einsetzte, daß er von seiner Hand hätte vernichtet werden können. Argumentation war ein Gladiatorenspiel, in dem der Verlierer den Platz wechselte und jedermann das Schauspiel genoß.

Ballow hatte ungeheure Angst vor Emerich, war aber gern bereit, seine Angst zu überwinden, wenn er etwas auszulösen vermochte. Er trat Emerich gegenüber und kam sofort zur Sache.

»›Die Hochzeit von Himmel und Hölle‹«, sagte er.

»Was ist damit?« gab Emerich zurück.

»Haben Sie es gelesen?«

»Sie wissen doch ganz genau, daß ich nie etwas lese. Ich weiß, worum es geht. Was, zum Teufel, sollte ich damit anfangen?«

»Es ist gut.«

»Rufen Sie Sauldron an. Er beschäftigt sich mit Kunst.«

»Nicht auf diese Weise gut«, sagte Ballow beharrlich. »Gut für großes Aufsehen. Es hat enormen Biß – den ersten richtigen Biß, den wir seit langer Zeit gesehen haben. Vielleicht den größten überhaupt.«

»Der Mann ist ein Wahnsinniger«, sagte Emerich kurz – wenngleich die Tatsache, daß er sich zum Widerspruch entschloß, bedeutete, daß er bereit war, zuzuhören und Kenntnis zu nehmen – »und aus einem Irren kann man nichts Großes machen. Am Ende sieht man immer wie ein Narr aus. Jedesmal.«

»Nein«, sagte Ballow. »Der Vorschlag mag irrsinnig sein, aber daraus läßt sich etwas machen. Das wird auf allen Ebenen heiße Diskussionen auslösen. Wenn wir jetzt einsteigen, können wir die Diskussion lenken und anfeuern. Das geht hinauf bis zur Spitze, und ich meine die Spitze. Die Eupsychier werden das rein aus Gründen der Agitation übernehmen, aber im Grunde ist das keine Eupsychia-Sache. Es geht tiefer. Wenn das zur Hegemonie gelangt, wird man feststellen, daß es sich um ein heißes Eisen handelt. Man kann es nicht ignorieren und nicht lächerlich machen. Heres und seine Gruppe sind seit vierzig Jahren und länger auf dem Rückzug zur Wand, und es braucht nicht mehr viel, ihnen das Genick zu brechen. Das hier könnte reichen, wenn es genug aufgebläht wird. Irgendwo wird es irgend jemand versuchen, und zwar mit aller Kraft. Wir sollten uns rechtzeitig beteiligen. Das ist ein Bissen für uns, Yvon, wenn man es richtig anpackt.«

Emerich starrte den anderen sekundenlang an, dann entschied er sich. »Okay«, sagte er und schaltete ab. Der Stimmschreiber-Schirm wurde dunkelgrau. Emerich starrte ihn noch eine Weile an. Er hatte angebissen. Er würde der Sache nachgehen müssen, und wenn auch nur, um herauszufinden, was, zum Teufel, Ballow eigentlich meinte.

Er forderte über sein Tischgerät zwei Exemplare an und überflog die ersten Seiten, als sie aus dem Drucker flatterten. Er grinste, schnitt eine Grimasse und ließ den Ausdruck angewidert fallen, bevor er die Hand nach dem Stimmschreiber ausstreckte. Er mußte jemanden finden, der ihm das vorlas.

13

Nachdem Ballow vorausgesagt hatte, daß auf Magners Buch hin sich etwas tun würde, fühlte er sich verpflichtet, alles in seiner Macht Stehende zu tun, um es auszulösen und damit seine Voraussage zu rechtfertigen. Er begann seine wertvollen Bekannten in allen Arbeitsbereichen anzurufen, als Emerich die Verbindung unterbrochen hatte. Niemand, den er anrief, hatte das Buch gelesen, und nur wenige würden als Folge seiner Empfehlung versuchen, die Lektüre nachzuholen. Aber die meisten sollten bereit sein, darüber zu sprechen, wenn es sich als wichtiges Diskussionsthema herausstellte.

Binnen Stunden hatte Ballow eine Art Ansturm auf ›Die Hochzeit‹ ausgelöst. Druckgeräte in den unwahrscheinlichsten Winkeln der Welt ratterten wild, um Exemplare des Buches auszuspucken. Nicht viele davon würden von Anfang bis Ende gelesen werden, aber jeder, der die Absicht hatte, sich in die Debatte einzuschalten, wollte sich mit Form und Stil des Werkes einigermaßen vertraut machen.

Es gab eine Art Lawinenwirkung, als das Kybernetz bekanntmachte, daß das Buch zunehmendes Interesse finde. Die Kontroverse steigerte sich sprunghaft, als die einzelnen Leute Standpunkte bezogen und sich auf die Argumentation vorbereiteten. Die Förderung des Buches zu einer Position erheblicher Bedeutung wurde fast ausschließlich Modesache. Das Ganze war mehr oder weniger ein Spiel. Im Kielwasser des Euchronischen Planes konnte es nicht sehr viel mehr sein. *Alles* war ein Spiel, seitdem der Plan vollendet worden war.

Die Bürger von Euchronia mußten sich in ihre neuen Lebensumstände *hineinentwickeln*, und durch die strategische Abwesenheit praktisch aller sozialen Grundbelastungen konnte diese Evolution nicht einfach über Nacht stattfinden. Es bedurfte eines Ringens, um neue Dinge zu finden, die man *benötigte* – nicht sich einfach wünschte – und der innere Zusammenhang dieses Ringens erschwerte das beträchtlich. Euchronia wurde zu einer Welt von Kindern und Exzentrikern in eben dem Augenblick, als der Plan erfüllt war. Die Hegemonie der Bewegung war nicht überrascht – man ging davon aus, daß eine lange Periode der Anpassung notwendig sein würde. Man begrüßte das sogar, weil es die Gelegenheit bot, die zu entwickelnde Anpassung zu planen, und Zeit ließ, das Ziel, eine stabile Gesellschaft zu gestalten, zu erreichen. Die Arbeit an der physischen Umwelt war getan, die am Faktor Mensch hatte erst begonnen. Bis Magners Buch veröffentlicht wurde, hatte man kaum Fortschritte erzielt (manche hätten die Meinung vertreten, gar keine oder weniger als keine), aber man war bereit gewesen, mit der Zeit großzügig zu verfahren. Man hatte Vertrauen, und auch das war eine Hinterlassenschaft von elftausend Jahren Hingabe.

So fiel es Ballow, obwohl er keine wichtige Persönlichkeit war, ziemlich leicht, Magners Ideen zu einer großen Streitfrage zu machen. Hätte er es nicht getan, wäre ein anderer an seine Stelle getreten. Es waren, alles in allem genommen, ziemlich revolutionäre Ideen. Die Tatsache, daß anfangs praktisch niemand Magner ernst nahm, behinderte das Fortschreiten seines Werkes zur Popularität (zumindest zur Auffälligkeit) nicht. Und es war unausweichlich in einer Welt, die so verzweifelt *irgendeine* ideologischer Festlegung brauchte, daß er mit der Zeit Anhänger gewann.

Die Lawine wuchs, und Magner trat schwerfällig in die politische Arena.

14

Rafael Heres war keineswegs erfreut, als Enzo Ulicon es sich in den Kopf setzte, eine sofortige Diskussion von Carl Magners ›Die Hochzeit von Himmel und Hölle‹ zu verlangen.

»Ich bin mitten in einer Hoh-Partie«, sagte er und ließ deutlich erkennen, daß er sich über die Störung ärgerte.

»Verschieben Sie sie«, sagte Ulicon.

»Ich verliere die Kontrolle über das Spiel völlig«, sagte Heres. »Was ist mit den anderen? Sie werden die Störung nicht freunlich aufnehmen.«

»Rafael«, sagte Ulicon, »Sie sind der Hegemon. Sie können die Führung der Welt nicht in die Lücken Ihres gesellschaftlichen Lebens hineinzwängen. Es braut sich ein Gewitter zusammen.«

»Machen Sie sich nicht lächerlich«, sagte Heres. »Das mit dem Öffnen der Unterwelt ist eine Farce. Alles ist unter Kontrolle. Es handelt sich nur um ein unsinniges Argument, das unsere *eigentlichen* Probleme verwischen soll.«

»Wenn Sie Hoh spielen, lösen Sie gar keine Probleme«, betonte Ulicon. »Ich muß mit Ihnen reden. Es ist dringend. Das ist längst nicht mehr nur Gerede. Das berührt eines der grundlegendsten unserer Probleme. *Das* grundlegendste.«

»Was meinen Sie damit?«

»Unterbrechen Sie das Spiel, und ich sage es Ihnen.«

Heres zog sich widerwillig aus dem Spiel zurück und überließ es den anderen Spielern, ohne ihn weiterzumachen oder das Spiel erkalten zu lassen, während sie auf seine Rückkehr warteten, ganz, wie es ihnen beliebte. Als er allein war – das heißt, aus den anderen Rufschaltungen gelöst – schenkte er Ulicon seine volle Aufmerksamkeit. Seinen Unwillen trug er noch immer auffällig zur Schau.

»Also?« fauchte er.

»Ich habe versucht, herauszufinden, woher Magner seine Informationen bezieht«, sagte Ulicon. »Er ist in diesem Punkt ziemlich verschlossen. Im Buch wie im Begleitmaterial werden keine Quellen genannt.«

»Magners Sohn war unten.«

»Soviel ich weiß, ist er nicht zurückgekommen, so wenig wie die anderen. Ich habe ziemlich gründlich nachgeforscht. Wenn sie das Netz verwendet hätten, wären sie leicht zu finden, aber das ist nicht der Fall. Sie könnten in der Freistätte sein, aber alle meine Quellen verneinen das. Es sind vier – und hier oben ist es nicht leicht für vier Personen, sich zu verstecken. Alles deutet darauf hin, daß sie in die Unterwelt gegangen sind und sich dort noch aufhalten. Dazu kommt, daß Magners zweiter Sohn, der jüngere, ebenfalls verschwunden ist. Sie erinnern sich vielleicht an das Aufsehen, als er klein war. Jedenfalls ist er auch fort. Magner hat sich aber seit Beginn unserer Überwachung mit keinem von ihnen in Verbindung gesetzt.«

»Wollen Sie behaupten, daß er alles erfunden hat?«

»Die Möglichkeit besteht«, sagte Ulicon, »aber nein, das behaupte ich nicht. Ich habe ein Gerücht gehört, das viel bedeutsamer ist, und mich bei Magners Arzt erkundigt. Er wollte nicht direkt mit der Sprache heraus, aber mit Hilfe der Polizei kam ich zu Unterlagen aus dem Netz. Magner konsultiert seinen Arzt regelmäßig seit zwanzig Jahren. Er klagt über schlechte Träume. Alpträume.«

»Das gibt es nicht«, sagte Heres.

»Das gibt es doch, wenn man bedenkt, was Magner mit seinem jüngeren Sohn durchgemacht hat. Aber den Gerüchten zufolge stammt Magners Bild von der Unterwelt unmittelbar aus seinen Träumen, und wenn das zutrifft, können wir nicht darüber hinweggehen. Das hat gewichtige Folgen. Wir müssen Gewißheit haben, aber noch wichtiger ist, daß wir entscheiden müssen, was zu tun ist, wenn es wirklich stimmt.«

»Nichts«, sagte Heres. »Das ist absurd. Selbst wenn es zutrifft, kann es sich nur um eine Abnormität einmaliger Art handeln. Eine Epidemie von Alpträumen ist kaum wahrscheinlich.«

»Ich bin froh, daß Sie da so sicher sind«, sagte Ulicon. »Aber befassen muß man sich trotzdem damit.«

»Sie wollen eine Sitzung des inneren Rats?«

»Natürlich.«

»Könnte das nicht unter uns bleiben?«

»Rafael, es ist schlimm genug, daß der innere Rat Geheimnisse vor der Hegemonie hat, ohne daß wir auch noch voreinander etwas verschweigen. Gut, ich weiß, daß das Eliot Munition verschaffen wird, aber glauben Sie mir, wenn die Folgerungen dieser Sache so schlimm sind, wie sie es sein könnten, kann sich Eliot auf starke Argumente stützen. Wir müssen uns damit befassen. Wir alle.«

»Wann?« fragte Heres.

»Morgen. Ein beiläufiges Zusammentreffen. Durch das Netz darf das nicht gehen. Wir müssen uns inoffiziell unterhalten. Inzwischen werde ich aber sondieren, und ich rate Ihnen, dasselbe zu tun. Emerich befaßt sich mit Magner, und es wird in Kürze großes Aufsehen geben. Wenn das mit den Träumen zur Sprache kommt und Magner *nicht* der einzige ist, haben wir ernsthafte Kopfschmerzen.«

Heres begriff vollkommen. Sein Gehirn befaßte sich schon damit. Die Folgerungen von Ulicons Argument waren ungeheuer gefährlich, nicht nur für seine eigene persönliche Position, sondern auch für den Standpunkt der Euchronischen Bewegung.

15

Die Grundlage des Euchronismus ist die Philosophie, daß die Zukunft Besseres bringt. Die Euchronische Bewegung gründete auf dem Prinzip, den Wandel zu lenken, nicht in kleinem Maßstab, sondern im größtmöglichen. Die Euchronische Bewegung predigte die Lehre, daß es einfach nicht genügte, eine Modell-Gesellschaft zu entwerfen und vorauszusagen, daß sie eines Tages entstehen werde. Die Bewegung verlangte, daß man sich dem ganz verschrieb – einem Idealstaat verschrieb, der so fern in der Zukunft lag, daß kein Mensch ihn erleben würde, seine Kinder nicht und seine Kindeskinder nicht – nur so ferne Nachkommen, daß sie die Hälfte der Menschheit umfassen mochten. Die Bewegung verlangte im Namen eines Zieles, das nur ein Ziel der gesamten Rasse sein konnte, das höchste Opfer.

William Blakes ›prophetisches‹ Buch lieferte die erste Euchronische Philosophie.

Die Gesellschaftswissenschaft von Karl Marx lieferte die erste Euchronische Lehre.

Grundlegend für den Euchronismus ist die intellektuelle Transzendenz des reinen Egoismus. Der Euchronismus ist nicht notwendigerweise religiös und nicht notwendigerweise sozialistisch. Er ist aber notwendigerweise selbstlos.

16

Cudal-Kanal bezeichnete in seiner ganzen Länge die Grenze des Landes der Menschen ohne Seelen und des Landes der Kinder der Stimme, für das sich der Name Shairn eingebürgert hatte. Er war eine natürliche Grenze, und eine, über die zu streiten niemand so recht Lust hatte, aber im Lauf der Jahrhunderte waren auf beiden Seiten Wälle aus Erde und Steinen errichtet worden, um ihr Nachdruck zu verleihen und für den Notfall eine Verteidigung zu ermöglichen. Der Kanal selbst war wüst – das Wasser untrinkbar, benützt nicht einmal von den Krebsen – und das Land auf beiden Seiten davon verseucht und Tummelplatz von Schwärmen fliegender Insekten. Es war Land, durch das nur Wanderer und Eindringlinge zogen. Aber ab und zu wurde es notwendig, daß ein Zusammentreffen im neutralen Gebiet stattfand – ein Treffen zwischen den Menschen ohne Seele und den Kindern der Stimme. Die ersteren kamen gewöhnlich aus Walgo, die letzteren aus Stahlhelm.

Die Menschen ohne Seelen erlebten oft schwere Zeiten, und wenn sie zu schwer wurden, blieb ihnen nichts anderes übrig, als sich um Nahrung an Shairn zu wenden. Die Kinder der Stimme gewannen Feldfrüchte in großem Maßstab und darbten selten, auch wenn die Wanderungszüge drohten, ihnen das Fleisch zu nehmen. In Friedenszeiten handelten die Menschen von Walgo regelmäßig mit Stalhelm und boten Fisch und Werkzeuge für Korn und Ziegel. Aber die Zeiten waren selten friedlich, und Ermold von Walgo war durchaus kein friedlich gesinnter Mann. Der Handel hatte während seiner Herrschaft aufgehört, und die Zusammenkünfte am Cudal-Kanal waren selten - Ermolds Volk von der Notwendigkeit aufgezwungen.

Da Ermolds Leute diejenigen waren, die auf die Zusammenkünfte am Kanal dringend angewiesen waren, führten sie gewöhnlich dazu, daß Stalhelm den besseren Teil für sich buchte. Das trug nur dazu bei, daß Ermold solche Gelegenheiten noch ärger haßte. Wenn er Shairns Korn unbedingt benötigte, mußte er nicht mit Fisch oder anderen üblichen Handelswaren bezahlen, sondern mit Himmelsmetall und vom Himmel stammenden Büchern. Da Shairn nicht über eine unabhängige Quelle für solche Dinge verfügte, und da die Kinder der Stimme Bücher und gute Werkzeuge liebten, herrschte stets große Nachfrage nach solchen Dingen. Die Kinder der Stimme waren aber bereit, notfalls darauf zu verzichten und konnten sich das leisten. Der Druck lastete stets auf Ermold, und das ärgerte ihn. Oft versuchte er, Stalhelm zu überfallen und Vorräte lieber zu stehlen als sie zu kaufen, aber solche Kämpfe waren immer kostspielig und bitter, und die Eindringlinge konnten selten auch nur annähernd das fortschleppen, was sie brauchten. Ermold war klargeworden, daß es einfacher und besser war, zuerst mit den Kindern der Stimme zu handeln und dann sie zu überfallen – um zu stehlen, was er konnte, damit er sich wohler fühlte. Stalhelm wußte das und verlangte deshalb einen um so höheren Preis. In Stalhelm ging man davon aus, daß es, solange Ermold herrschte, zwischen den Leuten zu beiden Seiten von Cudal-Kanal immer böses Blut geben würde.

Ermold und seine Männer mußten das dreckige Wasser überqueren, um an dem Treffen teilzunehmen, und sie wandten einige Zeit dafür auf, sicherzustellen, daß sie das tun konnten, ohne sich die Füße naßzumachen – und daß sie notfalls sehr schnell den Rückweg würden antreten können.

Der Häuptling von Walgo stellte drei oder vier seiner besten Leute hinter Shairns Wall auf, getragen von einem Befehlsponton, dann schritt er nach Shairn hinein, begleitet nur von Fortex und – das verstand sich von selbst – dem Mädchen namens Huldi, das immer noch durch das dünne Seil an ihn gefesselt war.

Er beobachtete die Kinder der Stimme, die langsam den Hang herunterkamen.

»Dreckige Aasfresser«, murmelte er. »Dreckige, widerliche kleine Bestien.« Ermold war nach den Maßstäben seines Volkes nicht sehr groß, wenngleich breit und ungeheuer kräftig. Seine Größe entsprach eher dem Durchschnitt der Kinder der Stimme, und die schlimmste Beleidigung, die man ihm entgegenschleudern konnte, war bei seinen Leuten wohlbekannt. Er hatte Leute dafür getötet, daß sie ihn ›Shairaner‹ genannt hatten, und wäre wohl zum Berserker geworden, hätte er irgend jemand das Wort ›Ratte‹ gebrauchen hören. Die Beleidigungen durch die Älteren in seiner Kindheit hatten wahrscheinlich mit seinem tiefsitzenden Haß auf seine Nachbarn viel zu tun.

»Das graue Fleisch, das sie bringen, wird voller Schaben sein«, sagte er zu Fortex. »Das, was sie selbst nicht essen. Und sie meinen, es sei gut genug für *Menschen*. Ich will ein paar Schädel haben, bevor die Sache vorbei ist. Wenn ich nur an Yami herankäme . . .«

»Er ist nicht dabei«, sagte Fortex leise. »Es ist sein Sohn. Camlak. Möchte wissen, ob er den Alten getötet hat.«

»Der!« fauchte Ermold. »Ein Feigling, wenn ich je einen gesehen habe. Wenn *er* Alter in Stalhelm ist, brauchen wir eine Weile nicht

zu hungern. Ich könnte ihn lebendig essen.«

»Er wird nicht der Alte sein«, sagte Fortex düster. »Er wird auf Befehl hier sein. Wenn Yami erledigt ist, werden sie einen neuen Führer bekommen. Einen starken.«

»Soviel Verstand haben sie nicht«, sagte Ermold. Er war optimistisch nur infolge der Stärke seines Hasses.

Das Mädchen nagte mit den Zähnen am Seil. Seine Aufmerksamkeit hatte nachgelassen. Er trat ihr in den Bauch und prüfte die Stärke der Schnur.

Fortex fragte sich insgeheim, was die Shaira davon halten mochten, daß Ermold seine Frau an einem Seil herumführte, aber er hätte es nie gewagt, einen solchen Gedanken auszusprechen.

Es waren sechs Männer aus Stalhelm, und jeder trug einen Korb voll getrocknetem Askus aus den graugrünen Schmackhalmen, die sie auf manchen Feldern zogen. In Ermolds Land wuchsen sie wild, aber es gab sie kaum noch. Sechs Körbe waren wenig genug für das Volk von Walgo, aber wenn heute alles gutging, würde es später mehr geben. Eine Zusammenkunft dieser Art konnte sich endlos lange hinziehen, bevor es zu einer ernsthaften Auseinandersetzung kam. Bei der ersten Begegnung einigte man sich stets auf Tauschbedingungen, aber sie galten selten auf Dauer oder auch nur lange genug, daß Ermold Vorräte anzulegen vermochte. Irgend etwas ging immer daneben.

Ermold drehte sich halb herum.

»Bring den Behälter«, befahl er.

Der Koffer wurde über die Mauer gehoben, und Fortex trat zurück, um ihn aufzufangen. Er enthielt nicht mehr alles, was Burstone in die Welt mitgebracht hatte – einige Messer und Gerätschaften würden ihren Weg nie nach Stalhelm finden, die Bücher und die übrigen Stahlwaren mußten stückweise zurückgehalten oder durch Gerümpel ergänzt werden, das Ermold an den Mann zu bringen hoffte.

Huldi begann wieder an der Schnur zu nagen.

Camlak trat aus seiner Gruppe vor und blieb zwei, drei Meter vor Ermold stehen. Die Krieger aus Walgo standen auf und reckten sich zu ihrer vollen Größe, um ihre Überlegenheit herauszukehren. Auch Huldi stand auf. Sie war größer als Ermold. Er riß heftig an der Schnur, so daß sie wieder auf ihr Gesäß fiel.

»Wo ist Yami?« fragte Ermold scharf.

»Krank«, sagte Camlak.

»Krank von einer Stahlschneide«, meinte Ermold.

»Nur krank«, sagte Camlak beharrlich, uneingeschüchtert von der Größe oder anderen Dingen. Porcel und die anderen Krieger beobachteten ihn scharf. Das mochte sich sehr wohl als eine Art Probe erweisen.

Ermold gab einen Laut von sich, der halb Lachen, halb Rülpsen war. Er warf Camlak den Koffer vor die Füße.

»Das ist zwanzig Körbe wert«, sagte er. »Du kannst die Bücher einzeln wegtragen und mehr Graufleisch bringen. Später holen wir mehr. Laß nur immer das Fleisch herbeischaffen.«

Camlak öffnete den Koffer und betrachtete den Inhalt.

»Sechs«, sagte er. »Wenn du mehr willst, als wir mitgebracht haben, dann bring mehr. Ich nehme jetzt alles.«

Ermold griff zur alten Methode. Sie war Camlak neu, aber der jüngere Mann wußte offenbar, womit er zu rechnen hatte. Von seinem Vater hatte er wenig genug geerbt, aber er besaß Geduld. Und von seinem eigenen Standpunkt aus ebenso wie von dem seines Volkes konnte er es sich nicht leisten, weniger zu nehmen, als er erzielen mochte. Ermold bemühte sich sehr, erreichte aber nichts. Das Problem war, daß Ermold *erwartete*, Camlak werde sich mit weniger zufriedengeben als sein Vater, und als der junge Mann sich als ebenso störrisch erwies, wurde Ermold bitterböse.

Das Feilschen wurde heftig und dann wild. Zwischen dem Schlußangebot der beiden klaffte eine echte Lücke – oder zwischen dem, was jeder als äußerstes Schlußangebot anzusehen vermochte. Camlak war fest entschlossen, nicht von seinem Preis abzugehen – er war notfalls bereit, den Askus wieder mitzunehmen – und Ermolds Temperament kochte über, als das immer deutlicher wurde.

Inzwischen hatte Huldi sich mit einem scharfen Stein ans Werk gemacht, und es war ihr gelungen, die meisten Fäden der Schnur durchzufeilen. Während sie sägte, fragte sie sich, was sie eigentlich tun wollte, wenn die Schnur endlich riß. Sie wußte, daß sie sich gegen Ermolds Zorn und Lust nur bis zu einem gewissen Punkt auflehnen konnte, und daß unter den gegenwärtigen Umständen die schlichte Tatsache, frei zu werden, weit darüber hinausgehen mochte. Sie mußte schnell laufen, und sie brauchte einen Ort, wohin sie sich wenden konnte. Sie wagte nicht nach Walgo zurückzulaufen, solange Ermold lebte, und so schien es, als müßte sie Shairn durchqueren – oder die Shaira dazu überreden, ihr Unterschlupf zu gewähren. Das war nicht unbekannt – bei den Städten von Shairn trieben sich immer vereinzelte seelenlose Menschen und Höllengenossen herum, und in Zentralshairn würde man ihr kaum vorwerfen, daß sie aus dem lästigen Walgo kam. Ermolds Störaktionen waren eng begrenzt.

Während sie sägte, blickte sie grübelnd auf Camlak und seine Genossen und schaute sich ab und zu besorgt nach Fortex um. Sie spürte, daß sich ein Kampf zusammenbraute, und sie wußte, auf welcher Seite sie stand. Sie hoffte nur, daß *sie* es rasch genug begreifen würden.

Das Seil zerriß gerade in dem Augenblick, als Ermold im Begriff stand, seine Beherrschung zu verlieren. Es war ein unglücklicher Zufall, daß er im Augenblick des Zerreißens den rechten Arm wütend und verärgert hochriß. Das lose Ende des Seiles wurde in die Luft geschleudert und lenkte Ermold im entscheidenden Augenblick ab. Sein Messer war schon halb gezogen, und der eine Zeitpunkt, in dem vorübergehende Überraschung unweigerlich tödlich sein kann, ist der, zu dem einer mit halbgezogener Waffe erwischt wird.

Camlak war schneller. Der kleine Mann hatte ein Messer im Ärmel und brauchte nicht einmal aufzustehen. Die Klinge steckte in Ermolds Bauch knapp unter dem Nabel, bevor er Zeit zum Nachdenken hatte. Es war eine üble Wunde, aber das Messer war viel zu klein, als daß sie tödlich sein konnte. Ermold brach zusammen und blieb liegen; er wartete darauf, daß die Pfeile über seinen Kopf hinwegflogen. Camlak zog bereits eine tödlichere Waffe, und die anderen Krieger rückten vor.

Ermold heulte auf.

Fortex heulte ebenfalls auf und stürzte sich auf Camlak, eine große Steinaxt schwingend. Ermolds Krieger schnellten hinter dem Wall hoch, die Bogensehnen gespannt. Fortex landete neben Huldi, aber seine ganze Aufmerksamkeit galt Camlak. Das war ein Fehler. Huldi sprang auf und schwang den linken Arm in weitem Bogen. Der scharfe Stein schnitt ein klaffendes Loch in Fortex' Hals, und seine Schlagader spritzte Blut.

Einer von Walgos Bogenschützen wurde von einem Speer im rechten Auge getroffen und rückwärts ins Wasser geschleudert. Es war ein reiner Glückstreffer gewesen. Die anderen Männer ohne Seelen feuerten ihre Pfeile harmlos ab, begutachteten die Lage und flohen, hetzten zurück über ihren Ponton und rannten Richtung Walgo zurück, so schnell sie konnten.

Camlak war verblüfft. Er starrte Huldi an, den langen Dolch in der Hand, als hätte er gute Lust, sie damit zu durchbohren. Die Entscheidung wurde ihm von Ermold abgenommen, der ihn bei den

Fußknöcheln packte und umkippte, bevor er aufsprang, sein Messer nach dem erstbesten von Camlaks Männern schleuderte und die Flucht ergriff. Ohne Zweifel wäre es ihm ein Herzensbedürfnis gewesen, Huldi vorher zu töten, aber es blieb keine Zeit dazu. Er hatte auch keine Aussicht, auf seine Seite des Kanals zurückzugelangen. Er lief am Shairn-Ufer im Schatten des Walles entlang. Zwei Pfeile folgten ihm, verfehlten, dann verschwand er krachend in dichtem Klauenschilf.

Porcel und die anderen Krieger überlegten keinen Augenblick, ob sie die Befehle des Sohnes ihres Alten abwarten sollten. Sie hetzten wie ein Rudel Hunde hinter Ermold her. Sie wußten, daß er verwundet war, und der Gedanke, daß er entkommen und sich von seiner Wunde erholen sollte, war offenkundig unerträglich.

Camlak war der einzige, der zurückblieb. Er stand auf und starrte Huldi argwöhnisch an, die noch immer da war und wartete.

»Du verfolgst ihn nicht?« sagte sie.

Camlak schüttelte den Kopf.

»Ich habe, wofür ich gekommen bin.« Er hob den Koffer auf und klappte sorgfältig die Verschlüsse zu. Er steckte seinen Dolch in die Scheide und machte sich mit langsamen Schritten auf den Weg nach Stalhelm. Huldi folgte ihm. Als sie an den Körben mit Graufleisch vorbeikamen, stieß Camlak die Körbe um.

Ein Schwarm Fliegen stand rasch über dem Fleisch und den Leichen.

17

Julea saß am Schminktisch und betrachtete sich kritisch im Spiegel.

Sie sah zu jung aus, um ihren Bruder in den Tod geschickt zu haben. Einen ihrer Brüder. Der andere war von selbst gegangen.

Unten konnte sie hören, wie der Streit begann. Sie biß sich auf die Unterlippe und ordnete ihr Haar. Der Streit hatte nun schon sooft begonnen und war nie zu einem Ende gekommen. Die Version von heute abend sollte wenigstens privat sein, und das mußte man dankbar begrüßen.

Aus irgendeinem Grund konnte sie ihren Vater nicht mehr als den Helden der Affäre sehen. Sie glaubte einigermaßen an ihn, konnte sich dem Sturm, der sich rings um ihn zusammenbraute, aber nicht mehr verschreiben. Es hatte schon einmal einen Sturm gegeben, kurz nach ihrer Geburt. Sie war im Schatten dieses Sturmes aufgewachsen, neben Joth. Jetzt war Joth tot. Sie hatte ihn Ryan nachgeschickt, und er war gegangen. Sie mußte wahnsinnig gewesen sein. Im Innersten mußte sie gewußt haben, daß er dasselbe Schicksal erleiden würde, was es auch sein mochte.

Sie betrachtete sich im Spiegel und beschuldigte sich des Mordes.

Die Anschuldigung war nicht gerecht, aber die Schuld lastete trotzdem auf ihr. Sie hatte viel verloren, in einer Welt, wo Verlust so selten und so immateriell war. Niemand sonst konnte auch nur verstehen, wie ihr zumute war.

Während Carl Magner nach einem weiteren Bekehrten angelte, spielte seine Tochter ihr privates Melodram zu Ende.

Man sagte, ihr Vater sei wahnsinnig, und sie hatte angefangen, zuzuhören, wenn auch nicht zu glauben. Auch das erweckte Schuldgefühle.

Als sie mit ihrer Frisur fertig war, blieb sie noch eine Weile still sitzen, fasziniert von ihrem tragischen Spiegelbild. Es bemühte sich angestrengt, ein fremdes Gesicht zu sein, sich in die Rolle des Anschuldigers oder Angeschuldigten zu versetzen, damit ihre Gefühle wenigstens in ihrer Einbildung polarisiert werden konnten. Sie kam sich beinahe vor, als zerspringe langsam ihre Identität. All das, was sie aufrechterhalten hatte, lag im Sterben oder war tot.

Carl Magner gehörte zu den Sterbenden. Seine Söhne waren die Toten.

Sie hatte jetzt selbst schlechte Träume, wenn auch keine, die mit denen ihres Vaters vergleichbararl Magner gehörte zu den Sterbenden. Seine Söhne waren die Toten.

J Sie hatte jetzt selbst schlechte Träume, wenn auch keine, die mit denen ihres Vaters vergleichbar gewesen wären. Einfach gestörte Träume, in denen Bilder von Ryan und Joth und der Welt um ihre Schuld miteinander rangen und ihren Part im Gewebe des Seins strichen.

Sie konnte einfach nicht begreifen, was vorging. Schlimmer noch, sie hatte keine Ahnung, *warum*.

Sie löschte den Spiegel und ging hinunter.

18

Abram Ravelvent war einer der Kenner. Er war Wissenschaftler – ein Mann des Wissens.

Wissen ist nicht Weisheit, und nirgends trat das deutlicher hervor als im Charakter Abram Ravelvents.

Er sah alt aus – seine Haare waren grau, seine Hautfarbe war dunkel. Seine Haut hatte für das Auge die Beschaffenheit von Horn. Trotzdem hatte er noch fünfzig Jahre vor sich, wenn er vorsichtig war und mit Maßen Glück hatte. Er war kaum neunzig. Das alte Aussehen war kultiviert – es war im Lauf der Jahre sorgfältig herbeigeführt worden, gereift, umgestaltet, hart und fest eingerichtet worden. Das Aussehen des Alleswissenden. Und auch das des Wort-*Chevaliers*, des Künstlers der Streitrede.

Ravelvent hatte außer seiner Persönlichkeit keinen Einfluß, würde aber einer der wertvollsten Zugänge zu Magners Partei sein, wenn man ihn zum Beitritt zu überreden vermochte.

Er war zumindest bereit, sich überreden zu lassen, war aber mit Argumenten ausgerüstet erschienen, die er für unfehlbar hielt. Er hatte vor, Magners Sache völlig zu widerlegen, nur um zu zeigen, daß er dazu imstande war. Wenn die Aussicht dann attraktiv erschien, mochte er Magners Verbündeter für den Feldzug werden, die Unterwelt öffnen zu lassen.

Sein unfehlbares Argument, schlicht ausgedrückt, lautete, daß ›Die Hochzeit von Himmel und Hölle‹ einfach nicht wahr sein konnte.

19

»Warum nicht?« sagte Magner brüsk. »Erklären Sie es mir. Warum nicht?«

»Es ist ein naives Bild«, sagte Ravelvent. »Es berücksichtigt einfach nicht die Härte und grundsätzliche Fremdartigkeit irgendeines Lebenssystems, das unter Bedingungen, wie sie dort unten herrschen müssen, überleben konnte. Ohne Licht muß die primäre Energiequelle doch wohl Wärme sein. Was Sie somit in Ihrer Darstellung des Lebens, wie die Bewohner der Unterwelt es führen, vorschlagen, ist die Fortentwicklung eines gänzlich thermosynthetischen Pflanzenreiches zu der Ebene von Komplexität und Leistungsfähigkeit, die erforderlich ist, um höhere Lebensformen innerhalb von nur elftausend Jahren. Das ist einfach nicht möglich.«

»Es gibt eine zweite Energiequelle«, sagte Magner.

»Die ›Sterne‹, von denen Sie sprachen? Im Ernst, man kann kaum glauben ...«

»Abfall«, sagte Magner. »Der Abfall der Oberwelt. Unsere Zivilisation exportiert Millionen Tonnen Rohabfall jedes Jahr in die Unterwelt. Organischer Abfall jeder Art – Abfall, der von wiedergewinnbarer Energie strotzt.«

»*Wir* gewinnen davon viel zurück«, betonte Ravelvent.

»Stimmt nicht«, sagte Magner. »Wir gewinnen Metalle, Phosphate, Nitrate und ein paar andere nebensächliche Stoffe zurück, die wir dem Abfall leicht und billig entziehen können. Aber bei einem relativen Überfluß an Atomkraft, Solarkraft und Gezeitenkraft brauchen wir den Abfall nicht als Energiequelle auszubeuten – und das ist die Art, wie die Unterwelt ihn ausbeuten wird. Wir holen uns vom exportierten Material wirklich nur winzige Mengen zurück, wie ein Blick auf die Zahlen im Kybernetz nachweist.«

»Aber selbst wenn es so *ist*, ändert sich am Prinzip nichts«, widersprach Ravelvent. »Sie schlagen eine evolutionäre Wucherung vor, die einfach nicht möglich ist. Sie unterstellen den Tod von praktisch allen alten Bedingungen und das Wachstum eines vollständigen Ersatzsystems. Gut, selbst wenn es dazu kommen könnte, selbst wenn es dazu gekommen ist, kann man sich einfach nicht die Art von Kontinuität vorstellen, die nach Ihrer Ansicht in der menschlichen Gesellschaft am Werk gewesen ist.

Sehen Sie sich die Art von Leben, das diese Leute nach Ihrer Meinung führen, einmal genau an. Sie glauben, sie seien locker zusammengefaßt in Stämme, bewohnten kleine Städte, Gebäude, errichtet ... woraus? Erde? Schlick? Ziegeln? Jedenfalls scheinen sie in gewissem Maßstab das Land zu bestellen. Sie leben zumeist friedlich, obwohl sie stark sind. Sie jagen, aber in der Hauptsache gebrauchen sie ihre Waffen zur Verteidigung gegen große Fleischfresser, deren Beschreibung jeder Klassifizierung spottet. Sie haben auch noch andere Feinde, die einzustufen Sie ebenfalls Schwierigkeiten zu haben scheinen. Humanoide Wesen, größer als Menschen, kriegerisch, manchmal maskiert, manchmal nackt, manchmal bekleidet, manchmal mit *Fell*. Was sollen alle diesen fremdartigen Wesen sein? In Ihrem Buch gibt es keine Erklärung dafür. Aber lassen wir das. Was ergibt sich als Gesamtsumme? Ein Bild des Menschen als eine Art edler Wilder, heroisch darum ringend, eine primitive Gesellschaftsorganisation und sogar primitive gesellschaftliche Ideen von Frieden und Wohlstand gegen die schrecklichen Bedrohungen durch eine feindselige Umwelt zu bewahren.

Aber diese feindselige Umwelt tut wenig mehr als zu drohen. Die meisten ihrer Bedrohungen scheinen geisterhafte Wesen ohne jeden Sinn zu sein. Riesen und Affenmenschen. Was sollen sie sein? Mutanten? . . .« Er verstummte für einen Augenblick, aber Magner schien keinen Wert darauf zu legen, ihn gerade an dieser Stelle zu erleuchten. »Ihr Bericht äußert einen starken psychologischen Appell. Er mag psychologisch sogar einen gewissen Sinn ergeben. Aber wissenschaftlich ist es Unsinn, zu unterstellen, das Leben in der Unterwelt könnte von dieser Art sein. Wenn dort unten wirklich Menschen leben, dann in einer unerbittlich feindseligen Umwelt. Der reine Verfall der Umwelt muß die Nahrungssuche zu einer Aufgabe machen, die alle Kräfte beansprucht. Der Gedanke an Landwirtschaft, Stadtgemeinden, Stammesorganisation . . . all das scheidet völlig aus. Der Mensch war und ist ein Produkt der Umwelt. Die Menschen der Unterwelt waren der Funktion nach dazu bestimmt, in einer Umwelt zu leben, die sehr wenig, wenn überhaupt etwas, mit der jetzigen Umwelt der Unterwelt gemein hat. Der Gedanke, sie könnten ihr bisheriges Dasein aufrechterhalten, ist offenkundig unsinnig.

Wenn es heute in der Unterwelt Menschen gibt – und ich fühle mich verpflichtet, zu sagen, *wenn* – dann können wir nicht vernünftig davon ausgehen, daß sie mit den Menschen der prähistorischen Zeitalter irgend etwas gemein hätten, geschweige denn mit uns. Sie wären nicht bloß Primitive und Wilde, sie wären – ganz im Wortsinn – Tiere. Sie wären gezwungen, ihre Zeit dafür aufzuwenden, für die nackten Notwendigkeiten des Überlebens aufzuwenden – Nahrung und Vermehrung. Sie wären so wenig menschlich wie Vieh, oder wenn Ihnen ein passenderes Beispiel lieber ist, wie Wölfe. Wenn sie in Gruppen auftreten, sind das Rudel und keine Stämme.«

»Sie zeichnen ein sehr hartes Bild«, sagte Magner.

»Es ist realistisch«, betonte Ravelvent.

»Sie scheinen praktisch kein Zutrauen zur Menschheit als Art oder zum menschlichen Wesen als intelligentes, anpassungsfähiges Wesen zu haben«, sagte Magner.

»Zutrauen! Was hat das damit zu tun? Wir können nicht auf der Grundlage von Zutrauen entscheiden, was die Unterwelt ist. Wir können Natur und Fähigkeiten des Menschen nicht durch Wunschdenken bestimmen. Es sind *Fakten* zu berücksichtigen. Harte Fakten, die wir als wahr erkennen. Selbst für eine Spekulation müssen wir, wenn wir ein Bild davon, wie das Leben in der Welt unter uns aussehen könnte, die Fakten vollständig und ganz anwenden. Rückhaltlose Treue zur bekannten Wissenschaft ist bei jeder *angemessenen* Anwendung der Phantasie eine absolute Notwendigkeit. Ich *weiß*, daß die Schilderung der Unterwelt in Ihrem Buch ein Produkt Ihrer Phantasie ist, allein schon deshalb, weil Sie diese Phantasie schlecht eingesetzt haben. Es ist eine von Tatsachen ungezügelte Phantasie. Wenn wir die Unterwelt wirklich öffnen sollen – und ich halte diesen Vorschlag nicht für unvernünftig – müssen wir eine realistische Vorstellung von dem haben, was wir vermutlich finden werden.

Sie scheinen zu glauben, daß wir nichts anderes zu tun brauchten, als unsere Tore weit zu öffnen, und die Menschen der Unterwelt würden sich in langen Reihen anstellen, um ihre Welt zu verlassen. Vielleicht stimmt das auch. Man kann kaum bezweifeln, daß ihnen unsere Welt besser gefallen würde als die ihrige, vorausgesetzt, sie ertragen das Sonnenlicht. Aber Sie scheinen anzunehmen, daß die Geschichte damit ein glückliches Ende gefunden hat. Das ist geradezu lächerlich. Wenn diese Kreaturen – und ich sage ganz bewußt Kreaturen – in unsere Welt kommen, dann nicht als Bürger der Euchronischen Gesellschaft, sondern als Raubtiere und Aasfresser – als Bestien. In prähistorischen Zeiten gab es Berichte über wild aufgewachsene Kinder – Menschen, die als Tiere aufgezogen wurden – und man betonte, daß solche Kinder nicht zu Menschen zurückerzogen werden könnten. Man vermochte sie nicht einmal dazu zu bringen, wie Menschen aufrecht zu gehen. Sie schlagen vor, daß fünfhundert Generationen solcher verwilderter Kinder auf der Stelle in die Menschheit aufgenommen werden!

Wenn wir die Unterwelt öffnen, dann müssen wir das vorgewarnt und vorbereitet tun. Wir können es nicht tun, um uns in irgendeiner Weise mit den Bewohnern der Unterwelt abzugeben. Unser vorrangiges Bestreben muß es sein, zu forschen, zu entdecken und zu bewerten. Wir werden viel eher feststellen, daß die Härten der Unterwelt Wesen hervorbringen, die für uns eine potentiell tödliche Bedrohung darstellen, als Menschen, mit denen wir uns verständigen können. Wir müssen die Unterwelt kennenlernen und können es uns nicht leisten, sie für immer unbeachtet zu lassen. Aber wir müssen erkennen, daß Ihre anthropozentrischen Vorstellungen nichts sind als Traumgespinste.«

Ravelvent verstummte, ohne etwas von der Wirkung zu ahnen,

die seine letzte Bemerkung auf Carl Magner haben mochte.

Magner antwortete nicht sofort. Letzten Endes hatte er nichts vorzubringen als seine Überzeugung, und das war das eine, was die Menschen von Euchronia nicht akzeptieren konnten. Sie wußten nicht einmal, worin sie bestand.

»Wir müssen Leute in die Unterwelt schicken«, sagte Magner. »Eine richtige Expedition *muß* so schnell wie möglich ausgerüstet werden. Das hat Vorrang. Sobald sie zurückkommt, werden wir alle wissen, daß *wahr* ist, was ich gesagt habe. Bis in die letzte Einzelheit. Ich weiß, daß es Menschen in der Unterwelt gibt, die leben, wie ich sie habe leben *sehen*. Wir haben kein Recht, ihnen das Antlitz des Himmels vorzuenthalten.«

»Ich glaube, wenn die Wahrheit an den Tag kommt, wird sie eher dem Bild entsprechen, das ich gezeichnet habe«, sagte Ravelvent.

20

Die Grundlage des Eupsychianismus ist die Philosophie, daß ein besseres Leben innerlich, statt äußerlich zu suchen sei.

Der Eupsychianismus ist im Grunde die Alternative zum und der Gegner vom Euchronismus. Während die Ideale Euchronias auf den kollektiven Menschen abzielen, mehr die Gruppe als den einzelnen begünstigen, sind die Eupsychischen Ideale wesentlich auf das Ich bezogen und begrenzt. Der Euchronismus ist eine extrovertierte Weltanschauung, der Eupsychianismus eine introvertierte.

Der entscheidende Unterschied zwischen den beiden im Widerstreit liegenden Anschauungen ist nicht eine Frage des Maßes an Freiheit, sondern geradezu des Sinns der Freiheit.

Ein Euchronier würde behaupten, ein Mensch sei das Produkt seiner Umwelt, und die Bereicherung eines Menschen sei ganz einfach durch die Bereicherung seiner Umwelt erreichbar. Ein Euchronier würde argumentieren, daß die vollkommene Freiheit die Freiheit sei, die Umwelt zu manipulieren und zu formen, die Freiheit *der* Umwelt.

Ein Eupsychier würde sagen, daß das ganze Wesen des Menschen in der Macht bestehe, seine Umwelt zu transzendieren, und daß eine Kapitulation vor den Kräften der Umwelt der Vernichtung der Menschlichkeit selbst entspreche oder zumindest der Unterwerfung der Menschlichkeit unter rein mechanische äußere Forderungen. Ein

Eupsychier würde argumentieren, daß die einzig wahre Freiheit Freiheit *von* der Umwelt sei.

Paradoxerweise würde sich ein euchronisches Utopia von einem eupsychischen wahrscheinlich wenig unterscheiden. Der Unterschied läge in der Entwicklungsrichtung. Die Gesellschaft Euchronias ist keineswegs etwas Verhaßtes für die Eupsychier, welche die hauptsächliche (Minderheits-) Opposition zum politischen Zweig der Bewegung darstellen. Der Unterschied zwischen den Parteien hängt mehr mit der Haltung den Menschen und dem funktionellen Bau gesellschaftlicher Institutionen gegenüber zusammen, als mit den mechanischen Bestandteilen der Zivilisation. Beide Parteien sehen die Maschinen als das ideale Mittel, die Grundbedürfnisse des Überlebens zu versorgen. Die Euchronier setzen sich jedoch für Stabilität ein – für die Leitung der kollektiven Menschheit – während die Eupsychier eine solche Vorstellung verächtlich ablehnen. Sie weisen alle Formen politischer und gesellschaftlicher Leitung zurück.

Es wäre naiv, sich vorzustellen, daß die Scheidelinie zwischen den Parteien, wie sie sich in der euchronischen Gesellschaft darstellt, ganz so klar und ordentlich verliefe. Die Bürger vertreten alle Meinungsschattierungen. Nicht jeder würde sich Euchronier oder Eupsychier nennen, und zwei Menschen, die das gleiche Etikett akzeptieren, könnten sehr verschiedene Ansichten vertreten – nicht nur im Trivialen, sondern auch im Grundsätzlichen.

Im Kontext des Euchronia-Reiches kann die Polarisierung politischer Einstellungen jedoch in ein begrenztes Spektrum eingeordnet werden.

Die Euchronier betrachten die Eupsychier zumeist als Verräter. Das ist zum Teil berechtigt – die Euchronische Bewegung plante und erbaute die Zivilisation, in der sie leben, und zwar durch die absolute Hingabe der Teilnehmer am Plan. In den Augen der Euchronier hat der Euchronismus seine Berechtigung zur Gänze nachgewiesen.

Die Eupsychier dagegen betrachten die Euchronier als von dem Tag an überflüssig, an dem das Reich verkündet worden ist. Auch das ist zum Teil berechtigt – die Gesellschaft Euchronias ist in höchstem Maße bequem, aber man muß zugeben, daß es ein erstaunliches Maß an Unruhe und Unzufriedenheit gibt. Trotz der Tatsache, daß kein Bürger in einem Zustand der Entbehrung lebt, gibt es einen beachtlichen Prozentsatz an Verbrechen, und Gewaltverbrechen sind nicht ungewöhnlich – wenngleich die angewendete Gewalt in der Regel auf einer trivialen Ebene angesiedelt ist. Gewalt gegen die

Maschinen, die für die Bevölkerung sorgen, ist ebenfalls überraschend häufig – und bei Gelegenheit nicht so trivial. Die Eupsychier behaupten, daß den Vorrang nun nicht mehr das Überleben, sondern die Freiheit habe, und daß die wahre Freiheit gefördert werden müsse, nicht die euchronische Version. Auf der anderen Seite würden die Euchronier natürlich damit kontern . . .

Die Debatte ist noch im Gange, versteht sich.

21

Joth wurde von Panik erfaßt.

Er bewegte sich durch ewige Nacht, zeitlos, ohne Ziel, ohne Motiv.

Er hatte kein Gefühl für die Richtung, keines für die Entfernung, keines für die Geschwindigkeit. Man hätte beinahe sagen können, er hatte kein Gefühl des Seins. Er hatte keine Angst.

Joth besaß keine Instinktreaktionen. Instinktreaktionen waren ihm bewußt und in strategischer Absicht vorenthalten worden. Der Instinkt hätte ihm erlaubt, Angst zu haben. Er hätte ihm einen Zusammenhang für die Angst geliefert, und die physiologische Komponente der Emotion hätte seine Hilfsmittel für eine Angstreaktion ausgelöst. Er wäre schnell gelaufen, aber hinter seinem Laufen hätte ein drängendes, von Angst gereiztes Bewußtsein gestanden.

Ohne Instinkt befand Joth sich im Griff der Panik. Es gibt Reaktionen, die tiefer reichen als eine Konditionierung, tiefer als der Instinkt, tiefer sogar als der Reflex. Konditionierung und Instinkt sind beides Eigenschaften des Verstandes – der geistigen Organisation, so primitiv sie auch sein mag. Ein Hund besitzt Instinkt, ein Vogel, ein Fisch. Unter dem Verstand gibt es noch verstandesartige Reaktionen. Eine Amöbe verfügt über Tropismus, eine Molluske, sogar eine Pflanze. Auch diese Dinge tragen eine Funktionskomponente in sich, einen Anflug von Vernunft. In diesem Sinn besaß Joths Panik eine Spur von Vernunft. Wenn das Gehirn nicht ausreicht – in keiner Weise mehr hinreicht – um mit den Situationsreizen fertigzuwerden, muß es Platz machen und etwas Tieferliegendem die Kontrolle über den Körper überlassen. Joths Verstand war zurückgezuckt, als er sich in der Unterwelt gefangen gesehen hatte – völlig und ganz zurückgezuckt. Er hatte einfach jede Verantwortlichkeit abgelehnt und sich geweigert, in der Bestimmung der Ereignisse mitzuwirken. Joths Handlungen waren unter die Kontrolle von etwas anderem geraten – von etwas Grundlegenderem als seinem wesentlichen *Ich*, seiner Identität.

Joth rannte. Er befand sich außerhalb der Zeit und äußerer Sinneswahrnehmung. Sein Ich lag in einem Schacht absoluter, äußerster Einsamkeit. Vielleicht auch außerhalb des Raumes, isoliert sogar vom Universum. Im Nirgendwo. In den ozeanischen, transzendenten Bereichen, wo die Seele wohnt (wenn die Menschen Seelen besitzen.)

Sein Herz pumpte wie rasend, seine Muskeln verbrauchten Energie an der äußersten Grenze ihrer Kapazität. Seine Gliedmaßen hebelten seinen Körper durch den Raum, ohne jede Rücksicht auf die Belastung von Bändern und Membranen.

Er spürte keine Schmerzen. Noch nicht.

Seine Augen spiegelten das Schimmern der Sterne wider, aber sie sahen nichts. Trotzdem ließ ihn seine überstürzte Flucht nicht mit einer der Säulen zusammenprallen, die den Himmel trugen, oder mit irgendeinem der undurchdringlichen Vegetationsklumpen, die dazwischen wuchsen.

Schließlich mußte aber ein Augenblick kommen, in dem der Körper die an ihn gestellten Anforderungen nicht mehr erfüllen konnte. Er war einfach nicht mehr in der Lage dazu. Als das eintrat, brach Joth zusammen und blieb liegen.

Wieder war die Zeitspanne zeitlos.

Als er zu sich kam, war sein Verstand wieder in seinem Gehirn. Diesmal öffnete er die Augen und konnte die Sterne blaß und still am Himmel sehen. Er wußte, wo er war.

Er konnte sich nicht bewegen. Sein ganzer Körper wurde von Schmerzen zerfressen. Er lag mit dem Gesicht nach oben in zentimetertiefem Schlamm und Schleim und konnte die Nässe überall an seinem Rücken, seinen Beinen und am Hinterkopf spüren. Über seinen Körper liefen Kakerlaken, aber er konnte nichts tun. Er war hilflos.

Es war, als sei er zum zweitenmal neugeboren. Er konnte sich an die Welt oben erinnern, und er wußte, wer er war. Er litt nicht an Gedächtnisverlust. Aber er hatte die Verbindung zu seinen Erinnerungen verloren. Die geistige Kontinuität war aufgehoben. Die Hinterlassenschaft seines ganzen Lebens – mehr als zwanzig Jahre – war plötzlich unvollständig, unzureichend, unsinnig. Die Tatsachen blieben, aber sie hatten allen Sinn verloren.

Aus den Tränendrüsen in den Augenwinkeln quollen große

Tropfen.

Ein Kakerlak, der über sein Gesicht lief, mußte sich anstrengen, um zu entkommen, als er beinahe in die Grube des offenen Mundes stürzte.

22

Ermold rannte. *Seine* überstürzte Flucht hatte vielleicht eine Spur von Panik an sich, aber es war Panik, die zusammen mit ehrlicher Angst und kalter Vernunft über ihn herrschte. Der Dolch mit der Laubblattklinge, von Camlak in seinen Bauch geschleudert, hatte ihn böse verletzt, aber keinen dauerhaften Schaden angerichtet, wenn er nur entkommen und die Wunde abheilen lassen konnte. Die große Gefahr war, daß die Wunde durch das Laufen weiter aufriß und immer stärker blutete, bis sie tödlich wirkte. Kein lebenswichtiges Organ war verletzt worden, aber ein Loch im Bauch war ein Loch im Bauch, und Ermold brauchte Zeit.

Er wußte genau, wie viele Männer hinter ihm her waren, und er wußte, daß es keinen Zweck hatte, die zahlenmäßige Ungleichheit verringern zu wollen, wenn es ihm nicht gelang, sie ganz weit auseinanderzuziehen. Die Arroganz versicherte ihm, daß er sie alle fünf niedermachen konnte, wenn er sie sich der Reihe nach vornahm. Er würde es tun müssen, wenn er davonkommen wollte. Er konnte sich kaum verstecken, während er eine Blutfährte aus seinen Eingeweiden hinterließ, und die Aussicht auf das Eintreffen von Hilfe war wahrlich gering.

Im Laufen hielt er sich mit Gedanken daran aufrecht, was er Huldi und Camlak antun würde, wenn er wieder gesund war. Um aus diesen Phantasievorstellungen Wirklichkeit zu machen, *mußte* er überleben, und seine Beschäftigung damit entsprang nicht einer bloßen Laune. Er nährte sein Bedürfnis, er heizte seine Entschlossenheit an.

Vom objektiven Standpunkt aus hatte er nur ganz geringe Aussicht, davonzukommen, aber Umstände werden selten objektiv definiert. Die Chancen stehen nie so, wie sie erscheinen. Die Wahrscheinlichkeit ist ein Maß des mechanischen Universums, nicht ein menschliches.

Er versuchte nicht, den Kanal zu durchqueren. Den niedrigen Wall zu erklettern, würde nicht schwer sein, und sein eigenes Gebiet zu erreichen, würde den von den Ratten genossenen Vorteil zweifellos verringern, und sei es nur in psychologischer Hinsicht, aber er wagte einfach nicht mit einer offenen Wunde in das vergiftete Wasser zu springen. Das wäre wirklich tödlich gewesen.

Er baute auf die Länge seiner Schritte und die eingewurzelte Überlegenheit des Menschen über den unechten Menschen. Die eingewurzelte Überlegenheit war ein Mythos, aber was zählte, war der Glaube, nicht die Wahrheit. Die Länge seiner Schritte stellte jedoch einen wichtigen Faktor dar. Die Kinder der Stimme waren schnell, aber nur für kurze Strecken geeignet, nicht für lange Querfeldeinjagden. Solange Ermold lief, hielt er den Vorsprung vor seinen Verfolgern, und mit der Zeit zog er sie wirklich weit auseinander. Er wurde müde, sie wurden müde, und der Kampf schrumpfte vorübergehend auf die Auseinandersetzung zwischen Ermolds von der Wunde geschwächte Ausdauer und die natürliche Ausdauer der Krieger von Shairn zusammen.

Als die krallenden Hände von sengendem Schmerz und der Schwäche durch den Blutverlust nach Ermold griffen, um diese Phase zu beenden, als sie ihn zwangen, sich umzudrehen und den Angreifern zu stellen, griff das Schicksal ein.

Als er um ein Gebüsch von Pfefferkükenhalmen stolperte, verhakte sich sein Fuß in einer Ranke, und er stürzte schwer zu Boden. Der Sturz benahm ihm den Atem, sein Blick wurde von einem Tränenschleier getrübt. Als er blinzelte und wieder deutlich sehen konnte, entdeckte er, daß sein Gesicht nur Zentimeter von einem anderen entfernt war.

Und das andere Gesicht bestand aus schimmerndem Stahl.

23

Porcel war zu weit hinter Ermold, um ihn stürzen zu sehen, aber als er sich den Pfefferküken näherte, verlangsamte er die Schritte des Geruchs wegen. Er wußte, daß hinter dem Gebüsch etwas war, konnte sich aber nicht vorstellen, worum es sich handeln konnte.

Er blieb nicht stehen, sondern duckte sich, die Dolchhand ausgestreckt, bereit für alles.

Als er das Gebüsch umrundete, wurde ihm das Stahlgesicht entgegengestoßen. Die Überraschung war einfach zu groß. Er sprang zurück, zögerte und begann zu laufen.

Ermold ließ Joths schlaffen Körper in den Schlamm zurückfallen und sah zwischen dem Rankenvorhang dem flüchtenden Krieger nach. Er sah Porcel mit dem nächsten und dem übernächsten Mann zusammentreffen und wußte, daß sie, sobald sie alle fünf versammelt waren, den Mut aufbringen würden, sich zu nähern. Er blickte zu Boden und sah, daß Joth sich schwach bewegte, im Begriff, seine Gliedmaßen langsam wieder unter Kontrolle zu bekommen.

Ermold gab ihm einen Tritt, aber keinen sehr harten.

»Steh auf!« zischte er.

Aber Joth konnte nicht.

Irgendwo, nicht zu weit entfernt, heulte ein Furchenhund. Ermold fluchte halblaut. Es waren genug Jäger unterwegs, ohne daß neue versuchen mußten, mitzuwirken. Aber er wußte, daß die Nähe des Furchenhundes nicht nur zu seinem Nach-, sondern auch zu seinem Vorteil ausschlagen konnte. Er würde auch den Shaira Sorgen machen, und sie würden keine große Lust verspüren, sich wieder zu trennen.

Er griff hinunter und zog Joth auf die Beine, schüttelte ihn, bemüht, in seinem Kopf wieder ein wenig Klarheit herzustellen. Endlich konnte Joth stehen. Aber inzwischen kamen die Krieger von Stalhelm wieder näher.

Ermold schob Joth vorwärts, stellte ihn gerade hin und gab ihm noch einen Stoß. Dann drehte er sich um und rannte davon, ohne festzustellen, welche Wirkung, wenn überhaupt eine, Joth auf die herankommenden Kinder der Stimme haben würde. Die Rast hatte ihm wenig genützt, aber er hoffte inbrünstig, daß er die Kraft seiner Beine nicht mehr lange brauchen würde.

24

Joth wankte keine sechs Schritte weit, bevor er wieder zusammensank. Er fiel zuerst auf die Knie, dann kippte er vornüber in den Schlamm. Augenblicke später fühlte er, wie man ihn umdrehte.

Sein Bewußtsein sickerte noch immer mit qualvoller Langsamkeit zurück. Ohne Staunen und Überraschung blickte er zum Ring der Gesichter hinauf, die ihn betrachteten.

Die Wesen waren klein. Pygmäen oder Zwerge . . . vielleicht Kobolde. Ihre Gesichter sahen eher tierisch als menschlich aus, aber Joth konnte dem Tier im Augenblick keinen Namen geben. Ihre

Nasen waren groß, ihre Augen kleine, schwarze Knöpfe. Die Zähne standen dichtgedrängt in ihren Mündern. Ihre Ohren waren winzig und gerundet, auf seltsame Weise angebracht – zu hoch oben, zu weit auseinander.

Er versuchte zu sprechen, brachte aber keinen anderen Laut heraus als ein leises Stöhnen, das – wenn er sich anstrengte – wie das Schnurren einer Katze klang.

Er gab den Versuch auf. Einer von ihnen fuhr mit der Hand über sein Gesicht, befühlte das Metall und den künstlichen Fleischersatz, die zusammen das ganze Gefüge seines Schädels, die Augenhöhlen, seine Nase und die Backenknochen bildeten. Nur Unterkiefer und untere Zähne waren echt – das, womit er geboren worden war. Seine Augen waren metallene Kugeln, aber sie funktionierten als Augen (besser als echte) und waren an Sehnerven angeschlossen, die seine eigenen waren. Das Riechorgan dagegen war nicht funktionsfähig. Er hatte keinen Geruchssinn.

»Es ist eine Maske«, sagte eine der unheimlichen Kreaturen.

»Nein«, sagte derjenige, der mit den Händen über sein Gesicht gefahren war. »Es ist echt.«

Joth begriff, daß sie Englisch sprachen. Als die Gesichter sich tiefer herabbeugten, sah er, daß sie mit glattem, grauem Fell bedeckt waren. Das Fell und die Tatsache, daß sie sprachen, vereinten sich, um ihm flüchtig eine Empfindung des Paradoxen zu vermitteln, dann verlor er das Bewußtsein.

Die Shaira diskutierten einige Augenblicke miteinander, dann gelangten sie zu einem Entschluß, der eher von der Furcht vor Ermold als von Sorge oder Interesse um oder an Joth diktiert gewesen sein mochte. Sie hoben ihn an Füßen und Schultern auf und trugen ihn Richtung Stalhelm davon.

25

Joth Magner war unter den Bürgern von Euchronias Reich wahrscheinlich einzigartig. Er war eines der ganz wenigen Mitglieder dieser Gesellschaft, die je eine ernsthafte Krise durchmachen mußten. Nicht nur machte er eine solche Krise durch und überlebte sie, er hatte auch gar keine Wahl. Sie wurde ihm aufgezwungen.

Er war vermutlich der einzige Mensch seines Zeitalters, der über einen beträchtlichen Zeitraum hinweg um den Fortbestand seines

Daseins ringen mußte, und der dieses Ringen so nahm, wie es kam, als eine Selbstverständlichkeit. Er war einer der ganz wenigen, die mit schwierigen Umständen und körperlichem Ungemach fertiggeworden waren. Nicht aus freien Stücken, sondern durch etwas der Notwendigkeit eng Verwandtem.

Als Joth noch kein Jahr alt gewesen war, verursachte ein Defekt in einer Haushalts-Kyberanlage, möglicherweise gefördert durch Mitwirkung von seiten des älteren Kindes Ryan, daß eine Platte der Anlage vor seinem Gesicht explodierte. Er erlitt schwere Schäden an den Augen, und seine Haut wurde an großen Flächen der Schädeldecke und der Wangen weggebrannt. Wegen der relativen Weichheit und Biegsamkeit seiner Schädelknochen, und angesichts der Tatsache, daß sein Gehirn noch nicht so ausgewachsen war, daß es die Hirnschale ausfüllte, trugen Joths Stirnlappen verhältnismäßig geringe Schäden davon. Nichtsdestoweniger schien es für den Euthanasie-Ausschuß ein klarer Fall zu sein. Das geringe Alter sprach insoweit stark gegen ihn, weil er sich zur Entscheidung nicht äußern konnte und man ihn als unter der Schwelle des sozialen Bewußtseins stehend betrachtete.

Die heftigen Einwände seines Vaters zögerten eine abschließende Entscheidung des Ausschusses jedoch hinaus. Carl Magner erwies sich als eigensinnig, störrisch und überaus entschlossen. Durch die entschiedene Weigerung, irgendwelchen Gegenargumenten Gehör zu schenken, und die außergewöhnliche Vehemenz, mit der er seine eigene Ansicht immer wieder darlegte, hinderte er den Ausschuß daran, einen Beschluß zu fassen. Während der Ausschuß tagte, arbeiteten natürlich Chirurgen daran, das Kind am Leben zu erhalten und die eingetretenen Schäden zu beheben. Am Ende hielt Carl Magner mit Hilfe eines geschickten Anwalts den Ausschuß lange genug hin, so daß die Lage sich so grundlegend geändert hatte, daß die Entscheidung entgegengesetzt ausfiel. Das kleine Kind durfte am Leben bleiben.

Joth war viele Monate lang blind und stumm, und selbst Carl Magner mußte sich gefragt haben, ob er das Richtige getan hatte, als er den Euthanasie-Ausschuß zwang, eine negative Entscheidung zu fällen. Es gab ein gewisses Maß an öffentlicher Kritik für den Ausschuß und Magners Anwalt. Verhältnismäßig wenig wurde über Magner selbst geäußert, für den offenbar Entschuldigungen gefunden werden konnten. Aber eine Zeitlang herrschte großer Streit, der schließlich durch die Chirurgen und eine Reihe von Erziehungsexperten beendet wurde, als sie zu beweisen vermochten, daß der

Junge weder körperlich benachteiligt noch geistig zurückgeblieben oder psychisch beeinträchtigt war. Erst als Joth vier Jahre alt war, brachte er schließlich alle Argumente über das Richtige oder Falsche in seinem besonderen Fall zum Schweigen, indem er seine Fähigkeit bewies, seine künstlichen Augen wirksam zu gebrauchen und sein Gehirn so gut funktionierte wie bei irgendeinem Kind seines Alters.

Das Erlebnis hatte zweifellos eine Auswirkung auf Carl Magner, aber sie war meßbar. Die Auswirkung auf Joth dagegen ließ sich in keiner Weise messen. Er wuchs zu einem intelligenten, anpassungsfähigen und offenbar normalen Mitglied der euchronischen Gesellschaft heran – normal, versteht sich, mit Ausnahme seines auffallenden Äußeren. Aber die euchronischen Maßstäbe der Persönlichkeitseinschätzung waren euchronischen Vorstellungen und Kriterien angepaßt. Die Unterschiede, die zwischen Joth und anderen Menschen bestanden, reichten ein wenig tiefer. Er *war* anders und wußte, daß er anders war. Er hatte für sein individuelles Überleben einen Preis bezahlt, den kein anderer Mensch in der Oberwelt beurteilen oder sich auch nur vorstellen konnte.

Vielleicht hinterließ der Unfall auch einen Eindruck bei Ryan Magner. Er war drei Jahre alt, als sich der Unfall ereignete, und nur er wußte, ob die Explosion zum Teil seine Schuld war oder nicht. Aber selbst wenn das nicht zutraf, war er in einem Alter, in dem er durch ständige Berührung mit Joth und ständiges Bewußtsein von Joths Problemen betroffen wurde.

Der Unfall, der zum Tod von Joths Mutter führte, war einige Monate vor der Explosion geschehen und hatte keinerlei Zusammenhang mit ihr, außer, daß er Carl Magners Gemütszustand im Hinblick auf den Euthanasie-Ausschuß beeinflußt haben mochte. Es ist jedoch von Bedeutung, daß die Familie Schicksalsschläge ertragen mußte, die in keinem Verhältnis zum gewöhnlichen Ablauf des Lebens in Euchronia standen.

Ob das Auftreten von Carl Magners Alpträumen irgend etwas mit der Belastung zu tun hatte, die ihm die Unfälle und ihre Folgen auferlegten, wußte nicht einmal er selbst. Es erschien ihm möglich, ihm und seinem Arzt.

Der erwachsene Joth verdankte seine Existenz dem Ertragen von Konflikten. In Zusammenarbeit mit anderen hatte er während der Jahre der stärksten Beeindruckbarkeit um Leben und Gesundheit gekämpft. In einem gewissen Sinn legte Joth in diesem Kampf ums Überleben *niemals* die Waffen nieder. Mehr als jeder andere Mensch der Oberwelt, die gläubigsten Eupsychier eingeschlossen, fühlte er sich in sich selbst geborgen und von seiner Umwelt auf irgendeine Weise losgelöst. Er war nicht wirklich ein Außenseiter, weil er sich sehr gut angepaßt hatte.

Unter anderen Umständen konnte sich der Unterschied zwischen Joth Magner und seinen Zeitgenossen jedoch als entscheidend erweisen und tat das auch.

26

Der innere Rat traf sich in Heres' Haus und benützte einen Raum, der vom Kybernetz völlig isoliert war. Nichts von dem, was gesprochen wurde, konnte in irgendeiner Weise aufgezeichnet werden. Man besprach ein Geheimnis, das zwar nicht das ihre allein war, aber doch bewahrt werden konnte, wie sie es für richtig hielten. Heres war entschlossen, das Geheimnis zu bewahren. Eliot Rypeck wollte es der Welt kundtun. Es war eine schwierige Entscheidung, wenn man bedachte, daß der innere Rat theoretisch keine Exekutivgewalt besaß. Rein theoretisch hatte der innere Rat keine Daseinsberechtigung.

»Sie sind fest davon überzeugt, daß der Ursprung von Magners Daten seine Träume sind?« sagte Rypeck zu Ulicon.

»Das ist nicht möglich«, sagte Clea Aron. Heres gestikulierte, um sie zum Schweigen zu bringen.

»Das bin ich«, sagte Ulicon.

»Und sind die Träume zutreffend?« erkundigte sich Rypeck.

»Das wissen wir nicht. Wir haben keine aktuellen Informationen. Auf Anhieb könnte ich Ihnen nicht sagen, wie man in die Unterwelt gelangt, auch wenn ich mir vorstelle, daß das nicht schwer sein dürfte. Wir müssen jemanden hinschicken, der sich umsieht, wenn wir Leute finden, die dazu bereit sind. Das ist etwas, das wir wissen müssen.«

»Ich bin nicht so sicher, daß es darauf ankommt, ob Magners Visionen der Wahrheit entsprechen oder nicht«, sagte Heres. »Es sind die Visionen selbst, mit denen wir uns befassen sollten. Das eine, *was* wir wissen, ist, daß der Mann sich seit sehr langer Zeit über schlechte Träume beklagt. Was wir zuerst und vor allem wissen wollen, ist, warum. Besteht bei ihm eine Immunität gegen den I-Minus-Stoff?«

»Wie wollen Sie das prüfen?« sagte Ulicon.

»Haben Sie vom Arzt etwas erfahren?« gab Heres zurück. Ulicon zuckte die Achseln und schüttelte den Kopf.

»Augenblick«, sagte Rypeck. »Ist es nicht viel naheliegender, daß wir nützliche Informationen von Magner selbst erhalten? Wir könnten *ihn* fragen, statt es mit heimlichen Mitteln zu versuchen.«

»Das geht nicht«, warf Acheron Spiro ein. »Magners Buch stellt einen heftigen Angriff auf die Bewegung selbst dar. Er hat sich zu uns in extreme Opposition gestellt. Wir können ihn nicht bitten, seine Träume zu erklären, weil wir uns Sorgen darüber machen.«

»Uns sind die Hände, was die Art der Ermittlungen angeht, ziemlich gebunden«, erklärte Heres. »Wir können den Leuten nicht sagen, was wir wollen, ohne das Geheimnis preiszugeben, das wir mit den Antworten sichern wollen. Wir müssen die Antworten beschaffen, ohne erkennen zu lassen, daß wir interessiert sind.«

»Das ist lächerlich«, sagte Rypeck. »Inzwischen ist doch wohl klar, daß die I-Minus-Wirkung in jeder Beziehung versagt, die Unruhe in der Gesellschaft zu stillen. Der Stoff wirkt nicht – das wissen wir bereits, oder wir sollten es wissen. Es ist an der Zeit, damit herumzuspielen und das offen auszusprechen. Wenn Magner immun ist, sind es andere vielleicht auch, und wir haben möglicherweise eine Erklärung dafür, warum der Stoff nicht die von uns erhoffte Wirkung hat. Aber denken Sie an die Möglichkeiten, die sich eröffnen, wenn Magner *nicht* immun ist, wenn der I-Minus-Stoff seine volle Wirkung erzielt. In diesem Fall könnten wir es mit etwas völlig Neuem zu tun haben, mit etwas Lebenswichtigem. Wenn Magner wahnsinnig ist, müssen wir wissen, *warum* er es ist. Ich glaube nicht, daß wir es uns leisten können, das herunterzuspielen, um den heißen Brei herumzulaufen, zu zögern und zu debattieren, ohne am Ende zu einer sinnvollen Entscheidung zu gelangen. Es könnte sich um etwas handeln, das wir *jetzt* wissen müssen – etwas, das wir schon vor Jahren hätten wissen sollen. Und wir müssen es herausbekommen.«

»Nicht auf Kosten des I-Minus-Plans«, sagte Heres. »Sie sagen, es läuft trotz I-Minus schlecht für uns, und ich gebe Ihnen recht. Ich glaube aber, daß I-Minus das einzige ist, was zwischen uns und dem völligen Zusammenbruch steht. Für die Errichtung dieser Welt sind elftausend Jahre aufgewendet worden, und elftausend Jahre Verantwortung lasten auf unseren Schultern.«

»Genau das meine ich«, sagte Rypeck. »Sie sollte nicht auf unseren Schultern ruhen.«

»Aber sie tut es«, sagte Heres. »Ob wir wollen oder nicht, wir sind verantwortlich für das I-Minus-Projekt, wie es uns durch Jahrtausende inneren Rat weitergegeben worden ist. Das Projekt publik zu machen, wäre die Hälfte des Weges, es zu zerstören. Wir haben einfach nicht das *Recht*, die Bewegung auf diese Weise zu verraten, ohne ganz genau zu wissen, was wir tun.«

»Ich sage, wir verraten die Bewegung, wenn wir das geheim halten«, sagte Rypeck. »Schon der Begriff eines inneren Rates widerspricht den Grundsätzen der Bewegung, und es ist offenkundig unsinnig, daß sechs Mitglieder der Hegemonie, der Hegemon eingeschlossen, sich daran beteiligen.«

»Aber es gibt ihn«, sagte Heres, »und wir sind der Rat. Wir können nicht leichthin über eine Entscheidung hinweggehen, die vor so langer Zeit getroffen worden ist und der Bewegung solange Zeit so gut gedient hat. Der I-Minus-Effekt *hat* funktioniert – und das Generationen lang. Ohne I-Minus gäbe es das Euchronia-Reich vielleicht nicht. Wenn wir nicht mit der Verantwortung fertig werden, daß wir uns persönlich mit I-Minus beschäftigen müssen, laufen wir Gefahr, Euchronia zu zerstören.«

»Das liegt alles neben der Sache«, erklärte Ulicon. »Die Frage ist, was tun wir mit Magner. Es könnte dazu kommen, daß wir I-Minus offenbaren oder sogar aufgeben müssen. Aber darüber wollen wir uns erst streiten, wenn es soweit ist. Und es kommt erst dazu, wenn wir vorher alles versuchen, uns mit der Sache zu befassen, so wie sie jetzt steht. Wir müssen uns bemühen, die Situation in den Griff zu bekommen und uns in die Lage versetzen, ihr ein Ende zu bereiten. Wir wollen drei Dinge wissen: Wirkt I-Minus noch? Wirkt es bei Magner? Ist die Eingabe in Magners Träume eine zutreffende Wiedergabe der Wirklichkeit? Die erste Frage ist relativ leicht zu beantworten, aber das dauert zu lange. Die zweite ist schwieriger. Wenn wir jedoch davon ausgehen, daß die Antwort auf beide Fragen ›ja‹ lautet, wird die dritte absolut entscheidend. Sind die beiden ersten Fragen zu verneinen, dann muß die Antwort auf die dritte Frage ebenfalls ›nein‹ lauten. Ist es nicht sinnvoll, zum frühestmöglichen Zeitpunkt eine Expedition in die Unterwelt zu entsenden?«

»Ich glaube, es ist mehr zu berücksichtigen«, sagte Clea Aron. »Wir sollten uns nicht auf den I-Minus-Aspekt dieser Angelegenheit versteifen. Sie hat noch andere Aspekte. Wir dürfen die direkte Herausforderung an Euchronia nicht übersehen, weil wir uns bestimmter tiefer reichender Fragen bewußt sind. Mit Magner muß man sich schlicht und allein auf politischer Grundlage befassen. Dieser Plan muß zunichte gemacht werden.«

»Kaum«, sagte Luel Dascon. »Weshalb sollten wir zulassen, daß wir dumm aussehen, indem wir uns dazu herbeilassen, ihn ernst zu nehmen? Ich habe mit Abram Ravelvent darüber gesprochen, und er versicherte mir, daß etwelche Menschen in der Unterwelt inzwischen wenig mehr sein werden als wilde Tiere. Es ist viel besser, unseren eigenen Gegenvorschlag zur völligen Sterilisierung der Unterwelt auf den Tisch zu legen – das ganze Ungeziefer muß ausgerottet werden. Wenn wir wirklich eine Expedition hinunterschicken wollen, brauchen wir einen Beweggrund.«

»Es wäre unsinnig, sich so festzulegen«, meinte Heres. »Ich glaube, das Gegenteil wäre besser. Offiziell glauben wir kein Wort von dem, was Magner sagt, aber in unserer Herzensgüte wollen wir jemanden hinunterschicken, der sich umsieht. Wir können eine gewisse Sympathie für ihn vorspiegeln, während wir der Welt versichern, daß das Ganze viel Lärm um nichts sei.«

»Ich glaube, Magner könnte ein Problem werden«, sagte Dascon beharrlich. »Wir sollten ihn in keiner Weise ermutigen, das ist meine Meinung.«

»Niemand wird ihn ermutigen«, sagte Heres. »Wir gebrauchen ihn lediglich als Ausrede dafür, unsere Erkundigungen anzustellen – *alle* unsere Erkundigungen. Luel – Sie übernehmen am besten die Aufstellung der Expedition. Enzo – gehen Sie weiter dem medizinischen Aspekt nach. Finden Sie über Magners Träume und die I-Minus-Wirkungen heraus, was Sie können. Clea – Sie kümmern sich um die Medien. Acheron und ich befassen uns mit der Hegemonie und den politischen Aspekten. Eliot, Sie stellen fest, was Sie aus dem Kybernetz über die Unterwelt erfahren können. Luels Team wird nicht nur Ausrüstung, sondern auch Information brauchen.«

»Es ist Ihnen doch klar«, sagte Ulicon, »daß, wenn etwas daran ist, wonach die Unterwelt Ideen in Magners Kopf einpflanzt, wir uns mit der Tatsache befassen müßten, daß die Erde zwei Welten hat und nicht eine.«

Es blieb kurze Zeit still.

»Ich möchte nur klarmachen, daß die Folgerungen aus Magners Buch weit über unser ewiges Gezänk um Verbrechensrate und I-Minus-Problem hinausgehen«, fuhr Ulicon fort. »Nach elftausend Jahren könnten wir vor der Tatsache stehen, daß die alte Welt gar nicht gestorben ist und etwas dort unten tatsächlich eine Bedrohung für uns darstellen könnte. Ich sage das jetzt, weil ich nicht glaube, daß irgend jemand von Ihnen das wirklich in sich aufgenommen hat, und weil ich der Ansicht bin, daß wir uns daran gewöhnen sollten. Die Unterwelt *ist immer noch da*. Vergessen Sie das nicht.«

27

Später ließ Heres die Fragen noch einmal an sich vorüberziehen und suchte nach einer Antwort. Das Entscheidende war natürlich, in keiner Phase die Übersicht zu verlieren. Mit Rypeck konnte man fertig werden – wie schon seit Jahren. Dem Charakter des Mannes fehlte die positive Seite. Mit Argumenten war er nie zu überzeugen, aber es würde nicht notwendig werden, ihn vom Handeln zurückzuhalten. Rypeck war nicht der Typ, der handelte.

Ulicon dagegen war schwerer einzuschätzen. Auch er war ein Mensch, der sich zur Rechtfertigung an die Gruppe wenden würde, bevor er unabhängig die Initiative ergriff, aber er würde seinen Appell auf einer völlig anderen Ebene ansiedeln. Rypeck operierte mit verwässerten Argumenten, Ulicon schien sich auf nicht so verwässerte Schreckensgeschichten zu verlassen.

Jede Art von Schrecken mußte um jeden Preis vermieden werden, das verstand sich von selbst. Die Andeutung einer Panik mußte aber nicht unbedingt etwas Negatives sein. Eine Bedrohung für alle trug dazu bei, die Gruppe zu einigen, vorausgesetzt, der richtige Mann befaßte sich auf die richtige Weise damit. Wenn es darauf ankam, konnten Rypeck und Ulicon in Heres' Plan beide eine Rolle übernehmen. Ulicon war der Mann, eine Frage aufzuwerfen, Rypeck derjenige, der auf der Grundlage dieser Frage zu agitieren vermochte. Heres dagegen war der Mann, zu handeln und die Frage zu beantworten und damit beide Formen der Opposition entgegenzutreten. Spiro, Aron und Dascon würden so entschieden hinter ihm stehen, wie immer.

Seit der Ausrufung des Reiches hatte die von Heres und seinen Vorgängern vertretene Verwaltung keine Bedrohung ihrer Macht erlebt, wenn man die Eupsychier ausnahm, die in Wahrheit nur eine vorgetäuschte Bedrohung darstellten. Unter dem derzeitigen Regime hatte der Eupsychianismus keine Chance, sich auszubreiten (wie Heres glaubte), und keine Aussicht, die Bewegung zu stürzen, selbst wenn ihr das gelänge. Die *echte* potentielle Bedrohung war Zerrissenheit innerhalb der Bewegung selbst – wie sie unweigerlich auftreten würde, wenn die Frage des inneren Rates und seines

Zwecks publik gemacht würden. Die Kontrolle über den inneren Rat hatte für Heres absoluten Vorrang.

Heres betrachtete den Fall Magner so, wie er sich bislang entwikkelt hatte, als ein bedauerliches Ärgernis, das nur vorübergehend zur Sorge Anlaß gab. Im Lauf der Zeit würde der Mann mitsamt seinen albernen Ideen verschwinden. Sobald er verschwunden war, würde er leicht zu vergessen sein. Ein weiteres Argument Eliot Rypecks würde schal werden, und Enzo Ulicon würde seine Sorgen bezüglich der Unterwelt aufgeben. Das Gleichgewicht würde wiederhergestellt sein – ein weiterer Sieg für die Stabilität. Heres glaubte absolut an Stabilität.

Er glaubte auch fest an den I-Minus-Effekt, der dazu dienen sollte, Träume zu kontrollieren. Die Tatsache, daß Magner (scheinbar) eine Ausnahme der I-Minus-Regel war, erschreckte den Hegemon nicht – er glaubte, daß jede stabile Situation Platz für eine Handvoll Außenseiter bot, und daß Stabilität durch die sichtbare Gegenwart derart abweichender Faktoren eher gestärkt als bedroht wird.

Irgendwo hinter all diesen Ansichten liegt der wahre Schlüssel zu Heres' Charakter. Man könnte ihn als ›megaloid‹ bezeichnen – als machtorientiert, ohne unbedingt geistig anormal zu sein. In Heres hat man es eindeutig mit einem Menschen zu tun, der Erfüllung durch Kontrolle sucht, Kontrolle über Umwelt wie Situation. Das bedeutet jedoch nicht, daß Heres eupsychische Neigungen hätte – ganz im Gegenteil. Seine Vorstellungen von Kontrolle umfaßten eine Erwägungsskala, die eine eupsychische Weltanschauung nicht zuließ. Er liebte Muster und Gleichgewicht, und seine Bemühungen zielten mehr auf die Erhaltung des Gesamtmusters als auf den Griff nach persönlicher Entscheidungsmacht.

Als Hegemon der Euchronischen Bewegung und Mitglied des inneren Rates saß Heres auf dem Gipfel einer riesigen Pyramide der Exekutivverantwortung. Er war nicht wirklich der mächtigste Mann auf der Welt, und sein Einfluß auf den ungeheuren Bereich gesellschaftlichen Handelns war in vieler Beziehung höchst indirekt. Er war jedoch Dreh- und Angelpunkt des Systems. Seine Bewegungen mochten nicht die größten Wellen hervorrufen, aber seine Dienste sorgten dafür, daß die meisten großen Wellen gedämpft wurden, bevor sie sich ausdehnen konnten.

Heres war ein eitler Mann – jeder Mensch mit einem solchen Grad an Selbstsicherheit ist notwendig ein Opfer der Eitelkeit. Aber das ist eine der sogenannten ›Führungseigenschaften‹. Jeder Hegemon ist im Grunde eitel. Heres war auch ein intelligenter Mann, aber man hätte argumentieren können, er sei *zu* intelligent – seine Intelligenz sei so massiv, daß sie sich als schwerfällig erweise, wenn sie sich mit spezifischen Problemen zu befassen hatte. Heres' Verstand lief unaufhörlich im Schnellgang. Während die meisten Menschen daran verzweifeln, daß es praktikabel sei, an zwei Dinge zugleich zu denken, fiel es Heres schwer, sich auf eine Sache zu beschränken. Heres' Intelligenz mangelte es an Nutzbarkeit im kleinen Maßstab. Er stürzte sich rückhaltlos in die komplizierteste Sache und tauchte mit *der* Lösung, einer Lösung von blendender Brillanz, wieder auf. Aber nur bei den kompliziertesten Dingen. Ging es um Geringfügigeres, war er ein Tolpatsch. Wie ein körperlicher Riese, der nicht anders kann, als Dinge umzustoßen, war Heres ein Geistesriese, der geistig auch ungeschickt war.

Er war ferner ein Meister des Hoh-Spiels. Hoh, von Neulingen gespielt, kann ein Kampfspiel sein. Betrieben von Experten, werden die Wettbewerbseigenschaften unter einer verwirrenden Menge von Möglichkeiten begraben. Vom Standpunkt des Kenners aus ist das ideale Hoh-Spiel – bei weitem das schwerste – das Spiel, bei dem *alle* Mitspieler gewinnen. In dieser Art von Spiel müssen alle Beteiligten ebenso mit- wie gegeneinander spielen und sich gegen die Zufallsfaktoren im Spiel zusammentun. (Wenn ein Eupsychier Hoh spielt, versucht er fast immer, Alleingewinner zu werden. Eine solche Strategie, den Regeln nach zwar vollkommen gültig, wird von praktisch allen Puristen und Experten als einfältig und dem wahren Geist des Spieles entgegengesetzt betrachtet.)

Zum Abschluß der Studie über Heres' Charakter muß darauf hingewiesen werden, daß er kein guter Führer war. In vieler Beziehung war er überhaupt kein Führer. Er besaß Charisma und verfügte über beträchtliches Ansehen, aber er war nicht sehr tüchtig. Er war raffiniert – aber wie ein Fahrer, der spät aus den Kurven geht, mußte er das sein. Er war nicht wirklich gut, weil er nicht wirklich sicher war. Der Fall Magner illustriert das. Während andere sich Sorgen machten, beobachtete Heres nur. Er wäre nicht auf den Gedanken gekommen, in diesem Stadium einzugreifen. Er war ganz zuversichtlich, daß er, sollte sich die Lage verschlechtern, einen ausgezeichneten Schachzug von bestechender Eleganz zustande bringen würde, aber es blieb dabei, daß das Problem sich nicht so hätte entwickeln können, wie es der Fall war, wäre ein anderer Mann am Ruder gewesen. Viele Personen seiner nahen Umgebung kannten diesen Mangel im Charakter des Hegemons, aber es gab tatsächlich nichts, was sie dagegen hätten tun können.

Außer sich Sorgen zu machen.

28

Huldis Empfang in Stalhelm war ein dürftiger. Die Kinder der Stimme, vor allem jene, die man als Nachbarn Ermolds bezeichnen konnte, empfanden keinerlei Zuneigung für die Menschen ohne Seelen, trotz der Tatsache, daß manche von den Dingen, die ihr Leben bereicherten, aus Walgo kamen.

Als Camlak sie mitbrachte, nicht als Gefangene für eine Lösegeldforderung, sondern als Flüchtling, der Schutz suchte, waren die Frauen des Dorfes entgeistert, wenn nicht entsetzt. Die Frauen hatten lange nach Yamis Richtschnur gelebt, die eine harte war. Das Leben, wie sie es kannten, neigte dazu, von dem Grundsatz beherrscht zu werden: im Zweifelsfall – töten. Camlak ließ verbreiten, daß Huldi einen von Walgos Kämpfern getötet hatte und daß sie Ermold so unerbittlich haßte wie irgendein Shaira, aber das waren keine Gründe, die von den Frauen als ausreichend anerkannt wurden, Huldi freie Bewegung in Stalhelm zu erlauben. Höllengenossen waren im Ort willkommen, und es hatte Zeiten gegeben, zu denen Menschen ohne Seelen durch das Tor unbehindert ein- und ausgegangen waren – so, wie man es zweifellos in den Dörfern des westlichen Shairn hielt, aber die Frauen wurden von Erinnerung und Gewohnheit beherrscht, und Camlaks Entscheidung wurde nicht mit Wohlwollen aufgenommen. Camlak war schon immer ein Rätsel gewesen.

Der Sohn des Alten brachte Huldi in seinem eigenen Haus unter, als sich zeigte, daß man sie sonst nirgends aufnehmen wollte. Dort wurde sie von Camlaks Tochter (von der Frau Xyli) Nita in gewisser Weise willkommen geheißen. Camlaks jetzige Frau Sada sprach sich unverblümt gegen den Eindringling aus, wagte aber ihr Mißvergnügen nicht in vollem Umfang zu zeigen, solange Camlak dabei war. Schließlich ging Camlak aber zu einer Besprechung mit Yami und den Ältesten im Langhaus, und ein Teil der Gehässigkeit brach sich Bahn.

Nach einigen Beleidigungen verließ Sada das Haus, um mit den anderen Frauen aus dem Dorf zu arbeiten und zu schwätzen, aber Nita blieb zurück. Sie war schon alt genug zum Arbeiten und hätte vielleicht auf die Felder gehört, aber als Verwandte des Alten genoß sie einen gewissen Spielraum.

Nita war von Huldi fasziniert. In diesen schweren Zeiten jetzt hatte sie noch nie eine Frau der Seelenlosen wirklich gesehen. Sie war überhaupt noch nie in der Nähe eines lebenden Menschen gewesen, auch wenn sie viele Kriegerschädel gesehen hatte, die mitgebracht worden waren, um das Schädeltor zu schmücken. Sie war erstaunt, festzustellen, wie groß die Fremde war. Aus der Entfernung bekam man keine richtige Vorstellung von der Größe (und gar keine anhand der Schädel). Sie konnte sich nicht vorstellen, daß das Mädchen wirklich soviel Körper brauchte, um einen Kopf zu tragen, der nicht übermäßig schwer erschien.

Nita hatte von den Frauen gehört, daß die Bewohner von Walgo kinderfressende Riesen waren, nur eine Stufe von den entsetzlichen Ahrima entfernt, aber Nita war immer bereit gewesen, auf solches Gerede nichts zu geben, weil ihm Camlaks Billigung fehlte. Jedermann wußte, daß die alten Frauen fast immer logen. Die bloße Größe Huldis genügte, um ihren Argwohn bis zu einem gewissen Grad wachzuhalten, aber in der Hauptsache war Nitas Einstellung dem Neuankömmling gegenüber nicht unfreundlich.

Huldi kauerte in einer Ecke, als Camlak das Haus verließ, entschlossen, sich notfalls zu verteidigen, aber sie atmete auf, als Sada fort war, und entdeckte, daß sie sehr müde war. Die Hochstimmung nach ihrem Erfolg, sich von Ermold zu befreien, war inzwischen verflogen, und sie hatte Angst. Es war ja gut und schön gewesen, an eine Flucht nach Shairn zu denken, während Ermold sie an der Leine herumgezerrt hatte, aber die Tatsache als solche war wieder etwas ganz anderes. Sie war jetzt allein, ohne zu wissen, was sie war oder was mit ihr geschehen würde. Sie mußte ihr Vertrauen in Camlak setzen, weil es keine andere Wahl gab, aber sie konnte nicht wissen, bis zu welchem Grad dieses Vertrauen gerechtfertigt sein mochte. Die einzige Zuflucht vor der Angst, die sich sofort anbot, war der Schlaf, also schlief sie, während Nita in der anderen Ecke saß und mit einer Handvoll kleiner Stöcke spielte.

Später kam Yami herein – ohne Camlak – um sie zu betrachten. Er hatte die Schwelle kaum überschritten, als Sada hinter ihm erschien.

»Du solltest sie töten«, sagte Sada.

Yami antwortete nicht, sondern blieb stehen und betrachtete das Mädchen mit seinen farblosen, wäßrigen Augen. Sada wagte es, einen kurzen, zischenden Laut von sich zu geben, der etwas von ihrer Verachtung für den Mann ausdrückte, der nicht allein dem Titel nach alt war. Es wurde Zeit, daß ein anderer an seine Stelle trat. Sie hatte gehofft, daß Camlak ihn verdrängen würde, aber inzwischen war sie halb davon überzeugt, daß Camlak es selbst dann nicht tun würde, wenn er es konnte. Sie hatte ihre Illusionen verloren und fühlte sich von den Umständen verraten. Sie hatte Camlak zu hassen begonnen und betrachtete ihn nur als halben Mann. Camlak duldete sie trotzdem, was ihre Überzeugung nur verstärkte.

Yami sah Huldi an und überlegte. Er begriff nicht. Er hatte Camlak zum Führer erzogen und war gescheitert – das glaubte er jedenfalls. Vielleicht war seine Entschlossenheit nur eine halbherzige gewesen. Kein Mann freut sich darauf, von seinem Sohn abgesetzt zu werden, gleichgültig, wie tief sein Glaube an das Funktionieren der Welt sein mag, an die letzte Unausweichlichkeit und Richtigkeit dieses Funktionierens. »Ich sollte sie selbst töten«, murmelte Sada.

Yami lachte höhnisch. Er drehte sich nicht nach ihr um.

»Nun?« sagte Sada. »Wozu hat er sie hergebracht?«

»Damit sie an deiner Stelle Ehefrau ist«, sagte Yami kalt.

»Verrückt genug ist er«, murrte sie. »Verrückt genug, ein Tier mit ins Bett zu nehmen.«

»Sei still«, sagte der Alte.

»Ich sorge dafür, daß sie stirbt«, versprach Sada sich selbst. »Ich sorge dafür.«

Yami drehte sich um und fauchte sie an: »Du tötest nur Babies. Du sorgst dafür, daß sie *alle* tot sind.« Dann wandte er sich ab und ging zum Langhaus. Sada sah ihm mit bösartigem Funkeln in den Augen nach. Sie hatte ihre Kinder geboren, aber sie waren alle tot. Nur eines von Camlaks Kindern war am Leben, und das stammte von einer anderen Frau. Sie hatte kein Kind getötet – an so etwas zu denken, war ausgeschlossen. Es war die tödlichste Beleidigung, die Yami aussprechen konnte. Yami gab die Schuld allein ihr. Sie gab die Schuld Camlak. Ein Mann sollte mehr als ein Kind haben, und keine Frau sollte kinderlos sterben.

Sada packte Nita am Genick und stieß sie aus dem Haus, mit dem Befehl, zur Arbeit zu gehen. Dann hätte sie sich vielleicht auf Huldi gestürzt oder sogar ihre Morddrohung wahrgemacht, solange die Wut sie den Folgen gegenüber blind machte, aber sie wurde abgelenkt von der Unruhe, die draußen aufkam. Porcel und die anderen kamen zurück. Bei dem Gedanken, daß sie Ermolds Schädel mitbringen mochten, stürzte Sada hinaus, um sich der Menge anzuschließen.

29

»Ist es wahr, daß du keine Seele hast?« sagte Nita zu Huldi.

Huldi war damit beschäftigt, eine Mahlzeit aus den Resten zu machen, die übriggeblieben waren, nachdem Camlak sich wieder zum Langhaus begeben hatte. Sie hatte einen Anteil vom Essen bekommen, hielt es aber für klug, sich für die Zukunft abzusichern. Sie blickte auf zur schattenhaften Gestalt des Kindmädchens, ungewiß, ob sie antworten sollte oder auch nur *konnte*.

»Ist es wahr?« drängte Nita.

»Nein«, sagte Huldi. Sie wußte nicht, ob es Wahrheit oder Lüge war, und es kümmerte sie auch wenig.

»Weshalb nennen wir euch Menschen ohne Seelen?« fragte Nita.

»*Wir* tun es nicht«, gab Huldi zurück.

»Alle anderen tun es«, behauptete das Kind.

»Sie tun es nicht«, widersprach Huldi tonlos.

Nita hielt es für zwecklos, Beispiele zu zitieren. Offensichtlich war sie nicht auf der richtigen Spur.

»Wie nennt ihr euch selbst?« fragte sie statt dessen.

»Menschen«, sagte Huldi kurz.

Nita dachte eine Weile über diese Offenbarung nach.

»Wie nennt ihr uns?« fragte sie. »Wir sind Menschen, aber wir nennen uns Kinder der Stimme.«

»Ihr seid Ratten«, sagte Huldi.

»Warum?« fragte Nita.

Es gab keine Antwort auf die Frage, und Huldi geriet für kurze Zeit aus dem Rhythmus, während sie die Möglichkeit bedachte, eine Antwort zu finden. Am liebsten hätte sie gesagt: Das seid ihr – aber das schien das Gespräch nicht zu fördern. Überdies war es in Walgo die höchste Beleidigung, jemanden eine Ratte zu nennen. Vielleicht sollte sie lieber vorsichtiger und weniger ehrlich sein.

»Ich weiß es nicht«, sagte sie schließlich.

»Wie heißt du?« erkundigte sich Nita.

»Huldi.«

»Warum bist du hergekommen?«

»Es gab keine andere Wahl.«

»Bleibst du hier?«

»Das weiß ich nicht.«

Nita überdachte diese Antwortreihe mit angemessener Ernsthaftigkeit und entschied, daß sie nicht wirklich ausreichend war. Sie versuchte einen Weg zu finden, bessere Antworten zu verlangen, aber ohne Erfolg.

»Ich wollte fort«, sagte Huldi. »Sie hätten mich umgebracht. Ich versuchte Ermold zu töten. Ich hätte ihn getötet, wenn ich gekonnt hätte. Ich wollte weg von ihm. Ich weiß nicht, was ich jetzt tun kann. Allein kann ich nicht leben.«

»Das könntest du doch«, sagte Nita.

»Nein.« Huldi schüttelte den Kopf.

Nita überlegte wieder und entschied, daß sie von Fragen und Antworten genug hatte.

»Ich gehe hinaus«, sagte sie. »Ich will wissen, was im Langhaus geschieht. Sie haben einen Mann ohne Gesicht und wissen nicht, was sie tun sollen. Yami wird ihn töten, aber ich weiß nicht, wie.«

Huldi wußte nicht, wie sie darauf reagieren sollte, also unterließ sie es ganz. Sie sah Nita nach, als sie das Haus verließ. Dann ging sie in ihre Ecke zurück und fragte sich, was sie tun sollte – und welche Alternativen sich anbieten mochten.

30

Abram Ravelvent gelangte zu einer Entscheidung.

Carl Magner war wichtig. Carl Magner war nicht so lächerlich, wie man angenommen hatte.

Ravelvent fand in ›Die Hochzeit von Himmel und Hölle‹ ein gewisses Maß an Sinn. Er glaubte noch immer nicht daran, aber er entdeckte einen gewissen Reiz in den Ideen des Werkes. Darüber hinaus war unverkennbar, daß sich etwas zusammenbraute. Er war von Mitgliedern der Hegemonie und von Alwyn Ballow um Rat gefragt worden. Die Leute begannen im Fall Magner Partei zu ergreifen.

Ravelvent entschied, daß er, wenn überhaupt auf einer Seite, dann auf der von Magner stand. Als Mann der Wissenschaft – ein Mann ohne Vorurteil – spürte er keine Neigung, lieber für den Himmel als für die Hölle Partei zu ergreifen, ganz im Gegenteil. Sich für die schlechte Seite eines Falles zu entscheiden, *wirkte* objektiver. Vom Standpunkt aus, gute Argumente hervorzubringen, war das vielversprechender.

Die Kriterien, nach denen Ravelvent seine Entscheidung traf, mochten etwas verschwommen klingen – weil sie auch in seiner eigenen Vorstellung etwas verschwommen waren – aber sie reichten aus, um ihn festzulegen. Er betrachtete die ganze Affäre als akademische

Übung. Nachdem er entschieden hatte, was er beweisen wollte, machte er sich daran, auf gründliche, wissenschaftliche Weise Beweismaterial zu sammeln, durch gewissenhafte Forschung. Er hatte keinerlei Absicht, selbst in die Unterwelt hinunterzusteigen, erbot sich aber, der in Vorbereitung befindlichen Expedition mit Rat und moralischer Unterstützung zur Seite zu stehen.

Ravelvent lieh sich Magners Argumente aus und schmückte sie aus. Er entwirrte sie und formte sie neu zu einem Muster, das vorwiegend das seine war. Er stützte einige der Schwachpunkte mit spekulativer Logik ab und fügte einige Details hinzu, um das Bild abzurunden. Dann warf er sein Gewicht in die sich steigernde Kontroverse. Für einen Mann von seinem polemischen Kaliber war es nicht schwer, andere davon zu überzeugen, daß an Magners Buch etwas dran war.

Es gab noch ein halbes Dutzend ähnliche Persönlichkeiten wie Ravelvent. Gemeinsam gelang es ihnen, ein Sammelpunkt für all jene zu werden, die irgendeine Art von Sympathie für Magner empfanden. Die Eupsychier eilten in Scharen zu der Fahne, bestrebt, jede Idee zu rekrutieren, die sich zu einem Dorn im Fleisch der Bewegung vergrößern lassen mochte. Es gab unter den Hauptstützen von Magners Sache kaum eine Person, die seine Behauptungen wirklich für glaubhaft hielt, geschweige denn von seinen Schlußfolgerungen wirklich überzeugt war, aber die Sache gedieh trotzdem. Magner wurde hochgehoben – und bloßgestellt.

Die Welt spielte zu diesem Zeitpunkt nur ein Spiel, aber für Magner ging es um viel mehr. Magner mußte darunter leiden, wie das Spiel lief. Er hatte schon sehr viel gelitten. Der Druck auf ihm war von gänzlich anderer Art als bei allen anderen Beteiligten. Für ihn, wie für seinen gesichtslosen Sohn, war es ein Spiel um Leben und Tod.

31

Randal Harkanter war der Mann, der beauftragt wurde, in die Unterwelt hinabzusteigen. Er war keineswegs erste Wahl für Heres – seine Benennung stand vielmehr für eine gewisse Verzweiflung im Auswahlprozeß. Jedermann interessierte sich plötzlich für die Unterwelt, aber niemand wollte hingehen. Wer konnte es den Leuten verdenken?

Luel Dascon, die rechte Hand des Hegemons, entschied endlich, daß Harkanter der einzig aussichtsreiche Kandidat war, und trat an ihn heran.

Harkanter war ein großer Mann, über 1.85 m, mit großer Vorliebe für Spiele primitiverer Art, als sie in der Gesellschaft von Euchronia populär waren. Harkanter war versessen auf Wettbewerb und hatte die Einstellung eines Jägers. Mit fünfzig Lebensjahren begann er, was sehr wohl eine lange Blütezeit sein mochte.

Er war in seiner Lebenseinstellung unausgesprochen eupsychisch, hatte aber keinerlei politische Neigungen. Soweit die Eupsychier in eine Form politischer Opposition organisiert waren, verabscheute er sie von Grund auf. Er war ein Mann mit starken Überzeugungen, der glaubte, daß er bekommen konnte, was er wollte, und daß jeder, der nicht bekam, was er wollte, seiner Aufmerksamkeit nicht würdig war. Er hatte keine Zeit für philosophische Argumente über die Art der Gesellschaftsform. Seine Vorstellungen und Bedürfnisse waren viel grundlegender.

Er war ein absoluter Außenseiter.

»Es hat sich eine Situation ergeben«, sagte Dascon zu ihm, »die interessante Möglichkeiten eröffnet. Interessant für uns und für Sie auf ... äh ... recht unterschiedliche Art. Die Frage betrifft die Unterwelt.«

Harkanter war überrascht. Dascon wunderte sich über Harkanters Überraschung nicht. Harkanter war nicht der Mann, auf Dinge wie den Fall Magner zu achten. Harkanter hatte vermutlich von Carl Magner oder ›Die Hochzeit von Himmel und Hölle‹ nie etwas gehört. Gewiß auch nichts von William Blake.

»Und?« sagte Harkanter.

»Es ist behauptet worden, daß auf der alten Oberfläche noch menschliche Wesen leben«, sagte Dascon.

»Unsinn«, erklärte Harkanter entschieden.

»Das muß eben geklärt werden. Die Frage ist aufgeworfen worden, und so lächerlich sie auch erscheinen mag, wir brauchen konkretes Beweismaterial, um sie zu beantworten. Es ist der Vorschlag gemacht worden, die Oberwelt zu öffnen, um eine Art Handelsverkehr zwischen der Plattform und der Oberfläche zuzulassen. Der Gedanke löst Spekulationen aus. Wir brauchen Fakten, um dieser Spekulation zu begegnen.«

»Was hat das mit mir zu tun?«

»Wir brauchen einen Mann, der eine Forschungsgruppe in die Unterwelt führt. Eine Aufgabe, für die sehr wenige qualifiziert sind.

Interessiert sind viele, aber niemand möchte sich die Mühe machen, sich zu vergewissern.«

»Schicken Sie eine Abteilung von der Polizei«, sagte Harkanter.

»Das ist keine Aufgabe für die Polizei. Sie bringt nicht mehr an Qualifikationen mit als irgend jemand anderer. Wir haben ein halbes Dutzend Wissenschaftler, deren Appetit auf Fakten groß genug ist, um sie mit dem Gedanken, sich dort unten umzusehen, zu versöhnen, aber sie brauchen jemand, der sich um sie kümmert – jemand, von dem sie sicher sind, daß er dafür sorgt, daß ihnen nichts zustößt. Sie sind qualifiziert. Ich glaube, das ist eine reizvolle Aufgabe für Sie.«

»Warum unterdrücken Sie die ganze Affäre nicht?« fragte Harkanter. »Geben Sie einfach bekannt, daß dort unten kein Leben existiert.«

»Das geht nicht«, sagte Dascon.

»Zu viele Leute widersprechen sonst. Die Eupsychier?«

»Zum Teil. Aber wir wollen *selbst* die Wahrheit wissen. Es könnte wichtig sein.«

Harkanter lachte.

»Sie wollen, daß *ich* Ihnen helfe, eupsychische Propaganda zu widerlegen.«

»Warum nicht?«

Der große Mann hob die Schultern.

»Sie sind interessiert?« fragte Dascon.

»Sie auch«, gab Harkanter zurück, »aber niemand in der Hegemonie wird zwei Wochen lang die Kloaken besichtigen. Warum sollte ich es tun?«

Dascon lächelte höflich.

»Das ist Ihre Art von Herausforderung, Randal. Nicht wahr? Würden Sie nicht jeden beneiden, der diese Art von Rampenlicht genösse? Die erste Expedition seit . . . wieviel? . . . fünftausend Jahren in die Unterwelt? Vielleicht sind es mehr. Gewiß kommt man dabei mit einer gewissen Menge Schmutz in Berührung – aber Sie haben Leute, die sich die Hände nicht schmutzig machen wollen, immer verachtet. Ein gewisses Maß an Gefahr könnte dazugehören – aber Sie wissen sich zu helfen und sind stolz darauf. Heutzutage gibt es nicht so viel Gelegenheit für diese Art von Erlebnis . . .« Dascon ließ den Satz geschickt ausklingen, damit Harkanters Phantasie den Faden weiterzuspinnen vermochte.

Sie hatte es schon getan.

»Wenn man in den Kloaken herumstochert, wird das nicht sehr

aufregend werden«, sagte Harkanter. »Ich gehe nirgends hin, um etwas zu erleben, ich schaffe mir ein Erlebnis.«

»Werden Sie das übernehmen?« fragte Dascon beiläufig, überzeugt davon, daß Harkanter angebissen hatte.

»Ich mache es«, sagte der breitschultrige Mann. »Ich besorge Ausrüstung und ein paar zusätzliche Helfer, damit Ihre zahmen Wissenschaftler vor den Krokodilen oder was-weiß-ich geschützt sind. Ich bin vermutlich ein Dummkopf, aber wenn es denn sein muß, übernehme das besser ich. Da unten wird es wohl dunkel sein, wie?«

Dascon zuckte elegant die Achseln.

»Das nehme ich an«, sagte er. Seine Stimme klang plötzlich distanziert. Er hatte gesagt, was es zu sagen gab. Nachdem er die Verbindung unterbrochen hatte, zog er ein Taschentuch heraus und wischte sich die Handflächen. Sein Lächeln war spurlos verschwunden.

32

Es kam eine lange Zeit der Krankheit und des Deliriums. Joth lag im besten Zimmer von Camlaks Haus auf einem Strohbett. Camlak hatte ihn gerettet, Camlak übernahm die Verantwortung für ihn. Joth wußte nicht, wie nah er im Langhaus dem Tod gewesen war.

Selbst jetzt war er dem Tod nah genug. Sein Verstand war selten länger als einige Minuten im Besitz seines Gehirns. Er bekam einen Fieberanfall nach dem anderen, und Huldi und Nita verbrachten lange Stunden an seiner Seite, um ihn zu kühlen. Sada wollte keine Hilfe leisten. Sie lebte nicht mehr in Camlaks Haus.

Sie ernährten ihn mit Brühe aus Graufleisch und dem Fleisch verschiedener Tiere. Zuerst wies sein Magen alles zurück, und alles, was er schluckte, brach er auf der Stelle wieder aus. Aber sie zwangen ihn, Wasser zu trinken, als Ersatz für die ausgeschwitzte Flüssigkeit, und mit der Zeit konnten sie das Wasser mit Nahrhaftem anreichern. Die Zeit der Anpassung dauerte lange, aber mit der Zeit gewöhnte sich Joth an die Nahrung der Unterwelt und erholte sich von den Krankheiten, die ihn befallen hatten. Ab und zu sagte er etwas oder schrie auf, und es gab viele Gelegenheiten, bei denen ihm die Tränen herunterrannen, wenn er hilflos schluchzte. Zu Anfang schwoll immer wieder seine Haut an und bekam Ausschläge, als die fremdartigen Proteine Reaktionen in seinem Körper hervorriefen.

Mit der Zeit nahm jedoch der scharfe Geruch, der seinen Körper als fremd kennzeichnete, ab und verschwand, und er paßte sich der neuen Umwelt an.

Die Anpassung seines Gehirns machte in diesem Zeitraum ebenfalls Fortschritte, aber lange, nachdem er regelmäßig Nahrung zu sich nahm und fieberfrei schlief, bewahrte sein Bewußtsein die Fremdartigkeit, die sein Körper abgestoßen hatte.

Die Zeit war schwer für Camlak, Huldi und Nita, weil das, was sie taten, in gewissem Sinn genauso fremdartig war wie Joth. Es war nicht die Art, wie das Leben unter den Kindern der Stimme gelebt wurde. Es war nicht Yamis Art. Zu einer anderen Zeit wäre Camlak die Gelegenheit, gegen Übereinkunft und öffentliche Meinung zu verstoßen, vielleicht nicht gewährt worden, aber Yami war alt und alterte immer schneller.

Wenn es für Camlak schwer war, etwas Fremdes in seine Welt zu bringen, war es zehnmal so schwer für Joth, zu akzeptieren, daß er in diese Welt gekommen war. Es fiel ihm schwer, sich zu finden, fast war es unmöglich, sich wiederzuentdecken. Physiologisch brauchte er nur umgewöhnt zu werden, geistig – vielleicht seelisch – mußte er umgeformt werden.

Joth wurde in Stalhelm wiedergeboren. Die Welt von Euchronia, in der er über zwanzig Jahre lang gelebt hatte, verblaßte, als wäre sie ein Traum gewesen. Sie zog sich in seiner Erinnerung so weit zurück, daß sie fast unwirklich wurde. Sie blieb *seine* Welt insoweit, als er wußte, daß er von dort gekommen war, und blieb die seine insoweit, als er entschlossen war, zu ihr zurückzukehren, wenn er konnte, aber als echte, lebende Welt wurde sie zum großen Teil durch ein ganzes neues Sortiment von Geboten und Zusammenhängen ersetzt.

Der Griff, den Joth um seine eigene Welt hatte – und der Griff, mit dem sie ihn festhielt – war naturgemäß schwach und oberflächlich. Joth besaß keine Instinkte.

Für eine Weile war er in sich verloren. Er verbrachte eine Zeit im Nirgendwo. Die Leute, die ihn pflegten, begriffen und akzeptierten das, und sie ließen zu, daß er sich zur Rückkehr Zeit ließ. Die Bewohner der Unterwelt zählten, wogen und handelten nicht mit Zeit wie die Bewohner des Himmels, die von der Periodik von Tagen und Nächten beherrscht wurden. Sie verstanden die Zeit besser und hatten eine freundschaftlichere Beziehung zu ihr als die Bewohner der Oberwelt.

Als Joth im wahren Sinn des Wortes erwachte, sah er sich von

Angst belastet. Nicht von Panik, sondern von Angst. Er hatte ein Gleichgewicht gefunden. Lange Zeit – subjektive Zeit – nach seiner Wiedergeburt konnte Joth in seiner Vergangenheit nichts anderes finden als Wahnsinn. Aber er befand sich in einer bevorrechtigten Lage. Er wußte nicht, was ein Alptraum war. Er hatte ein Etikett anzuwenden und einen Zusammenhang, in den sich seine Erfahrungen eingliedern ließen. Es war ein guter Anfang.

Er erinnerte sich – ganz dunkel – an Ermold, konnte aber in dieser einen Begegnung keinen Sinn finden. Er erinnerte sich auch daran, daß die Krieger ihn entdeckt und weggetragen hatten, und auch darin fand er keinen Sinn. Aber er konnte sich auch daran erinnern, daß Huldi und Nita und Camlak ihn fütterten, pflegten, säuberten und kühlten. Das ergab Sinn. Das verstand er. Diese drei Einzelwesen akzeptierte er als seine Freunde, seine Verwandten, seine Familie der neuen Geburt. Er begann sie zu lieben, ohne sich dessen bewußt zu sein, und er liebte sie weiterhin so.

Zwei Welten begegneten einander an Joths Bett und verhakten sich ineinander.

Als Joth endgültig wußte, daß er lebendig, wach und wirklich war, saß Nita neben ihm. Er sah sie an und versuchte zu entscheiden, was für ein Wesen sie nun genau sein mochte. Ein Zwerg. Ein Kind von Zwergen. Ein Gesicht wie ein Tier, aber zu menschlich, um etwas anderes zu sein als das Gesicht eines Menschen – ein Mädchen, ein Kind.

Er suchte in seinem Inneren nach Worten und fand nichts. Er wußte, daß sein Scheitern ihm ins Gesicht geschrieben sein mußte, zusammen mit seiner Angst. Er schaute sich um und sah, daß sie allein in einem kleinen Zimmer waren. An einer Halterung in der Wand brannte eine Lampe. Die Wände schienen aus Lehm oder grobem Gips zu bestehen, aber hier und dort war die Oberfläche zerbröckelt und gab den Blick auf die innere Struktur frei, die aus Ziegelsteinen und quadratischen Steinen bestand, mit Mörtel verbunden. Die Decke – zugleich wohl das Dach – senkte sich flach und bestand aus Holz; die Fugen waren mit dem gleichen Gips/Lehm verklebt.

Er seufzte und ließ den Kopf zurücksinken. Das Mädchen sah ihn forschend an und streckte die Hand aus, um ihn zu berühren. Sein Gesicht – das Fleisch unter der Metallhülle – war heiß, aber nicht feucht, aber am Hals schwitzte er.

»Das Gesicht«, murmelte sie, um ihn zum Sprechen zu bewegen.

»Ich war verletzt«, sagte er. »Man hat mich wiederhergestellt. Vor langer Zeit.«

Das akzeptierte sie.

»Die Augen«, sagte sie ganz leise. »Die Augen können sehen. Aber es sind nur Metallkugeln. Metallider, Metallaugen.«

»Ja«, sagte er, Worte findend und froh über die Gelegenheit, sie gebrauchen zu können. »Sie haben mir neue Augen gegeben. Die Augen funktionieren gut. Besser als echte Augen.« Er flüsterte wie sie, nicht sicher, ob es nötig war.

»Besser als meine?« fragte sie. Ihre Augen waren klein, weit auseinanderstehend, aber beweglich und scharf.

»Vielleicht«, sagte er.

»Dein Kinn«, sagte sie. »Deine Ohren, dein Kopf.«

»Manches ist Plastikfleisch, nicht Metall«, sagte er. »Sie haben getan, was sie konnten. Aber der Kunststoff braucht eine Grundlage von echtem Fleisch. Wo sie bis zum Knochen schneiden mußten, konnte nur Metall verwendet werden. Alles andere an mir ist echt. Alles, bis auf ein paar Plastiknarben. Ganz menschlich.«

»Gibt es in deiner Welt Menschen, die ganz aus Metall sind?« fragte sie.

Er wollte antworten, um seine Freundschaft mit dem Kind zu untermauern, war aber gar nicht sicher, welche Antwort er geben sollte. Es gab in der alten Welt – in Euchronia – Roboter, aber waren sie, nach ihrer Definition, Menschen? Er entschied schließlich dagegen. Die Roboter waren nie ganz humanoid.

»Nein«, sagte er. »Alle Menschen sind aus Fleisch und Blut. Ich bin verletzt worden. Ich bin nur wiederhergestellt worden. Verstehst du? Die Oberseite meines Gesichts ist weggebrannt worden.«

Sie schüttelte den Kopf.

»Wir reparieren Menschen nicht«, sagte sie. »Wer hat dich verbrannt?«

»Niemand«, sagte er. Er spürte keine Veranlassung, über ihre Vermutung zu lachen, daß er mit Absicht verbrannt worden sei. Er wußte, daß die Frage ernst gemeint war. »Es war ein Unfall«, erklärte er.

Sie schwieg einige Zeit nachdenklich.

Dann sagte sie: »Das habe ich eigentlich gewußt.«

»Was hast du gewußt?«

»Daß die Menschen in der Welt da oben nicht aus Metall sind. Manche Kinder haben es behauptet. Die Frauen sagen es. Und Schlimmeres. Die alten Weiber erfinden alles mögliche. Ich wußte es besser. Die ganze Zeit.«

Wieder kein Impuls, zu lachen. Wäre das ein menschliches Kind gewesen ... ein Kind der Oberwelt ... Aber es *war* ein menschliches Kind, wenn auch nicht von der Oberwelt. Joth spürte kurz Verwirrung. War es ... sie? ... menschlich? Natürlich, entschied er. Aber was bedeutete in diesem Fall das Wort ›menschlich‹ genau?

»Woher hast du es gewußt?« fragte er. Er wollte es wirklich wissen. Sie konnte ihm helfen ... alles zu erfahren ... Sie konnte seine Lehrerin sein.

»Ich kann lesen«, sagte sie. Sie sagte es ohne Betonung, nicht stolz. Es war keine Prahlerei. Lesen gehörte für sie zum Leben. Sie konnte lesen, deshalb wußte sie es. Andere waren mutmaßlich nicht so vom Glück begünstigt.

»Burstone«, murmelte er. »Er bringt euch Bücher. Im Koffer. Das schleppte er. Aber warum?«

Sie antwortete nicht. Sie wußte nicht, wovon er sprach.

Er wußte, daß er anfangen sollte, sie zu befragen, daß er die lange Arbeit beginnen sollte, alles über seine neue Welt zu erfahren, aber er war müde und wußte kaum, wo er anfangen sollte. Und er hatte noch immer Angst. Große Angst. Seine Angst verhinderte klares Denken. Es gab etwas Vorrangiges, das über dem Lernen stand. Er mußte wissen, ob es einen Ausweg gab, einen Rückweg. Wenn nicht ...

Er stellte sich dem Gedanken an den Tod. Ryan war in der Unterwelt gestorben. Irgendwo.

»Die Lichter am Himmel ...«, sagte er und verstummte. Er hatte laut gesprochen. Sie sah sich schnell um.

»Wir haben keinen Himmel«, sagte sie hastig, so, als laufe die Zeit ab. »Wir haben ein Dach. Manche nennen es den Himmel, aber sie können nicht lesen. Die Sterne sind im Dach eingelassen. Das Dach der Welt. Der Himmel liegt darüber. Ich weiß nicht, wie fern.« Ihre Worte klangen dumpf, beinahe traurig.

Er bemühte sich, die besondere Bedeutung in ihren Sätzen zu erkennen, aber es gelang ihm nicht.

»Die Lichter im Dach«, sagte er. »Leuchten sie immer?«

»Immer«, sagte sie.

»Sie sind immer dagewesen?«

»Immer«, sagte sie geduldig.

»Wir wußten es nicht«, murmelte er und fühlte, daß eine Art Erklärung nötig war. »Ich glaube ihm nicht. Ich habe nicht wirklich an die Sterne geglaubt. Aber er hatte recht.«

Plötzlich, bevor er sich eine neue Frage ausdenken konnte, war sie fort. Sie hatte draußen etwas gehört. Er blickte auf den Vorhang an der Tür, der sich nach ihrem Fortgang schwach bewegte.

Er wartete. Er lag ganz still. Sinnend. Hilflos.

33

Porcel zählte seine Vorteile auf. Es waren offenbar nicht viele. Aber die Zeit stand ihm bei. Es war ihm nicht verziehen worden, daß er statt Ermolds Schädel Joth zurückgebracht hatte, und das Gerücht, daß er vom ersten Anblick des Mannes mit dem metallenen Gesicht zu Tode erschreckt worden war, hatte sich naturgemäß im ganzen Ort verbreitet. Aber im Lauf der Zeit würde es eingehen.

Porcel war ehrgeizig. Er wollte Alter werden. Er hielt nicht viel von Camlaks Aussichten, und im offenen Wettbewerb besaß er bessere Chancen als die meisten, seinen Willen durchzusetzen. Er war stark und ein wilder Kämpfer. Die Kommunion der Seelen stand bevor – man rechnete jederzeit mit einem Angriff Ermolds. So schätzte Porcel seine Chancen ab und überlegte sich Wege, sie zu verbessern. Die Zeit zum Nachdenken hatte er. Camlak war die meiste Zeit nicht im Dorf, wie die Krieger. Sie hielten sich draußen auf den Feldern auf, planten und organisierten die Verteidigung. Er hatte den Auftrag erhalten, das Langhaus zu bewachen. Abgesehen von einer Handvoll Krieger am Tor gab es innerhalb des Walles nur Frauen, Älteste und Kinder.

Porcel wußte, daß es zwecklos war, das Langhaus zu bewachen. Es war reiner Zeremoniendienst. Er langweilte sich und dachte angestrengt nach. Konnte er einen Kampf mit Camlak provozieren? Konnte er es so einrichten, daß Camlak mit ihm würde kämpfen *müssen*, und das unter seinen eigenen Bedingungen?

Während er nachdachte, sah er Nita durch das Schädeltor schlüpfen und zu Camlaks Haus laufen. Er beobachtete sie; er wußte, daß sie zu dem Mann mit dem Metallgesicht ging. Porcel hatte entschieden, daß er den Mann mit dem Metallgesicht haßte, und daß es vernünftig gewesen wäre, ihm den Kopf abzuschlagen, als die Gelegenheit sich geboten hatte. Yami ärgerte sich über seinen Sohn, weil er den Fremden aufgenommen hatte, aber auch über Porcel, weil er ihn überhaupt mitgebracht hatte.

Porcel entschied, daß er Nita zur Frau nehmen würde. Eine solche

Heirat war wünschenswert, wenn er Alter werden sollte, da eine Art Verschwägerung zwischen den Herrschern angemessen erschien. Außerdem würde Camlak der Gedanke verhaßt sein, und Porcel würde es Vergnügen bereiten, von seinem Haß Camlak gegenüber etwas an dem Kind auszulassen. Zu diesen schon sehr guten Gründen kam noch die schlichte Fleischeslust.

Die Augen des Kriegers hafteten an der Tür zu Camlaks Haus, während ihm diese Gedanken durch den Kopf gingen, und er spürte, wie Groll und Entschlossenheit in ihm hochstiegen.

Sada kam an ihm vorbei und warf ihm einen Blick zu. Sie murmelte bösartig, daß kein einziger Mann im Dorf sei, gerade laut genug, daß er begriff, was sie meinte. Er verlor die Beherrschung und trat schnell auf sie zu. Sada lief davon, an Camlaks Haus vorbei, zwischen zwei anderen hindurch. Statt zu laufen, um sie einzuholen, ging Porcel weiter, geradewegs über Camlaks Schwelle in sein Haus. Ayria war da, die von der verstoßenen Sada die Haushaltspflichten übernommen hatte. Sie hob erstaunt den Kopf, als Porcel hereinkam.

Sie wich dem ersten Hieb aus, war aber zu überrascht, um sich auch dem zweiten zu entziehen – einem wilden Rückhandschlag ohne echte bösartige Absicht, aber ziemlich kräftig. Er erwischte sie an der Schläfe und schleuderte sie zu Boden. Sie wimmerte, vom Verhalten des Kriegers völlig verwirrt.

Porcel blieb stehen, weil er begriff, daß es keinen Sinn hatte, seine Rachsucht an Ayria auszulassen, die nichts getan hatte, aber sein bitterer Zorn beherrschte ihn noch einige Augenblicke länger. Er schaute sich um und ballte krampfhaft die Fäuste. Nita kam aus dem Hinterzimmer, um zu sehen, was vorging.

Sie versuchte an Porcel vorbei zur Tür zu gelangen und scheiterte. Er packte sie und hob sie hoch; seine Augen flammten plötzlich auf, als seine Wut ein geeignetes Ziel fand. Er dachte nicht mehr an die Folgen und ließ der vollen Gewalt seiner inneren Wut die Zügel schießen. Er schleuderte das Kind zu Boden, flach auf den Rücken, und riß ihr den zerlumpten Rock auseinander. Darunter trug sie nichts.

Porcel ließ sich schwer auf sie fallen und klemmte sie ein, bevor er hinuntergriff, um seinen eigenen Rock auszuziehen.

Ayria wich zurück in eine Ecke, völlig verwirrt, und erstarrte zur Bewegungslosigkeit, sah zu, ohne zu begreifen.

Aber jemand anderer begriff. Sada, die wissen wollte, weshalb Porcel in Camlaks Haus gegangen war, kam zurück, um nachzusehen. Sie hob die Stoffbahn an der Tür und begann zu lachen. Der Gedanke an das, was geschehen sollte, erfreute sie.

Nita fand den Atem nicht, zu schreien. Die plötzliche und unerwartete Attacke hatte ihr die Luft genommen. Die Last von Porcels Körper, die sie zerquetschte, schien auszuschließen, daß sie je wieder atmen könnte, und sie war überzeugt davon, daß sie sterben mußte. Sie fühlte, wie Porcel zwischen ihren Beinen umhertastete, aber sie spürte keine Schmerzen, als er in sie einzudringen versuchte. Der ganze Schmerz war in Brust und Kopf eingeschlossen, und sie war von Entsetzen erfüllt, weil er nicht herauskommen und sie atmen lassen wollte.

Selbst als Porcels Gewicht schlagartig weggerissen wurde, konnte sie keine Luft in ihre Lunge saugen und begriff nicht, was geschah. Sie war völlig allein mit ihrem Schrecken.

Joth schleuderte Porcel mit einem Tritt zur Tür hinaus, und Sada sprang rückwärts aus dem Weg. Er setzte nach und gab dem Krieger einen zweiten Tritt, so fest er konnte. Er spürte eine kurze Welle der Befriedigung, als der Tritt ein ähnlich spektakuläres Ergebnis hatte. Joth wog mehr als doppelt soviel wie Porcel und hatte lange Beine. Er war bei weitem noch nicht wieder ganz gesund, aber er hatte Kraft genug.

Bis Porcel begriff, was mit ihm geschah, war er halbnackt und lag ausgestreckt im Schlamm, auf halbem Weg zurück zum Langhaus. Als er das erstemal aufstehen wollte, rutschte er aus und stürzte wieder in den klebrigen Straßenschmutz. Zunächst begriff er nur, daß er getroffen worden war, hat getroffen, und seine Handlungen geschahen ganz reflexartig. Aber dann wurde ihm klar, wer zugeschlagen hatte, und wie. Er erkannte ferner, daß ihn das halbe Dorf beobachten konnte. Sada brüllte vor Lachen, und eine Zuschauermenge würde nicht lange auf sich warten lassen.

Er gab einen tierischen Laut von sich und griff nach seiner Waffe. Joth zögerte kurz, seiner Sache unsicher, und Porcel hatte Gelegenheit, aufzustehen und das lange Messer aus der Scheide zu ziehen. Während Joth immer noch zögerte, stürzte sich der Krieger mordlustig auf ihn.

Joth hatte nicht damit gerechnet, daß der kleine Mann, den er so wirksam mit Tritten bearbeitet hatte, sich in eine wilde – und angsterregende – Bestie mit einem bösartigen Mordinstrument und der klaren Absicht, es zu gebrauchen, verwandeln würde.

In dem Sekundenbruchteil, in dem Joth Porcel kommen sah, erinnerte er sich, daß er noch immer erschöpft und ganz steif war und in seinem ganzen aktiven Leben nie zur Gewalt gegriffen hatte.

Er wäre binnen einer Sekunde mausetot gewesen, hätte Porcel sich nicht von irrem Haß antreiben lassen. Der Krieger war viel, viel schneller als der Mann aus der Welt darüber, und Joths ungeschickter Versuch, auszuweichen, hätte ihm nichts genützt, wenn Porcel nicht so entschlossen gewesen wäre, sein Ziel mit der letzten Unze Kraft zu erreichen, die in ihm steckte.

Der Schwung trieb Porcels Messerspitze jedoch um den Bruchteil eines Zentimeters an Joths wegzuckendem Körper vorbei. Derselbe Schwung riß Porcel der Klinge nach.

Die beiden Leiber prallten zusammen, aber Joth blieb unverletzt und mehr oder weniger unberührt. Die relativen Massen der beiden Männer sorgten unweigerlich dafür, daß es Porcel war, der das Gleichgewicht verlor und wieder in den Schlamm stürzte. Joth gewann ein, zwei kostbare Sekunden und nutzte sie.

Aber an ein Entkommen war nicht zu denken. Joth konnte nicht laufen. Porcel rollte zurück bis zur Tür von Camlaks Haus, dann kam er bewußt zum Stillstand und erlaubte sich den Luxus von zwei Sekunden, um sich zu sammeln und seinen Zorn unter Kontrolle zu bringen. Er entschied in dieser kurzen Zeitspanne, wie er Joth in kleine Stücke zerteilen würde.

Es gab eine Sekunde, in der Joth dem Blick seines Mörders begegnete und die ganze Bösartigkeit und den Haß darin sah. Irgendwo in einem Winkel seines Gehirns registrierte er verwundert die intensive Menschlichkeit von Porcels Emotionen.

Dann schaltete Porcels Gehirn völlig aus. Er brach lautlos zusammen, stürzte auf sein Messer, aber es durchbohrte ihn nicht.

Huldi trat aus der Tür, den Kochtopf in der Hand, mit dem sie ihn niedergeschlagen hatte. Sie schaute sich furchtsam im Kreis der neugierigen Gesichter um.

Sada lachte.

34

Eliot Rypeck war ein kleiner, leicht erregbarer Mann mit einer ungewöhnlichen Kombination geistiger Neigungen. Auf der einen Seite war er ein Mann, der Nebensächlichkeiten ungewöhnliche Aufmerksamkeit schenken konnte (eine Art Sammlermentalität), auf der anderen einer der wenigen Männer, die ein echtes Verständnis für die Art besaß, in welcher Mensch und Kybernetz potientell fähig waren, innerhalb des Zusammenhangs der mechanisierten Gesellschaft eine quasi-symbiotische Beziehung der Zusammenarbeit zu erlangen. Aus diesem Grunde war er so etwas wie eine Münze mit zwei Seiten. Seine entschlossene Opposition der Fortführung des I-Minus-Projekts über den Plan hinaus in die Gesellschaft von Euchronia steht für die *zweite* Seite der Münze – die Grundlage dieser Überzeugung war der Glaube, daß man dem Menschen vollen Spielraum gewähren sollte, sich der neuen Umwelt des Kybernetzes ganz anzupassen. Er glaubte nicht, daß das erreichbar sei, solange die Instinkt-Sperre angewendet wurde.

Rypeck war auf keinem bestimmten Gebiet Fachmann, aber mit Blick auf jedes bestimmte Thema, das seine Aufmerksamkeit erregte, war er fähig, sehr schnell bedeutsame Faktoren herauszuschälen und sie zu begreifen. Seine Affinität zum Kybernetz war nur eine gute Arbeitsbeziehung in dieser Art, aber nach den Maßstäben des frühen Euchronia-Reiches höchst bemerkenswert.

Heres und Rypeck waren bis zu einem gewissen Grade von Natur aus Feinde. Die Art ihrer Persönlichkeiten sorgte dafür, daß sie, was Methode und Manier betraf, unweigerlich zusammenstießen. Rypeck war älter als Heres und war Mitglied des inneren Rates geworden, bevor Heres dort eintrat. Heres hätte nicht zugelassen, daß ein Mann wie Rypeck in den Rat aufgenommen wurde, sobald er Hegemon geworden war, aber wenn ein Geheimnis erst einmal gemeinsames Eigentum geworden ist, kann es nicht mehr zurückgenommen werden. Ein Mitglied des inneren Rates, einmal aufgenommen, blieb es sein Leben lang.

Man hätte einwenden können, daß Rypeck Hegemon hätte werden sollen, und nicht Heres. Auch das spiegelt den Unterschied in ihren Charakteren wider. Rypeck wäre ein tüchtigerer Administrator gewesen, aber es war Heres, der über die Gefolgschaft gebot. Wären ihre Positionen vertauscht gewesen, hätten Rypeck und Heres das vermutlich als unerträglich empfunden.

Wie Heres war Rypeck ein ausgezeichneter Hoh-Spieler. Seine Grundvoraussetzungen und Strategien waren anders geartet, aber er arbeitete auf ähnliche Ziele hin, und sein Spiel war nur um ein Geringes weniger meisterlich als das des Hegemons. Hoh stellte einen wichtigen Berührungspunkt für ihren Verstand und ihre Persönlichkeiten dar. Es ermöglichte ihnen, miteinander auszukommen. Hoh spielte im Leben beider Männer eine bedeutsame Rolle.

35

»Ich muß gestehen, daß ich entsetzt bin«, sagte Rypeck.

Heres betrachtete das Bild auf seinem Schirm mit nüchternem Blick. Sein Ausdruck verriet keine Feindseligkeit, aber aus seiner Stimme konnte er sie nicht ganz verbannen.

»Es besteht kein Anlaß, melodramatisch zu werden«, sagte er.

»Ich bin entsetzt vom Ausmaß unserer Unwissenheit«, erklärte Rypeck.

»Nun, dann schlage ich vor, daß Sie dem beizukommen versuchen, indem Sie mir sagen, wovon Sie sprechen«, sagte Heres.

»Ich spreche von der Abhängigkeit vom Kybernetz«, sagte Rypeck. »Ich meine nicht die uralte Streitfrage, wo wir alle wären, wenn das Netz ausfiele – ich spreche von einer völlig anderen Art von Abhängigkeit.

Ganz abgesehen von seinen Betriebsfunktionen stellt uns das Kybernetz ein zentrales Datenspeichersystem zur Verfügung. Das ist natürlich die eine Funktion, die zu erfüllen das Kybernetz auf einzigartige Weise befähigt ist. An diesem Punkt sollten wir die perfekte Partnerschaft von Mensch und Maschine erkennen. Die Maschine liefert Datenspeicher-, Sortier- und Verarbeitungsanlagen, während der Mensch kreatives Denken und Zweckbestimmtheit beisteuert.

Sie wissen genau Bescheid über die Kontroversen hinsichtlich der Maschinenintelligenz und der Möglichkeit, daß die Maschine in der Lage sein könnte, das menschliche Element der Partnerschaft selbst beizutragen. An ein Alternativproblem werden Sie vermutlich aber nicht gedacht haben.«

»Kommen Sie zur Sache«, sagte Heres.

»Die Sache ist die«, sagte Rypeck, »daß wir, statt uns Sorgen darüber zu machen, ob ein Element in der Partnerschaft die Lücke überbrückt und alle Funktionen allein erfüllt, uns den Kopf darüber zerbrechen sollten, ob die Lücke so groß wird, daß die Funktionen überhaupt nicht mehr erfüllt werden können.«

»Sie drücken sich unverständlich aus«, sagte Heres und trommelte mit den Fingern auf die Konsole.

»Ich möchte es so ausdrücken«, sagte Rypeck. »Die Maschine ahmt die menschlichen Funktionen nicht nach – aber der Mensch *versäumt* es, auf sinnvolle Weise die Funktionen der Maschine zu kopieren. Als Lieferanten kreativen Denkens und von Zweckdienlichkeit spezialisieren wir uns zu sehr. Das Kybernetz stellt uns einen im höchsten Grade leistungsfähigen Datenspeicher zur Verfügung, aber um diesen Speicher zu nutzen, müssen wir eine Vorstellung davon behalten, was er enthält und welche Verfahren angewendet werden müssen, um ihn richtig zu gebrauchen. Das Kybernetz ist unfehlbar. Es vergißt nichts. Das heißt aber nicht, daß *wir* alles vergessen dürfen, was wir jemals gewußt haben. Um die Daten im Netz nutzen zu können, müssen wir wissen, daß sie vorhanden sind. Die Partnerschaft kann nicht funktionieren, wenn keines der Elemente einen Begriff davon besitzt, was das andere beizusteuern vermag. Die Lücke wird unüberbrückbar.

Weil wir uns auf das Kybernetz als unser Gedächtnis verlassen, sind wir Ignoranten geworden. Nicht nur das, wir ahnen nicht einmal, daß wir Ignoranten sind. Weil das Kybernetz alles weiß, gehen wir davon aus, daß auch wir alles wissen. Aber was nützt die Information im Kybernetz, wenn wir nicht wissen, daß sie da ist, und ihre Bedeutung nicht erkennen würden, wenn wir es wüßten?«

»Eliot«, sagte Heres, »ich habe zu tun. Haben Sie mich angerufen, um theoretische Dinge zu debattieren, oder wollen Sie etwas Konkretes sagen?«

Rypeck seufzte.

»Ja«, sagte er, »ich habe etwas zu sagen. Ich möchte sagen, daß wir Ignoranten sind, und daß mich unsere Unwissenheit entsetzt. Aber da Sie das nicht hören wollen, will ich Ihnen ein paar andere Dinge klarmachen.

Ich habe herauszufinden versucht, was wir über die Unterwelt wissen. Ich habe damit gerechnet, zu erfahren, daß wir praktisch nichts wissen. Ich habe der Unterwelt keinen einzigen Gedanken geschenkt, bis diese Sache aufkam. Ich nahm an, daß man sie seit der Vollendung der Plattform völlig ignoriert hat. Das war ein Irrtum. Im Netz befinden sich sehr viele Informationen über die Unterwelt, teilweise höchst beunruhigende.

Erstens gibt es in der Unterwelt Leben. Zweitens ist es nicht ausschließlich darauf beschränkt. Sporen vom Pflanzenreich der Unterwelt und Mikrofauna aller Arten strömt unaufhörlich in die unteren Regionen unserer eigenen Welt ein. Die Maschinen in den unteren Etagen sind dafür ausgerüstet, mit dieser pausenlosen Invasion wirksam fertigzuwerden. An der Oberfläche selbst zeigt sich fast gar nichts, weil diese Organismen nicht ausgerüstet sind, mit Oberflächen-Organismen wirksam zu konkurrieren. Eine Anzahl von Arten, die jetzt an der Oberfläche existiert, hatte jedoch unzweifelhaft ihren Ursprung in der Unterwelt, nach der Trennung. Es gibt nicht weniger als vierzig verschiedene Arten automatischer Anlagen, die eigens dazu da sind, der Invasion der Unterwelt-Organismen in den unteren Etagen zu begegnen. Sie sind leistungsfähig. Innerhalb gewisser Grenzen.

Die Unterwelt wird von mehreren Millionen elektrischer Lampen beleuchtet, die in die Decke dieser Welt eingelassen sind – an der Unterseite des Bodens unserer untersten Etage. Ihr Energieverbrauch ist, verglichen mit dem Verbrauch unserer eigenen Beleuchtungsanlagen, nicht groß, aber von Bedeutung. Es gibt also mehrere Fakten, über die Sie nachdenken müssen. Die Unterwelt lebt, und sie lebt – zumindest teilweise – weil wir sie am Leben erhalten. Sie ist nicht völlig getrennt von uns und war es nie. Enzo hat uns bei der Sitzung des inneren Rates alle aufgefordert, uns an die Unterwelt zu erinnern – daran zu denken, daß die Welt, die von der Bewegung aufgegeben wurde, noch immer da ist. Ich sage, Erinnerung allein genügt nicht. Wir hätten die Unterwelt nie vergessen sollen.

Rafael, ich befasse mich mit der Angelegenheit jetzt seit Tagen. Was gibt es noch, das ich wissen müßte? Was ist im Netz noch enthalten, das ich finden könnte – wenn ich wüßte, wo ich suchen müßte? Das ist viel wichtiger als der Fall Magner. Es ist sogar wichtiger als die Unterwelt. Wir haben nicht einmal *angefangen*, den Preis von elftausend Jahren Planerfüllung zu berechnen, im Sinne des Wissens, das wir verloren haben und das wiederzugewinnen wir nahezu nichts unternehmen. Wir sind unschuldig wie neugeborene Kinder. Rafael, begreifen Sie das denn nicht?«

»Sie regen sich grundlos auf«, sagte Heres ruhig. »Ich rate Ihnen, eine Weile darüber nachzudenken. Was hat es für einen Sinn, mit diesem wirren Zeug zu mir zu kommen? Wir brauchen die Information über die Unterwelt jetzt, und sie ist da, um herausgeholt zu werden. Alles, was Sie tun müssen, ist, sie herauszuholen. Stellen Sie einfach die Fakten fest und vergessen Sie das Übrige.«

»Das ist ja das Problem«, sagte Rypeck. »Das Übrige haben wir vergessen.«

Heres winkte verärgert ab und schaltete den Bildschirm aus.

36

Rypeck war nicht der einzige, der im Kybernetz nach Informationen schürfte und mehr fand, als er erwartet hatte. Alywn Ballow recherchierte für Yvon Emerich als Vorbereitung für die Absicht, Magner vor den Kameras zu präsentieren. Und Abram Ravelvent machte sich auf die Jagd nach dem Wissen zum Teil um der Sache selbst willen, zum Teil für Harkanters Expedition, die nur sehr langsam Gestalt annahm und es nicht eilig zu haben schien.

Das Maß an Erfolg, das sie bei der Suche nach Fakten erreichten, war unterschiedlich. Ballow kam nicht sehr weit, aber es gelang ihm, Kenntnis über die Lichter zu erlangen. Ravelvent stieß bei seiner Suche sehr bald auf die Lichter und hatte die Inspiration, den Energiefluß von Oberwelt zu Unterwelt genauer zu untersuchen. Dabei entdeckte er weit mehr, als er vermutet hatte. Eine Untersuchung des Energiebudgets der Oberwelt für einen Zeitraum von zehn oder auch hundert Jahren hätte ihm vermutlich nichts eingebracht. Ravelvent war jedoch im Gegensatz zu Rypeck und Ballow einem umfassenderen Bild der möglichen Grundlage, auf der das Leben in der Unterwelt existierte, auf der Spur. Er ging von Jahrtausenden aus. Mit den rechnerischen Fähigkeiten des Kybernetzes war nicht einzusehen, warum er das nicht tun sollte. Über tausend Jahre hinweg machen sich sogar die winzigsten Abweichungen bemerkbar. Nachdem er die erste Diskrepanz gefunden hatte, entdeckte er mehr und immer mehr.

Zuletzt sah er sich zu der durchaus phantastischen Schlußfolgerung gezwungen, daß der Export von der Oberwelt zur Unterwelt sich nicht nur auf Lichtenergie und Abfallprodukte beschränkte. Seit vielen Jahren sickerte ein stetiger Strom von Material vielerlei Art in die Unterwelt. Nicht nur in den Jahren der Euchronia-Gesellschaft, sondern auch in den vielen langen Jahren des Planes. Zu der Zeit, als jede einzelne Tonne brauchbaren Metalls und jeder letzte Fetzen Papier streng unter Kontrolle hätte sein müssen, hatte es nicht weniger ein ständiges Abfließen von Material in die Welt darunter gegeben, wie in den jetzigen Zeiten des Wohlstandes. Fertigprodukte waren fortlaufend exportiert worden, wenngleich in mikroskopisch geringem Umfang, seit man die Plattform fertiggestellt hatte. Irgend jemand versorgte die Unterwelt mit Metall, Papier und Kunststoff, und das schon seit sehr langer Zeit. Mit Waffen, Werkzeugen und Büchern.

Ravelvent sah sich zu der Schlußfolgerung gezwungen, daß die

Bewegung selbst dafür verantwortlich war. Eine andere Möglichkeit schien es nicht zu geben. Aber wer immer auch den Nachschub dirigieren mochte, es war offenkundig, daß die Maschinen der Oberwelt nicht nur eine Welt versorgten, sondern zwei.

37

Porcel erwachte mit bohrenden Kopfschmerzen. Er war einigermaßen überrascht, festzustellen, daß er noch am Leben war. Wäre Camlak während seiner Bewußtlosigkeit zurückgekommen, hätte alles für das Gegenteil gesprochen. Aber Camlak war nicht da, und er war von ein paar Frauen weggeschleppt worden. Nun lag er in seinem Haus.

Er entschied beinahe auf der Stelle, daß es galt, keine Zeit zu verlieren. Einen Streit mit Camlak zu provozieren, stellte kein Problem mehr da. Jetzt ging es darum, Unterstützung für eine formelle Ausrichtung des Kampfes zu suchen. Die Angelegenheit spitzte sich zu. Die Kommunion der Seelen würde bald verkündet werden, dann mußte der Zank beginnen. Yamis Zeit war vorbei, und er brauchte einen Nachfolger.

Porcel machte sich auf die Suche nach Unterstützung. Er rechnete damit, daß sie leicht zu finden sein würde, aber da irrte er sich. Er kam bald dahinter, wer ihn womit niedergeschlagen hatte. Seine Stellung im Dorf war rapide gesunken. Er konnte nichts dafür, daß er hinterrücks mit einem Kochtopf niedergemacht worden war, aber daran ließ sich nicht rütteln, und sein Bild in der Öffentlichkeit war ruiniert.

Seine Laune, schon vorher schlecht, wurde miserabel.

38

Yami trat aus dem Langhaus vor die versammelten Bewohner Stalhelms. Er trug sein Zeremoniengewand und befand sich schon tief im Trancezustand. Die Ober-Ältesten stellten sich hinter ihm auf. Auch sie waren in Trance, würden aber in den Verkündigungen des Alten keine Rolle zu spielen haben. Sie waren allein und ausschließlich zur Zierde da. Es waren Yami und Yamis Seele, auf die es ankam.

Bevor der Alte herausgetreten war, hatte die Menge großen Lärm gemacht. Camlak war erst Minuten zuvor mit den Kriegern, praktisch allen Feldarbeitern, den Steinwerkern und den Sammlern zurückgekehrt. Innerhalb dieser großen Gruppe ging das Gespräch mit großer Schnelligkeit und mit Feuer hin und her. Yami brachte sie jedoch alle mit einer Geste zum Schweigen, während er sich auf dem hohen Thronstein niederließ. Dort wartete er, bis seine Zuhörer sich beruhigt hatten.

»Die Kommunion der Seelen beginnt«, intonierte Yami mit seiner Orakelstimme. »Wir müssen uns bereit machen.«

Es gab eine lange, bedeutungsvolle Pause. Die Zuhörer warteten darauf, daß Yami zum Wichtigen kam. Es mußte die Sonne bestimmt werden, die Erde und der Sternkönig. Und die Probe mußte festgelegt werden.

Yami ließ die Stille andauern. Dieser Augenblick war selbst eine Art Probe. Dies war der Augenblick, da Namen sich auf jeder Zunge bildeten, da jeder Mund den Namen schmecken mußte, den er barg, und entscheiden, ob er schlucken oder rufen sollte. Das war der Augenblick, da alle Ambitionen sorgfältig abgewogen und entweder aufgegeben oder der Probe unterworfen werden mußten.

Schließlich ergriff Yami wieder das Wort.

»Wer benennt den Sternkönig?« fragte er.

Diesmal gab es keine Pause. Porcel richtete sich neben dem Thronstein auf und sagte tonlos: »Ich benenne Yami.«

Yami, in Trance, durfte nicht reagieren. Er war nicht in seiner eigenen Person anwesend, sondern in der Person seiner Grauen Seele und in der des Alten. Wenn er seinen eigenen Namen akzeptierte, wozu er durchaus gehalten sein mochte, würde er aus dem Trancezustand nicht als Führer seines Volkes, sondern als sein Opfer erwachen.

Keiner von den Ältesten widersprach Porcels Nennung. Auch sie waren in dieser Frage zu einer Entscheidung gelangt und stimmten zu. Aber zumindest Camlak war entschlossen, es nicht dabei zu belassen.

»Ich benenne Porcel«, sagte er, ohne sich aus seiner kauernden Haltung hinter der Menge zu erheben. Porcel ersparte sich eine Reaktion. Er wußte wie die Ältesten, daß Camlaks Aufruf nicht akzeptiert werden konnte. Yami war uralt, am Ende seines Lebens. Porcel war ein Krieger. Wenn irgend jemand benannt werden sollte, der wirklich Aussicht hatte, anstelle Yamis Sternkönig zu werden, dann würde es ein Älterer sein, oder vielleicht ein Leser. Kein Kämpfer.

Aber es kam kein anderer Name. Zwischen denen, auf die es ankam, war schon entschieden, daß Yamis Zeit abgelaufen war. Selbst Yami hätte das hingenommen. Er liebte das Leben so gut wie irgendein anderer, aber er wußte auch so gut wie jeder andere, wie das Leben zu führen war – und davon gab es keine Freiheit.

»Yami ist als Sternkönig benannt«, sagte das Orakel, den eigenen Namen ohne die Spur einer Gefühlsbewegung aussprechend. »Wer benennt die Sonne?«

Diesmal war es der krummbeinige Chemec, der unter dem hohen Stein aufsprang.

»Ich benenne Porcel«, rief er laut. Diesmal gab es eine Reaktion in der Menge. Manche lachten, andere gaben undeutliche Laute der Zustimmung von sich.

Der Leser namens Orgond nominierte Camlak, und auch diese Nominierung wurde teils mit Zustimmung, teils mit Spott aufgenommen.

Es gab eine Pause, während die Leute warteten, um zu erfahren, ob sonst noch jemand zu diesem Zeitpunkt seinen Ehrgeiz aussprechen wollte. Und ein dritter Name wurde genannt, dann ein vierter. Es war eine ungewöhnliche hohe Anzahl. Aber weder Porcel noch Camlak hatten einstimmige Annahme gefunden, und das würde die letzte Chance für viele Männer sein, die kurz vor oder nach der Blütezeit ihres Lebens standen, und in denen das Feuer loderte.

Der dritte Name war Jewen, der vierte Magant. Beide waren gute Kämpfer, stark und intelligent, aber keiner von beiden hätte als vielversprechender Kandidat gegolten. Ihr Ehrgeiz war mehr oder weniger insgeheim genährt worden.

Yami wies keinen der vier Namen zurück. Als das erkennbar wurde, lief eine Regung durch die Menge. Gewöhnlich wurden diese Dinge zwischen den Aspiranten direkt entschieden, aber der Alte konnte kaum vier Männer in einen Ring befehlen, um es auszustreiten. Drei tote Männer waren ein hoher Preis für eine Kommunion der Seelen, und der Sieger eines derart komplizierten Wettbewerbs würde kaum fähig sein, seinen Sieg ganz zu genießen.

»Die Namen werden der Probe unterworfen«, sagte Yami mit leiser, ruhiger Stimme. »Sie müssen sich dem Furchenhund stellen. Wer ihn tötet, wird als die Sonne aufgehen.«

Camlak spürte, wie sein Herz schwer wurde. Er hatte gewußt, daß die Zeit gekommen war, sich der entscheidenden Probe zu stellen

– er hatte damit gerechnet, mit Porcel im Ring zu kämpfen. Aber diese Probe war eine völlig andere Sache. Bei einem Duell würde er im Nachteil sein, aber das war nichts, verglichen mit der Herausforderung, sich einem Furchenhund stellen zu müssen. Und in dieser Art von Probe würde er allein sein. Er blickte zum Thronstein hinüber und fand Porcels Gesicht inmitten der Menge. Porcel sah zu ihm herüber. Ihre Blicke begegneten sich und hafteten aneinander. Keiner von den beiden wußte, was der andere tun würde.

Irgendwo in der Menge zog Jewen seinen Namen zurück. Nach einer Pause von etwa einer halben Minute ließ auch Magant erkennen, daß er nicht bereit war, die Probe zu akzeptieren. Porcel und Camlak blieben stumm. Wenn einer von beiden ablehnte, hatte der andere die Probe kampflos bestanden und brauchte sich der Herausforderung nicht mehr zu stellen. Beide warteten darauf, daß der jeweils andere aufgeben würde, und als sie einsahen, daß keiner den Rückzug antreten wollte, suchten sie nach dem Mut zur Annahme.

Schließlich sagte Porcel: »Ich werde den Furchenhund töten.«

Der Schritt war kühn genug, aber er wurde getan aus Bitterkeit, nicht aus Mut.

Camlak blieb nichts anderes übrig, als zu erklären, daß auch er versuchen werde, die Bestie zu töten.

Das Ritual ging weiter, aber als Yami – scheinbar im Dämmerzustand – sagte: »Wer benennt die Erde?«, spielte der Anflug eines Lächelns um seine Lippen. Camlak war nicht der einzige mit dem Glauben, daß es dem Alten, zum Tod verurteilt oder nicht, gelungen war, zuletzt zu lachen.

39

Alle Formen gesellschaftlicher Organisation sind von Natur aus repressiv.

In jeder Gesellschaft müssen bestimmte ›natürliche‹ Attribute des menschlichen Wesens (das heißt, Attribute, die durch die genetische, im Laufe von Jahrtausenden oder -millionen definierte Selektion bestimmt werden) zugunsten ›unnatürlicher‹ gesellschaftlicher Forderungen verdrängt werden (das heißt, Forderungen, die historisch jünger und durch nichtgenetische Prozesse ausgewählt worden sind). Damit die Gesellschaft sich nach den Vorstellungen der betroffenen Individuen existieren und sich entwickeln kann, ist eine bestimmte Unterdrückung der ›menschlichen Natur‹ absolut notwendig.

Als Folge dieser Notwendigkeit ergibt sich unausweichlich, daß das Individuum in der Gesellschaft zum Brennpunkt eines Konfliktes wird. Sein instinktives Muster reaktiven Verhaltens und sein gesellschaftlich bestimmtes Muster erlernten Verhaltens stehen im Widerstreit. Die Lösung dieses Konflikts kann verschiedene Formen annehmen. Ist die Unterdrückung des Instinkts absolut, wird die vollkommene Anpassung an die Gesellschaft eine theoretische Möglichkeit. Die totale Unterdrückung ist jedoch selbst ein Zustand persönlicher Unangepaßtheit. Die Gesellschaft kann Konformität erzwingen, indem sie den Druck der Repression steigert, aber wenn dieser Prozeß erfolgreich ist, wird die Gesellschaft zu einer Ansammlung von Neurotikern. Versucht die Gesellschaft dagegen, sich umzuorganisieren, um instinktiven Mustern begrenzte Ausdrucksmöglichkeiten zu gestatten, wird die ganze gesellschaftliche Einheit insoweit ›neurotisch‹, als sie stets selbstbedrohende Symptome zeigen wird.

Die Euchronische Bewegung wollte eine stabile Gesellschaft schaffen. Sie brauchte eine so hohe Organisationsebene, um den Plan zur Vollendung zu führen, daß totale Repression und Konformität unabdingbar erschienen. Das höchste Ziel der Bewegung bestand jedoch darin, eine Gesellschaft zu schaffen, in der Repression minimal sein würde. Die Bewegung stand deshalb vor einem Dilemma. Auf der Suche nach einem Weg, dem ganzen Problem auszuweichen, kam sie auf den I-Minus-Effekt.

Der I-Minus-Stoff beseitigte die Instinkte nicht ganz, er hinderte sie lediglich daran, die Verhaltensmuster zu beeinflussen.

Instinkte werden in das genetische Erbteil des Individuums einprogrammiert. Die von den Instinkten angekündigten Verhaltensmuster müssen aber trotzdem erlernt werden. Es muß einen Prozeß geben, durch den die rein physische Sprache der Gene in die Begriffssprache des Verstandes übersetzt werden muß. Ein Individuum lernt, sich instinktiv zu verhalten, genauso, wie es lernt, sich gesellschaftlich zu verhalten – durch Wiederholung und Übung. Der bewußte Verstand liefert eine Arena für solche Übungen, aber *nur* für bewußt beobachtetes Verhalten – das heißt, gesellschaftliches Verhalten. Das Bewußtsein hat keinen direkten Zugang zu den Instinkten.

Es gibt jedoch eine zweite Arena, in der Verhalten geübt und erlernt werden kann, nämlich die Arena der Träume.

Tierträume bestehen ausschließlich aus Einübungen instinktiver Verhaltensmuster. Wenn ein Tier träumt, arbeitet sein Gehirn genauso, als sei das Tier wach und aktiv, nur sind alle motorischen Reize für den Körper durch ein Gebilde kurzgeschlossen, das Pons (Brücke) genannt wird. Wenn der Pons durch chirurgischen Eingriff daran gehindert wird, seine Funktion auszuüben, kann man beobachten, daß Tiere ihre Träume ›szenisch darstellen‹. Schlafende Katzen vollführen die Bewegungen des Jagens, Pirschens, Fressens und des ganzen Spektrums des Sexualverhaltens. Alles, was das Tier nicht aus konkreter Erfahrung lernt, lernt es aus ›unechter‹ Erfahrung in seinen Träumen.

Bei Tieren gibt es kaum Konflikte zwischen den aus äußerer Erfahrung erlernten Verhaltensmustern und jenen, die aus innerer Erfahrung erlernt werden. Tiere leben das Leben, das für sie in ihrem genetischen Erbe festgelegt ist. Sie versuchen niemals, etwas anderes zu sein. In einen Konflikt werden sie nur dann gezwungen, wenn sie vom Menschen dazu gepreßt werden, etwas anderes zu sein, als sie sein ›sollten‹. Nur Haustiere und Tiere im Zoo können neurotisch werden, und sie werden neurotisch, weil das, was ihre von Menschenhand geschaffene Umwelt sie lehrt, im Widerspruch zu dem steht, was ihre Instinkte ihnen beigebracht haben.

Beim Menschen dagegen ist die Situation viel komplizierter. Der Mensch *versucht* fortwährend, etwas anderes zu sein, als seine Instinkte ihm diktieren. Das ist die Folge der geistigen Entwicklung bis zu dem Punkt, wo das Bewußtsein Mittel der Kontrolle und des Einflusses über und auf das Unbewußte erlangt. Sobald eine Species Intelligenz und Selbstbewußtsein erlangt, überholt ihre Entwicklung den langsamen Prozeß der instinktiven Evolution bei weitem. Das Problem dabei ist, daß Instinkte allein durch natürliche Auswahl umgeformt werden können – ein qualvoll langsamer Prozeß – während die Gesellschaft durch Willenskraft im Dienst des aktiven Bewußtseins fortwährend umgestaltet werden kann. Im menschlichen Wesen wird die Traumarena wirklich zu einer Arena – zu einem Kampfplatz, wo Lernen und Glauben und Phantasie in einen heftigen Konflikt mit der Einübung instinktiver Verhaltensmuster geraten. Alle menschlichen Wesen sind Haustiere oder Tiere im Zoo – Wesen im Konflikt – und die einzige von der Macht des Geistes bereitgestellte Antwort ist Repression, also keine Heilung, sondern nur eine Abschwächung der Symptome.

Der von der Euchronischen Bewegung während der Jahre des Planes entwickelte I-Minus-Stoff änderte das alles. Der I-Minus-

Stoff war ein selektiver, genetischer Hemmstoff, der alle Formen genetischer Übertragung in die Arena der Träume verhinderte. Die *einzige* Eingabe in die Träume der Bürger von Euchronia war die Eingabe echter Erfahrung.

Der Theorie nach sollte das zur vollkommenen gesellschaftlichen Anpassung führen. Die Theorie hatte nur zur Hälfte recht. Die Bürger von Euchronia träumten weiter, und ihre Träume waren nicht frei von Konflikten. Diese Konflikte waren jedoch beträchtlich gedämpft, und es wurden Konflikte von ganz anderer Art – ein rein intellektueller Konflikt zwischen Ideen und Meinungen.

Der I-Minus-Stoff wurde insgeheim den sich abmühenden Millionen zugeführt, die sich der Euchronischen Bewegung unterwarfen – in der Nahrung und im Wasser. Das Projekt I-Minus war in erheblichem Maß für die Vollständigkeit verantwortlich, mit dem die Menschen sich dem Plan verschrieben. Man konnte nicht behaupten, daß der Plan ohne den I-Minus-Stoff undurchführbar gewesen wäre, aber er hätte bis zu seiner Vollendung ganz gewiß viel länger gebraucht.

Als man das Tausendjährige Reich ausrief, entschieden die Hüter des Geheimnisses, im Interesse der weiteren Anpassung an die neue Gesellschaft das Projekt weiterzuführen. Sie bildeten einen inneren Rat und legten fest, daß der Rat seinen Fortbestand sichern sollte, indem er neue Mitglieder hinzuwählte, um diejenigen zu ersetzen, die gestorben waren. Die Macht des inneren Rates in dieser Frage sollte administrativ sein – andere Personen, die am Geheimnis teilhatten (zumeist Wissenschaftler und einige Staatsbeamte, die für die Nahrungsmittelproduktion und die Mobilisierung verantwortlich waren) erklärten sich bereit, die Mehrheitsentscheidung des Rates zu akzeptieren.

Man stimmte allgemein darin überein, daß der I-Minus-Effekt, um wirksam zu sein, geheim bleiben mußte. Andernfalls hätte jede Person, die das für wünschenswert hielt, sich davon ausnehmen können.

Es kam aber schlicht so, daß das Euchronische Reich keine sehr schnelle Anpassung an die neue gesellschaftliche Umwelt sah. Die instinktive Eingabe in Träume zu blockieren, reichte einfach nicht aus, um Utopia zu garantieren – jedenfalls nicht innerhalb von Jahrzehnten. Der intellektuelle Konflikt ging unaufhaltsam weiter, und die Gesellschaft Euchronias spiegelte weiterhin diesen Konflikt wider.

Wäre das Projekt I-Minus dagegen eingestellt worden, wäre es der euchronischen Gesellschaft vielleicht viel schlimmer ergangen. Man beseitigt einen Konflikt nicht, indem man neue Konflikte auslöst. Die moralische Frage, ob I-Minus berechtigt war oder nicht, war natürlich eine andere. Die Meinungen waren sehr verschieden.

Inzwischen genossen die Bürger von Euchronia relativ friedvollen Schlaf, und niemand litt unter Alpträumen. Bis auf Carl Magner . . .

40

Julea saß im Garten, eigentlich, um zu lesen, aber sie achtete kaum auf das Buch. Die Sonne brannte hoch am Himmel, und sie hatte Schweres gegessen. Sie wäre eingeschlafen, hätte sie sich nicht von Schlaf durchtränkt gefühlt. Sie schlief in diesen Tagen viele Stunden – solange sie konnte.

Der Schatten eines Mannes fiel auf ihre Liege.

»Oh«, sagte sie und blickte mit zusammengekniffenen Augen hinauf. »Sie sind es.«

Thorold Warnet setzte sich ins Gras und streckte die Hand aus, um eine Rose zu betasten, die hinter der Liege wuchs.

»Ist er zurückgekommen?« fragte er.

»Nein. Sind Sie durch das Haus gekommen oder über die Mauer geklettert?«

Er zuckte die Achseln.

»Ich wollte Ihren Vater nicht stören.«

»Er weiß viel mehr darüber als ich«, sagte sie.

»Er weiß nicht, was ich wissen will.«

»Wie kommen Sie darauf, daß ich es weiß?« fragte sie scharf. »Das Ganze hat mit mir nichts zu tun. Ich habe keine schlechten Träume und schreibe keine Bücher. Ich habe die Argumente satt. Ich habe eigentlich keine Meinung, und ich weiß, daß die Unterwelt *nicht* geöffnet werden wird, gleichgültig, was die Leute sagen. Warum streiten Sie sich also nicht mit anderen herum?«

»Ich bin nicht gekommen, um zu streiten«, sagte Warnet. »Ich bin hier, um zu erfahren, was Ryan gewußt und Ihnen gesagt hat und was Sie Joth gesagt haben. Das ist alles.«

»Wenn Sie so sicher sind, daß es so war, warum wissen Sie dann nicht, was geheimnisvoll weitergegeben worden ist?«

»Weil Sie es mir noch nicht gesagt haben.«

»Das werde ich auch nicht tun«, sagte sie. »Wie komme ich dazu? Sie sind Eupsychier.«

»Ich bin kein Verbrecher«, sagte er. »Nur ein Ketzer. Ein Eupsychier hat dasselbe Recht, sich für die Unterwelt zu interessieren wie jeder andere. Ihre beiden Brüder sind hinuntergegangen. Ich weiß, warum Ryan das getan hat. Er war angemessen ausgerüstet und in Begleitung. Er wußte bis zu einem gewissen Grade, was er tat. Aber Joth hat keine Vorbereitungen getroffen und keinem Menschen gesagt, daß er geht – außer Ihnen. Er hatte keine Ausrüstung und keinen echten Anlaß. Das erscheint zumindest mir merkwürdig, wenn schon sonst niemand. Es legt für mich den Gedanken nahe, daß Joth vielleicht gar nicht verschwinden *wollte*. Vielleicht hat er sich die Unterwelt nur ansehen wollen. Vielleicht wollte er nur wissen, wie man hinuntergelangt. Vielleicht ist etwas Unvorhergesehenes geschehen. Ihr Vater weiß nichts. Er weiß überhaupt nichts. Ich glaube, Sie wissen etwas.«

»Weshalb sollte ich es Ihnen sagen, wenn ich es nicht einmal meinem Vater anvertraut habe?« fragte sie.

»Weshalb nicht?« gab er zurück. »*Und* Ihrem Vater. Warum etwas geheimhalten?«

»Weil Ryan verlangt hat, daß ich es keinem sage«, erwiderte sie leise.

»Aber Sie haben es trotzdem getan«, sagte Warnet ebenso leise. »Sie haben es Joth gesagt.«

»Genau.«

»Wollen Sie nicht wissen, was mit Joth geschehen ist?«

»Nichts ist mit Joth geschehen. Ich warte darauf, daß er zurückkommt, das ist alles.«

»Vielleicht kommt er nicht zurück.«

Darauf wollte sie nicht antworten. Sie tat so, als blicke sie in ihr Buch.

»Wir könnten Ihnen helfen«, versicherte der Eupsychier. »Wir könnten herausfinden, was wirklich geschehen ist, wenn Sie uns die Chance geben. Wir könnten die Wahrheit finden. Oder haben Sie davor Angst? Vielleicht wollen Sie die Wahrheit lieber nicht wissen? Vielleicht machen Sie sich lieber etwas vor?«

»Vielleicht«, sagte sie kalt.

»Ist das Buch Ihres Vaters eine wahre Darstellung des Lebens in der Unterwelt?« fragte er.

»Nein.«

»Aber das wissen Sie nicht. Niemand weiß es, außer Ryan und

seinen Begleitern. Und vielleicht Joth. Möglicherweise Joth.«

»Es hat keinen Sinn«, sagte sie, und ihre Stimme brach ein wenig und wurde zu einem stockenden Flüstern.

»Sagen Sie es mir doch«, flehte er. »Sagen Sie mir, was Joth dazu veranlaßt hat.«

Sie war den Tränen nahe. Statt ihnen nachzugeben, ging sie lieber auf die Fragen ein.

»Ryan hat mir erzählt, daß es einen Mann gäbe«, sagte sie. »Einen Mann, der in der Unterwelt gewesen sei. Nicht nur einmal, sondern oft. Deshalb wußte Ryan, wie man in die Unterwelt gelangt. Er sagte, dieser Mann kenne mehrere Wege und benütze sie. Er glaubte, es sei ungefährlich. Aber das war es nicht. Das kann es nicht gewesen sein. Ich wollte es keinem sagen.«

»Aber Sie haben es Joth gesagt.«

»Ja. Und nun ist auch Joth fort. Ich hätte ihn nicht gehen lassen sollen. Nicht, nachdem Ryan nicht zurückgekommen war. Er machte sich auf den Weg, um den Mann zu finden – um ihm auf die Schliche zu kommen. Und nun ist auch Joth nicht mehr zurückgekommen.«

»Wie heißt der Mann?« fragte Warnet leise.

»Jervis Burstone«, sagte sie.

41

Carl Magner sah den jungen Mann unten im Garten verschwinden. Er war zu weit entfernt, um Einzelheiten erkennen zu können, und zu bestürzt, um großes Interesse aufzubringen. Später ging er jedoch hinaus, um mit seiner Tochter über den Besucher zu sprechen.

Sie schilderte, was Warnet gewollt hatte, log aber mit der Behauptung, sie wisse nichts und habe ihm nichts gesagt. Es gab nichts, was sie dazu zwingen konnte, ihren Vater den beiden Brüdern nachzuschicken. Sie hoffte, daß Warnet Burstone finden und dafür sorgen würde, daß niemals mehr jemand in die Welt unter ihnen hinabstieg.

»Ich habe wieder geträumt«, sagte Magner. »Der Traum ist immer da. Es ist nur eine Frage der Zeit, bis er auftaucht, ob ich wach bin oder schlafe. Die Menschen ... ich sehe sie jedesmal deutlicher ... ich wünsche mir nur, daß jemand das wirklich begreifen könnte.«

»Ja«, sagte sie unhörbar. »Das wünsche ich mir auch.«

42

Joth erwachte schreiend aus seinem Alptraum.

Huldi rollte sich herüber und preßte die Hand auf seinen Mund. Als sie sicher war, daß er nicht mehr schreien würde, ließ sie ihre Finger schlaff werden und zog sie langsam zurück.

Joth lag starr und regungslos neben ihr. Er leckte mit der Zunge die Schweißtropfen von der Oberlippe. Sie schmeckten nach Huldis Hand.

»Es geht fort«, flüsterte er. »Es geht fort. Immer weiter fort.«

»Was?« fragte sie. »Was war es?«

»Ich weiß es nicht«, sagte er angstvoll. »Ich weiß es nicht. Schon. Es geht fort. Ich erinnere mich nicht. Ich habe nichts gesehen. Ich weiß nichts.«

»Es ist nur ein Traum«, sagte sie und berührte wieder sein Gesicht. Sie strich kurz über seine Lippen, legte die Finger an seine Wange. Sein Gesicht war heiß und trocken. Der einzige Schweiß war der Schweiß von ihrer Hand. Er leckte seine Finger ab und fuhr damit über die Stirn. In der Nähe stand eine Schale mit Wasser, aber er konnte sie nicht erreichen, solange sein Rückgrat so angespannt war. Aus irgendeinem seltsamen Grund wagte er sich nicht zu bewegen.

»Es war nicht dasselbe«, sagte er. »Es war nicht derselbe Traum. Ganz und gar nicht. Da war nichts . . . gar nichts . . . es war . . . Wahnsinn. Verrückt. Ich werde wahnsinnig.«

»Es war nur ein Traum«, flüsterte Huldi. »Nur ein Traum.«

»Nicht derselbe«, murmelte er.

Camlak zog den Vorhang beiseite, blieb unter der Türöffnung stehen und starrte sie an. Das Zimmer hinter ihm lag im Lampenschein, aber der Raum, in dem Joth und Huldi lagen, war völlig dunkel. Trotzdem konnten sie durch eine komplizierte Spiegelungsrichtung ein Funkeln in Camlaks Augen sehen.

Huldi zuckte zusammen; sie befürchtete, sie hätten ihn gestört, aber er sprach mit leiser Stimme, ohne Zorn.

»Vor ein paar Minuten sind sie zurückgekommen«, sagte er. »Der Furchenhund hat Porcel getötet. Es ist Zeit für mich, zu gehen.«

43

Camlak schnupperte. Er gab einen schwachen Kehllaut von sich, einen Laut zwischen Husten und Schnurren. Er war wort- und sinnlos, ein Tierlaut. Für den Augenblick war er nicht zur Gänze ein Mensch, weil er sich in die Höhle seines Verstandes zurückgezogen hatte, damit die Graue Seele von dem Tier in ihm etwas nachahmen konnte. Etwas vom Furchenhund. Ein Jäger muß sich mit seiner Beute identifizieren. Dadurch wird er zum Jäger. Camlak gab den Tierlaut um seiner selbst willen von sich. Er diente nicht der Verständigung.

Die anderen waren ein Stück hinter ihm. Chemec war dabei, Magant und Cicon. Die Krieger des Dorfes treten auf, um über ihresgleichen hochmütig zu Gericht zu sitzen. Ein Gericht aus der Ferne, ohne Entscheidung oder Teilnahme. Nur Porcel war nicht dabei. Porcel war schon tot.

Wenn auch Camlak starb . . . nun, dann würde der Zank von neuem beginnen. Sie würden würfeln um das Vergnügen, Yamis Schädel zu erbeuten. Sie würden auch um Huldi und Joth würfeln . . . sie würden voller Selbstvertrauen Blut vergießen, weil Porcel und Camlak das ihre bei der Probe ganz vergossen hatten. Sie würden Blut in Angst und Hoffnung fließen lassen, in der Hoffnung, daß sie es weiterhin würden tun können – im Krieg gegen Ermolds Angreifer.

Camlak trug ein langes Messer und einen Kurzspeer. Das Messer war gehämmertes Metall – weiches, schlechtes Unterwelt-Metall, das zerfiel und splitterte, nicht der harte Stahl aus der Welt darüber. Der Speer besaß eine Knochenspitze – aus dem Knochen eines Furchenhundes – und der Schaft war im Blut eines Furchenhundes getränkt. Ein Jäger mußte seine Waffen mit seiner Beute identifizieren. In seinem Kampf würde es keinerlei Hilfe vom Himmel geben. Camlak besaß nichts, was nicht sein eigen gewesen wäre. Es war die Herausforderung an einen Mann, und es ging um mehr als um Leben und Tod.

Eine Gruppe von Kriegern löste sich links vom Haupttrupp. Eine zweite würde gleich nach rechts abschwenken. Sie trugen Trommeln und Hörner – ihre Aufgabe war nicht das Töten, sondern das Treiben. Sie sollten dafür sorgen, daß der Furchenhund nicht die Flucht ergriff. Es war nicht die Art des Furchenhundes, einer Herausforderung auszuweichen, aber das Tier hatte bereits einmal gekämpft und sich an der Beute vollgefressen. Camlak wußte, daß er einen Vorteil dem Tier gegenüber besaß, über den Porcel nicht verfügt hatte. Aber das war das Glück der Auslosung. Nichts wird durch körperliche Eignung allein entschieden. Immer spielt der Zufall mit. Aber die Tatsache, daß er einem langsameren, vielleicht weniger wilden Furchenhund gegenüberstand, machte Camlaks Probe nicht zu einer leichten. Es war vielleicht noch immer die schwerste Probe von allen.

Camlak mußte sich dem Jagdtier anbieten, ihm klarmachen, daß sie nach Regeln kämpften. Der Furchenhund würde begreifen. Er würde wissen, daß der Kampf Einer gegen Einen lautete, und daß ihm die Flucht gestattet werden würde, wenn er siegte. Bis die Jäger wieder erschienen.

Nicht einer der Krieger hinter Camlak hatte sich je einem solchen Feind allein gestellt, obwohl sie mutige und starke Männer waren. Im normalen Ablauf der Ereignisse fiel es vier oder fünf Jägern nicht ein, einen Furchenhund zu jagen und ihn töten zu wollen. Zehn Männer mochten es tun, aber jede Zahl darunter begnügte sich damit, Leben und Besitz zu verteidigen. Selbst bei einer Großjagd, wenn zwanzig oder dreißig Männer sich aufmachten, um einen Hund zu stellen und zu töten, ging man davon aus, daß ein, zwei Mann getötet werden würden. Viele solche Gruppen schätzten sich glücklich, wenn sie nur zwei Mann verloren und dafür nichts als einen Riesenschädel heimbrachten.

Es konnte keinen Zweifel daran geben, daß Porcel, hätte er die Wahl gehabt, viel lieber einem Mann als einem Furchenhund gegenübergetreten wäre, selbst wenn er sich unterlegen geglaubt hätte. Aber Camlak war seiner Sache nicht so sicher. Er war nicht von Natur aus ein Kämpfer. Er fand keinen Geschmack daran, Menschen zu töten. Die Jagd war etwas völlig anderes, auch die auf ein Menschentier. Er hätte sich Porcel gegenüber in einem Ring nicht wohlgefühlt. Aber bei der Gegenüberstellung mit einem Furchenhund fühlte er sich sicher. Er hatte echtes Zutrauen in die Vorstellung, daß *dies* so war, wie das Leben sein sollte. Das Töten von Menschen – bis zu einem gewissen Grade sogar das von Menschen ohne Seele – sah er als Yamis Lebensanschauung, die eine völlig andere als die seine war.

In einer engen Rinne, wo ein Bach träge rann und dünne, trockene Dornhalme aus Rissen im nackten Gestein ragten, beschloß der Furchenhund, sich zu stellen. Er wußte, was vorging, der Trommeln wegen. Er wußte, daß er aufgerufen war, zu töten oder getötet zu werden. Er verstand genug, um sich den Platz selbst auszusuchen.

Er war ein intelligentes Tier, auch wenn seine Welt nichts vom Wie und Warum und gemessener Zeit wußte. Es war ein denkendes Tier, ein berechnendes Tier. Es kannte die Chancen, und es wußte, daß sie für es selbst sprachen. Es wartete in der Rinne, bereitete sich auf den Kampf vor, stellte sich darauf ein. Seine braunen Augen funkelten von tränenspiegelndem Sternenlicht. Seine Zunge hing aus dem großen Maul, bewegte sich schwach und glitt über die Kronen seiner scharfen Zähne vor und zurück.

Es lächelte nicht.

Auch Camlak nicht, der langsam die Rinne heraufkam, bewußt seine Muskeln entspannte, sein Denken, den Geist straffte und versuchte, seine Graue Seele aus der Wildnis des Nirgendwo anzuziehen und in den Kampf zu werfen.

Die Trommeln schlugen langsamer und verstummten, die letzten klagenden Horntöne starben einen zögernden Tod. Die Krieger der Kinder der Stimme stellten sich an den klaffenden, zerrissenen Rändern der Erdfurche auf und starrten von ihren vorteilhaften Plätzen aus hinunter, dem kommenden Zusammenstoß begierig entgegensehend. Die Kämpfer schienen lange zu brauchen, bis sie einander begegneten. Der Furchenhund bewegte sich gar nicht, und Camlak schien es, als wate er durch Wasser.

Das große Tier war auf vier Beinen fast so groß wie Camlak auf zweien. Nur sein Schädel schien in keinem Verhältnis zu seiner Größe zu stehen (er war zu klein), und selbst dieser Eindruck wurde durch die riesengroßen, leuchtenden braunen Augen abgemildert. Camlak trug ein wenig Panzerung, aber sie bestand nur aus Fell und Knochen – die natürliche Panzerung des Furchenhundes (dichtes, verfilztes Haar) war vermutlich wirksamer und gewiß bequemer. Camlak trug auch Waffen, aber diese wirkten winzig genug gegen die natürlichen Waffen des Gegners – die Messer in den Kiefern des Hundes waren so scharf und stark wie das seine, und *lebendig*. Die dickbeschwielten Pfoten waren furchterregende Knüppel.

Sie standen voreinander, fixierten sich und zeigten sich. Camlak ging langsam weiter. Er balancierte leicht auf seinen Füßen, den kurzen Schwanz starr aufgerichtet, die eigenen kleinen Kiefer ein wenig geöffnet.

Das Tier starrte ihn finster und furchtlos an. Es spürte auf irgendeine Weise, daß selbst die Zuschauer schwankten. Sie waren nicht auf Camlaks Seite – sie wußten nicht, ob sie seinen Sieg wünschten oder nicht.

Der Furchenhund setzte sich in Bewegung und verkürzte die Entfernung zwischen sich und dem herannahenden Jäger mit zwei langen, weiten Schritten. Er rechnete damit, daß der Mann stehenbleiben oder sogar zurückweichen, sich in Position bringen, ein Ziel für den Speer suchen, eine Reihe von Bewegungen vorbereiten würde, um einen Schlag zu führen, ohne selbst einen einstecken zu müssen. Aber Camlak wich nicht zurück, versuchte nicht, sich für den Angriff aufzustellen. Auf der Krone einer plötzlichen Schreckenswelle stürzte Camlak vorwärts.

Der Furchenhund heulte mit ohrenbetäubender Lautstärke, als er sich mit den Hinterbeinen abschnellte, schon zu nah, als daß der Sprung vollkommen gelingen konnte.

Camlaks leises Zischen verlor sich im Geheul, und den Beobachtern auf dem Grat schien es, als sei auch sein Körper verloren, verschwunden im Bauch des Hundes, als der Jäger in die falsche Richtung sprang.

Der Schädel der Bestie zuckte herunter, die Kiefer klafften, das Gebiß schimmerte weiß im Sternenlicht.

Da die Leiber einander so nah waren, konnte man nur schwer erkennen, was vorgehen mochte. Die Krieger rechneten damit, daß Camlak seinen Speer in den schmutzig-weißen Unterbauch der Bestie und das Messer nach oben in den dräuenden Schädel gestoßen haben würde. Sie wußten, wie das Tier es gewußt haben mußte, daß beides keinen dauernden Schaden anrichten konnte. Die Speerspitze würde im Muskel steckenbleiben, wenn sie die Haut durchdrang. Sie konnte nicht durch die Rippen zur Herzkammer gelangen. Der Stoß ins Maul mochte Blut austreten lassen und Schmerz verursachen, aber die Klinge konnte durch den Schädel einfach keine lebenswichtige Stelle erreichen. Aber die Beobachter konnten nicht sehen, was Camlak tat – sie konnten nur vermuten.

Eine flüchtige Sekunde lang glaubte Camlak, er sei verloren und tot, aber er war es nicht. Auf irgendeine Weise war er den riesigen Kiefern entgangen. Er hatte seinen Speer nicht verloren oder zerbrochen. Er hielt noch immer sein Messer umfaßt. Er warf sich zur Seite, aus dem Schatten des Ungeheuers, und stieß seitwärts mit wilder Heftigkeit zu. Der Stoß zerschnitt Haut und Sehne, und als Camlak zurückgesprungen war und der Hund landete, knickte sein Bein unter dem Gewicht ein. Als die Kämpfer sich voneinander lösten, schien das Tier beinahe zu hinken.

Die Krieger richteten die Blicke auf Camlak, um zu sehen, ob er verletzt war. Aber Camlak bewegte sich noch immer unbehindert – nicht schnell, aber unverletzt. Camlak stürzte ein zweitesmal in den Schatten der Bestie, und diesmal besaß ihr Sprung wenig Grazie. Es hatte keine Pause zum Atemholen, kein Zögern aus Ermüdung oder Furcht gegeben. Der Schädel des Furchenhundes senkte sich einmal, zweimal, beinahe nach dem Jäger hackend. Auf irgendeine Weise verfehlten die Zähne Camlak zweimal. Die Kiefer konnten nicht zuklappen.

Camlak, im Sprungbereich des Tieres, stieß die linke Hand zur Hautfalte unter dem Kinn hinauf und drehte die schmalen Finger mit einer einzigen, gewaltsamen Drehung in das Haar. Er drehte sich mit dem Arm, den Kopf gesenkt, und stieß die Kiefer einfach beiseite, als sie nach ihm griffen. Sein Messer stieß immer wieder zu, und mit den gleichen Kurzarm-Stößen zerschrundete er das Fleisch der Beine, die nach ihm ausschlugen. Die Spitze seines Speeres war in die Leiste des Tieres gedrungen, der Schaft abgebrochen. Er hatte nach dem Muskel des Hinterbeines gezielt und nicht getroffen.

Das ganze Gewicht der Bestie stürzte von oben auf Camlak herab, und er wurde auf das harte Gestein gepreßt, aber er ließ die Haare unter dem Hals des Tieres nicht los, und sein eigener Kopf war noch immer gesenkt, noch immer von dem Arm vor dem Zustoßen und Schnappen der Kiefer geschützt.

Als der Furchenhund zappelte, rollten Mensch und Tier umher. Camlak stieß noch immer mit dem Messer zu, wagte aber nicht zuviel, um die Klinge nicht wie die Speerspitze zu verlieren. Die Zähne der Bestie erfaßten endlich die Schulter Camlaks, aber sie konnten nicht mehr tun, als die Haut aufzureißen. Camlak grub sein eigenes Gebiß in das offene Fleisch des Beins, das er mit dem Messer bearbeitet hatte. Der Geschmack war faulig, und in seinem Mund blieben so viele Haare, daß sie wie ein Knebel wirkten, aber er biß so tief hinein, wie seine Kiefer es erlaubten.

Der Hund heulte wieder.

Camlak nutzte das Rollen, um sich von dem Ungeheuer zu befreien, bevor das ganze Gewicht ihn ein zweitesmal festnagelte, und er warf sich zur Seite und kam am Bachufer wieder auf die Beine. Aus seinem Mund troff Blut, das nicht das seine war. Das Tier versuchte sich mit einer krampfhaften Anstrengung aufzurichten, aber zumindest ein Vorderbein war schwer verletzt, und es mußte sich abwenden und zurückspringen, sonst wäre es auf Camlaks begieriges Messer zugetaumelt. Das Tier suchte die schrägstehenden Steinplatten hinter der Verwertung, um sich wieder abzuschnellen, aber Camlak, noch immer von überwältigendem Entsetzen erfüllt, war keinen Augenblick zur Ruhe gekommen. Er war vorgedrungen, während das Tier zurückgewichen war, und es war der Mensch, der die Lücke zwischen beiden schloß.

Aber diesmal ließ das Ungeheuer sich nicht in die Enge treiben. Mit wirbelnden Vorderpfoten schleuderte es den kleinen Mann durch die Luft. Camlak wurde von den flachen Steinen im Wasser zurückgeworfen. Seine Finger scharrten am Grund, als das Wasser seine Kleidung durchtränkte, und sie kamen mit einer Handvoll flüssigem Schlamm und dünnem Kraut herauf. Als die Kiefer des Furchenhundes über ihm klafften, warf Camlak die Handvoll Dreck in das Gesicht des Tieres, dann warf er sich rückwärts flach ins Wasser. Der Hund schwankte über ihm und gab einen einzelnen, gigantischen Nieslaut von sich. Er war jedoch kaum im Wasser gelandet, als er sich geblendet und wutentbrannt herumdrehte.

Camlak packte die lose Hautfalte und den verfilzten Pelz ein zweitesmal, dann stieß er die Klinge seines Messers nach oben durch die straff gespannte Haut in die Kehle des Tieres. Er stieß zu, so fest er konnte, dann sprang er zurück und ließ das Messer stecken. Der Furchenhund stellte sich auf die Hinterbeine und ließ sich wild hinunterfallen, verfehlte ihn aber um ein ganzes Stück. Camlak schaute sich nach dem Schaft seines steckengebliebenen Speeres um. Er fand ihn, hob ihn auf, und das Tier landete auf ihm, als es in dieselbe Richtung sprang. Der Zusammenprall geschah beinahe zufällig, und die Kiefer schnappten Luft, aber Camlak spürte, wie sein linker Arm brach, als er erneut zu Boden geschleudert wurde.

Trotzdem war er frei und unbehindert, und das Tier war noch immer halb blind. Es atmete keuchend und war von höchster Wut erfaßt. Es sprang noch einmal, wieder wich Camlak aus, und diesmal hatte er den Speerschaft in der Hand. Als das Ungeheuer erneut angriff, versetzte er ihm einen harten Schlag auf den Schädel, der keinerlei Wirkung zu haben schien. Wieder wurde der Jäger durch die Luft geschleudert.

Der Hund blinzelte, um klar zu sehen, aber es sprang, ohne zu überlegen, und verfehlte erneut. Als es landete, wurde es von den Schmerzen aus den Wunden an Bein und Leiste durchzuckt, die durch die heftigen Bewegungen erheblich vergrößert worden waren. Es taumelte, stürzte nach vorn, und als es auf die Felsen sank, verdrehte sich das Messer in seiner Kehle. Camlak schlug mit dem Stock immer wieder zu, und obwohl die Schläge keinen Schaden anrichteten, sackte das Tier zusammen.

Camlak fand trotz seiner Erschöpfung die Kraft und die Geistesgegenwart, den Stock fortzuschleudern und einen großen Steinbrokken aus dem seichten Wasser aufzuheben. Obwohl er ihn mit einer Hand aus dem Wasser ziehen mußte, gelang es ihm, ihn hoch über den Kopf zu schwingen und mit der Kante voraus auf den Hinterkopf des Furchenhundes niedersausen zu lassen. Das Untier war schon am Ersticken, und der Schlag hämmerte es zu Boden.

Camlak setzte nach, holte den Stein zurück und schleuderte ihn wieder auf den Schädel der Bestie.

Der Furchenhund wollte nicht sterben, konnte sich aber nicht erheben. Er mußte hilflos liegenbleiben, nutzlos mit den Kiefern schnappend und sich hin- und herwerfend, während der neue Alte von Stalhelm ihn mit dem flachen Stein langsam zusammenhieb.

Er war immer noch nicht tot, als die Krieger hinunterstiegen, um den Ausgang der Probe zu akzeptieren. Camlak sackte in Cicons Arme, aber nach ein paar Augenblicken Erholung konnte er wieder stehen und selbst nach Stalhelm zurückgehen. Chemec, der Krüppel, durfte den Schädel des Furchenhundes tragen, nachdem es ihnen gelungen war, ihn mit Stahlmessern abzutrennen.

Camlaks Arm war gebrochen, sein ganzer Körper zerschlagen, aber er war unzweifelhaft der Führer seines Volkes. Für die Kinder der Stimme war die Zeit gekommen, nach Camlaks Art zu leben.

44

Enzo Ulicon machte außerordentlich geringe Fortschritte bei dem Versuch, mehr über Magners Alpträume in Erfahrung zu bringen. Mit der Vermehrung der Daten bestätigte sich sein anfänglicher Verdacht, aber bedeutsame Entdeckungen gelangen ihm nicht. Das Erfordernis der Diplomatie beim Umgang mit ärztlichen Quellen und die Notwendigkeit, zu vertuschen, was er eigentlich hören wollte, behinderten und ermüdeten ihn.

Er prüfte Fälle von Traumstörungen, die einige Jahrhunderte zurückreichten, kam aber dahinter, daß die Anzahl der Fälle, wo kein klarer pathologischer Grund für die Störungen aufgespürt werden konnte, sehr klein war und ihn in keiner Weise weiterbrachte. Er fand keine überzeugenden Hinweise dafür, daß sonst irgend jemand an Höllenvisionen im Schlaf litt oder gelitten hatte.

Sein wissenschaftlicher Berater, vertraut mit Theorie und praktischer Anwendung des I-Minus-Effekts, lieferten ihm Ideen, aber nichts Konkretes. Am Ende konnte er sich nur von Logik und Verdacht leiten lassen, um auch nur zu vorläufigsten Schlußfolgerungen zu gelangen.

»Es gibt keinen Hinweis darauf, daß Magner eine genetische Mißbildung ist«, sagte er zu Heres. »Und in seinem Wachleben scheint er völlig normal zu sein – oder war es jedenfalls, bis ihm die Träume über den Kopf wuchsen. Ich glaube, es ist echt, Rafael. Wir haben es nicht mit einem Hirnschaden oder einem Wiederaufflackern der Instinkte zu tun. Das ist etwas völlig anderes. Es ist echt und von Bedeutung, wenn wir nur herausfinden können, worin die Bedeutung liegen mag.«

»Sie glauben, Magner sei ein Telepath?« sagte Heres.

»Ja.«

»Können Sie das beweisen?«

»Nein. Aber irgend etwas gelangt in seinen Kopf, und wir können keine Quelle dafür in ihm selbst finden. Es muß von außen kommen. Die Frage ist, woher? Und wie, und was hat es zu bedeuten?«

»Das sind viele Fragen«, sagte Heres. »Wie wäre es mit ein paar Antworten?«

»Vermutungen sind alles, was wir haben.«

»Nur zu.«

»Gut. Nummer Eins. Die Quelle der Störung ist vermutlich der Pons. Magner leidet im Wachzustand nicht an Visionen – jedenfalls war das bisher nicht so. Die Visionen erreichen ihn also durch einen Prozeß, der im Schlaf wirkt. Der Pons ist das Gebilde, das die motorische Reaktion von der Traumsimulation abkoppelt. Der Pons *könnte* der Empfänger bei der telepathischen Verbindung sein. Um welche Art von Strahlung es sich handelt, wissen wir nicht. Die Cytoarchitektur des Pons könnte uns Hinweise darauf geben, aber diese Forschungsarbeiten werden Jahre in Anspruch nehmen.

Eine weitere Mutmaßung. Wenn wir unterstellen, daß die Eingabe in Magners Träume wirklich von außen kommt, scheint die Annahme nahezuliegen, sie stamme daher, wo Magner sie vermutet – aus der Unterwelt. Irgend jemand – oder irgend etwas – da unten sendet. Neue Frage: Geschieht das bewußt? Wenn ja, ist die Botschaft speziell für Magner gedacht, oder ist er der einzige Mensch, der die Fähigkeit besitzt, sie zu empfangen? Ich persönlich finde den Gedanken an eine bewußte Übertragung schwer verdaulich. Ich glaube überhaupt nicht, daß Magner Botschaften empfängt. Ich vermute, daß ungewollt irgend etwas durchsickert. Er empfängt große Ansammlungen unzusammenhängender Bilder, die sich in seinem Gehirn zu den Visionen formen, von denen er in seinem Buch berichtet.

Der große Haken bei allen diesen Vermutungen ist nun der: Welchen Beitrag liefert Magner zur Organisation und Auslegung dieses Materials? Wieviel von dem, was Magner geschrieben hat, ist Rohmaterial, wieviel seine persönliche Reaktion darauf? Wir können im Augenblick dazu nicht einmal eine Vermutung anstellen. Nicht ohne einen zweiten Betroffenen oder zusätzliches Material. Wir haben keinerlei Grundlage für irgendeinen Vergleich.«

»Es ist einfach nicht überzeugend«, sagte Heres.

»Ich weiß«, sagte Ulicon. »Glauben Sie, das wüßte ich nicht? Ich würde mir wünschen, daß es überzeugend wäre. Ich würde mir wünschen, daß wir noch ein paar rätselhafte Fakten mehr hätten, damit sich ein Muster ergibt. Ich würde mir wünschen, daß wir noch ein paar exakte Daten hätten, damit wir einige Möglichkeiten verwerfen könnten. Aber es reicht einfach nicht.«

»Was sollten wir Ihrer Meinung nach tun?«

»Nichts. Was können wir tun?«

»Ich stimme zu«, sagte Heres. »Nichts. Aber Sie wissen, daß manche es nicht so sehen mögen. Das Wichtigste ist, jede Art von Panik zu verhüten. Wir wollen uns nicht von Dingen, die wir nicht verstehen, zum Handeln zwingen lassen, von Dingen, die sich als völlig sinnlos erweisen könnten. So, wie ich es sehe, besteht unsere Hauptaufgabe darin, die Sache so in die Hand zu bekommen, daß wir nichts tun *können*. Wir müssen das Ganze unterdrücken.«

»In der Öffentlichkeit, ja«, sagte Ulicon. »Aber gleichgültig, was wir in der Öffentlichkeit tun, privat dürfen wir nicht zulassen, daß die Sache unter den Tisch fällt. Wir können jetzt noch nichts tun, aber ich verwette mein Leben darauf, daß sich der Knoten früher oder später schürzen wird. Morgen oder nächstes Jahr oder weiß der Himmel wann wird es einen zweiten Magner oder eine andere Botschaft oder ein völlig anderes Problem geben. Die Sache fängt erst an, Rafael. Sie und ich erleben vielleicht das Ende nicht, aber wir werden ganz gewiß mehr zu sehen bekommen als bisher.«

»Aber in der Zwischenzeit müssen wir alles unter Kontrolle behalten«, sagte Heres entschieden. »Wir können es uns nicht leisten, daß die Angelegenheit über Gebühr aufgeblasen wird, bis wir mehr darüber wissen. Viel mehr. Wir brauchen etwas, um die Aufmerksamkeit von Magner abzulenken. Entweder das oder eine Methode, ihn zum Schweigen zu bringen.«

»Das ist Ihre Sache«, sagte Ulicon. »An Ihrer Stelle würde ich die Unterwelt in diesem Augenblick aber nicht ignorieren. Ich würde mir Sorgen machen. Ich *mache* mir Sorgen.«

»Ich mir auch«, versicherte Heres.

45

Im Lauf des späteren Tages meldete sich Dascon beim Hegemon und berichtete von Randal Harkanters Trupp, der gerade im Begriff stand, den Weg in die Unterwelt anzutreten. Heres hörte kaum zu. Was Harkanters kleine Gruppe auch immer entdecken mochte, es würde kaum viel zur Lösung des Problems beitragen, das, wenn Ulicon auch nur zur Hälfte recht hatte, in eine völlig andere Dimension getreten war.

Zum erstenmal in seinem Leben hatte Heres die seltsame Empfindung, daß unter seinen Füßen ein Abgrund lauerte, und daß, wenn er nicht vorsichtig war, der Boden unter ihm zerbröckeln und ihn in den Schlund schleudern mochte.

Rypeck hatte Angst, und das war etwas, das Heres sich schlecht leisten konnte, zumal da es den Anschein hatte, daß es wirklich etwas gab, vor dem Rypeck sich ängstigen konnte. Wenn Rypeck die Sache selbst in die Hand nahm und über den I-Minus-Effekt sprach, würde seine politische Laufbahn beendet sein.

Heres wußte, daß die Interessen der Stabilität Vorrang haben mußten. Die Interessen der Gemeinschaft – die Interessen Euchronias. Angst vor der Unterwelt durfte sich unter keinen Umständen ausbreiten. Es gab Gruppierungen, die von einer solchen Angst zweifellos profitieren würden, die sogar versuchen mochten, Angst zu schüren. Es war keineswegs eine gute Sache, daß die Expedition in die Welt darunter in den Händen eines Mannes wie Harkanter lag, der ganz abgesehen von seinen ketzerischen Neigungen ein ausgesprochener Bangemacher war. Und dann gab es auch noch Emerich. Emerich *lebte* von den Kräuselungen im euchronischen Teich – er gierte nach Zerrissenheit und Mißtrauen. Wenn Emerich nur durch einen Mann zu ersetzen gewesen wäre, der ein größeres Verantwortungsgefühl besaß . . . aber es lag in der Natur der Medien selbst, daß sie existierten, um zu schockieren, zu erregen und aufzureizen.

Emerichs Rolle im Drama des Lebens war einfach zu populär, um bedroht zu sein. Ein Emerich würde nur durch einen anderen Emerich ersetzt werden. So war das Leben ...

Heres machte sich wirklich Sorgen, aber er war sicher, eine Antwort finden zu können. Irgendeine Antwort. Es gab immer eine Methode, den Staub unter den Teppich zu kehren.

Immer.

46

Das Hervorstechende an Camlak war seine Zähigkeit. In Stalhelm mochte es Leute geben, die ihm an Kraft, an Mut und Intelligenz überlegen waren, aber niemand sonst weigerte sich wie Camlak unerbittlich, nachzugeben, niemand besaß seine Fähigkeit, Druck *jeder* Art zu widerstehen. In gewissem Sinn war er wie sein Vater, aber während Yamis Zähigkeit und Unbeugsamkeit auf der Grundlage einer Politik erfolgreich gewesen waren, die alle vorstellbaren Bedrohungen ausrottete, ruhte Camlaks Kraft auf einer Sorgfalt anderer Art. Camlak war kein Zerstörer.

Der Schlüssel zu Camlaks Charakter war eine außergewöhnliche Neigung zum Zweifel. Er widerstand dem Druck der Erziehung; er weigerte sich, Brauch und allgemeine Meinung anzuerkennen. Er wollte nicht einräumen, daß ein Präzedenzfall eine ausreichende Rechtfertigung sei. Camlak *mußte* zäh sein, um mit seinem Zweifel überlebt haben zu können. Unter normalen Bedingungen kann ein Kämpfer sich Zweifel nicht leisten – im Daseinskampf ist Gewißheit in der Regel ein machtvoller Überlebensfaktor. Zweifel ist jedoch das Tor zur Entdeckung, und Camlaks Entdeckungen, begünstigt durch die glückliche Hand, die ihm eigen zu sein schien, verschafften ihm einen Vorsprung. Er überlebte. Er war nicht beliebt, weil man ihn nicht verstand, aber er konnte eine Art Respekt für sich beanspruchen.

Die Kinder der Stimme waren im großen und ganzen kein Volk, das zur Meditation neigte. Die Evolution hatte ihnen Intelligenz verliehen, ein hohes Maß an Empfindungsvermögen und die Fähigkeit zu bewußtem, rationalem Denken, die den Weg zur Selbstveränderung darstellt. Der Gebrauch jedoch, den die Kinder der Stimme von diesen Gaben machten, blieb eher begrenzt. In der Frühzeit ihres ›Aufstiegs‹ als Species hatten sie die Echten Menschen zu sehr nachgeahmt, in der späteren waren sie zu sehr abhängig von den Wesen, die sie ihre Grauen Seelen nannten.

Begabungen, die sich für einen Zweck entwickelt haben, neigen aber dazu, in andere Bereiche hinüberzuschwappen, und die Intelligenz der Kinder der Stimme begann sich noch auf andere Art und Weise auszudrücken, als in der schlichten Frage, sie in einer schwierigen Umwelt und unter beschleunigten Evolutionsbedingungen am Leben zu erhalten.

Camlaks Neigung zum Zweifel könnte als einer der schmerzhaften Schritte in der Entwicklung einer neuen Perspektive betrachtet werden. Es ist einer der frühesten Schritte und in mancher Beziehung einer der schwersten. Hundert Zweifler mögen sterben, bevor einer an die Aufgabe herangeht, die Barrieren gegen den Zweifel in seinen Mitmenschen niederzureißen. Camlak war für seine Zeitgenossen so etwas wie ein Rätsel, aber der Einfluß, den er gewann, die Macht, die er als Alter auszuüben in der Lage war, mochten für ihre Entwicklung als Gemeinschaft entscheidend gewesen sein. Die Umstände sollten ihn dieser Gelegenheit schließlich berauben, aber das ändert nichts daran, daß Camlak eine bedeutende Figur war.

Yami war von Camlak enttäuscht. Der Ältere hätte sich einen stärkeren, erfolgreicheren Sohn gewünscht. Camlak errang, das ist wahr, das Recht, bei der Kommunion der Seelen die Sonnenrolle zu übernehmen und damit seinen Vater auf dem Thronstein zu ersetzen, aber Yami hätte sich trotzdem mehr Feuer und Direktheit im Verhalten seines Nachfolgers gewünscht. Camlak empfand ungewöhnlich große Zuneigung für seinen Vater.

Camlaks Einfluß auf seine Tochter Nita war beträchtlich. Wenn Camlak ein evolutionärer Schritt war, stellte Nita ein evolutionäres Abenteuer dar. Sie besaß bereits Ansätze zu einer neuen Perspektive, was ihr Verhältnis zu ihren Stammesgenossen anging. Sie besaß den Vorteil, weiblich zu sein und deshalb geringere Gefahr zu laufen, der feindlichen Umwelt zum Opfer zu fallen. Die Evolution des Geistes wirkt notwendigerweise stärker über die weibliche Abstammungslinie als über die männliche.

Nita liebte ihren Vater auf eine Weise, die fast unirdisch war. Als Rasse waren die Kinder der Stimme in der Führung ihres Lebens viel zu sehr der gebrechlichen Gegenwart verhaftet, um ihre Gefühle weit in die unwirkliche Zukunft hineinzuprojizieren oder emotionales Treibgut aus der toten Vergangenheit aufzufischen. Die Shaira liebten, aber nicht in dem selben Sinn wie die Bewohner der Oberwelt. Ihre Liebe war mehr dem Augenblick verhaftet, weniger klar, und zusammenhangslos. Nita war anders, zumindest, was die Beziehung zu ihrem Vater anging.

Camlak war ein seltsamer Mensch, vielleicht so etwas wie eine tragische Gestalt. Vielleicht sogar so etwas wie ein Held.

47

Die Kommunion der Seelen wartete auf Camlak.

Die Verletzungen beim Kampf gegen den Furchenhund waren nicht ernsthaft, aber schmerzhaft, und sie brauchten Zeit. Einer der Leser richtete den gebrochenen Arm ein und verband ihm die Rippen. Er hatte nur wenig Blut verloren und war nicht so schwach, daß er sich ins Bett legen mußte.

Während er sich erholte, pflegte ihn Ayria, aber er zog die Gegenwart der Fremden vor. Es wurde von unnatürlicher Lust geflüstert, aber solche Gerüchte gingen langsam und still um. Es gab nur wenige, die es wagten, zu dieser Zeit Camlaks Gutmütigkeit zu strapazieren.

Camlak interessierte sich verschwommen für Huldi, aber Joth faszinierte ihn. Ursprünglich war es ihm als gute Idee erschienen, Joth zu helfen, damit die Kinder der Stimme sich ihn eines Tages zunutze machen konnten. Stalhelm hatte nie auf direkte Weise Güter vom Himmel erhalten, und Camlak war klar, daß es nie dazu gekommen wäre, hätte Yamis Einstellung Fremden gegenüber Bestand gehabt. Viele Dorfbewohner betrachteten die Werkzeuge aus der Oberwelt mit Argwohn, noch mehr die Bücher und das, was man aus ihnen lernen konnte. Es gab immer die Meinung, daß man solche Dinge nicht anrühren sollte, daß die Shaira sich damit begnügen sollten, ganz nach eigener Art und aus eigener Kraft zu leben. Die Nützlichkeit der Geräte und der Wert der Kenntnisse jedoch, die man nur aus Quellen der Oberwelt gewinnen konnte, sorgten dafür, daß diese Meinung das intellektuelle Klima nie zu beherrschen vermochte. Trotzdem war die Kunst des Lesens einer Minderheit vorbehalten, und viele von denen, die lesen lernten, wollten nur ihre Stellung verbessern, ohne zu nutzen, was in den Büchern stand.

Camlak war als Sohn eines Alten in frühem Alter gezwungen worden, lesen zu lernen, und über den Punkt hinausgelangt, an dem er noch hatte gezwungen werden müssen. Er wurde ein begeisterter Leser und nahm in sich auf, was er las, wenngleich er vieles nicht verstehen konnte. Während die Ältesten das Lesen als eine Art mystischer Kunst betrachteten – die Gewinnung nützlicher und/oder sinnvoller Einzelheiten aus einem Grundstock, der vorwiegend rätselhaft und unergründlich war – schien Camlak alles mehr oder weniger so zu nehmen, wie es sich ergab. Seine Haltung war die reiner Fragelust, und er glaubte nicht an die weitverbreitete Theorie, daß Bücher hergestellt wurden, um Wissen zu verbergen und zu schützen, indem man es in Unsinn vergrub.

Joth bestätigte Camlaks Ansichten zu den Büchern, und er war durchaus bereit, Joth zu glauben, obwohl viele der Ältesten das sofort abgelehnt hätten. Unter Huldis Leuten wurde das gedruckte Wort noch abergläubischer betrachtet als bei Camlaks Volk. Die Menschen ohne Seele hatten eine eigene, getrennte Sekte von Lesern – und sie verbargen und schützten das Wissen ganz gewiß, um ihr Monopol darauf zu erhalten. Die Leser der Echten Menschen waren falsche Zauberer und falsche Priester, und die Tatsache, daß sie von ihren zynischeren Brüdern als Scharlatane angesehen wurden, änderte nichts daran, daß sie etwas Echtes, Wertvolles besaßen und beherrschten, woraus sie die Macht bezogen, sich als mystische Elite zu halten.

Joth wollte sich die Bücher im Besitz der Bewohner von Stalhelm ansehen, aber Camlak zögerte. Schließlich brachte Camlak ihm ein halbes Dutzend und ließ zu, daß Joth sie berührte und betrachtete. Joth stellte fest, daß es richtige Bücher waren, ordentlich gebunden und auf festes Papier gedruckt. Er war mehr daran gewöhnt, die Wegwerf-Ausdrucke des Kybernetzes zu lesen. Gebundene Bücher gab es in der Oberwelt nur als Sammlerobjekte, geschätzt eher als Objekte denn als Informationsträger. Niemand unterhielt für Zwecke der Forschung oder Unterhaltung eine Bibliothek – das erübrigte sich, wenn jedes Werk zu jeder Zeit überall auf der Stelle verfügbar war. Joth kam zu dem Schluß, daß die Bücher eigens für den Export in die Unterwelt hergestellt worden waren, und wieder mühte sich sein Verstand mit dem Rätsel Burstone ab, ohne eine Antwort zu finden.

»Was sagen dir die Bücher?« sagte Joth zu Camlak. Die Frage erschien besonders angemessen, weil die Bücher, die er betrachten durfte, wie eine willkürliche Auswahl aus den Kybernetz-Speichern anmuteten. Sie schienen keinerlei Bezug zur Unterwelt zu haben, aber auch keine eigene besondere Bedeutung.

»Sehr viel«, sagte Camlak. »Ich glaube, daß selbst aus dem einfachsten Buch immer viel zu lernen ist, auch wenn es nicht leicht verstanden werden kann. Wenn wir selbst lernen, solche Bücher zu machen, werden wir vielleicht deutlicher verstehen, was in sie hineinkommt. Unsere Schriften sind ganz anders, und unser Material ist nicht haltbar, so daß die Leser unaufhörlich Abschriften herstellen müssen. Die Bücher sind Produkte und Bilder eines anderen Lebens, das sich von dem unseren völlig unterscheidet. Wir können so vieles nicht finden, weil wir nicht begreifen. Aber man kann trotzdem viel lernen, wenn man den Worten zuhört und sie sich einprägt. Ich glaube, es gibt Bücher, die Bilder des Sinnes sind, statt Bilder des Lebens.«

»Ich weiß nicht, was du meinst«, sagte Joth.

»Es gibt Bücher, die sagen, was geschieht, und es gibt Bücher, die stillstehen, beschreiben, denken, schauen. Das ist es, wovon die Ältesten glauben, es sei nur dazu da, die Wahrheit zu verschleiern und fremd zu machen. Ich glaube, es ist die Wahrheit selbst, aber die Wahrheit von einer anderen Art. Es ist eine Art Lehre, weil es gegen die Lehren spricht, die wir erhalten, wenn man uns beibringt, wie und was wir lesen sollen. Es gibt mehr als eine Wirklichkeit – das wissen wir. Es gibt zwei Welten, und vielleicht mehr als zwei. Aber es gibt auch mehr als ein Auge, die Wirklichkeit zu betrachten, und die Form einer Wirklichkeit ist im Auge ebenso wie in den Dingen, die das Auge sieht. Das, so scheint mir, ist in den Büchern enthalten. Deshalb kann man mit den Büchern so schwer sehen, deshalb ist es so viel leichter, zuzuhören, ohne zu begreifen. Wenn wir nur sehen könnten . . .«

»Was sehen?« sagte Joth.

»Deine Welt. Den Himmel. Die Menschen. Die Dinge. Ich möchte nicht in deiner Welt leben oder länger als einen Augenblick dort bleiben. Aber ich glaube, ich möchte sie sehen. Nur mit einem Blick. Dann könnte ich so vieles mehr verstehen.«

»Vielleicht«, sagte Joth. »Aber die Sonne würde dich blenden. Nachts . . . vielleicht kann ich dir die Welt nachts zeigen. Wenn ich einen Weg nach Hause finde – ein Tor zu meiner Welt.«

Camlak schwieg eine Weile, als Joth von einem Tor sprach. Er kannte keinen Rückweg für Joth, aber er wußte, wo er nach einem suchen mußte.

Inzwischen fragte sich Joth, wie die Oberwelt in Camlaks Vorstellung nun tatsächlich aussehen mochte. Konnte Camlak den Unterschied zwischen Tatsache und Erfindung in den Büchern erkennen? Konnte er den Unterschied zwischen Darstellung und Interpretation, zwischen Analogie und Realität begreifen? Wahrscheinlich nicht. Ein Blick in die Welt unter den fernen Sternen mochte Camlak wohl dazu veranlassen, seine Vorstellungen völlig umzustellen. Schon ein Blick auf die Sterne selbst ... der Anblick von Weltraum und Unendlichkeit ... vom Antlitz des Himmels.

Aber Joth wußte wie Camlak, daß es mehr als ein Blick nicht sein konnte. Die Kinder der Stimme hatten ihre eigene Welt, ihr eigenes Leben, ihre eigene Wirklichkeit, in der die Sterne elektrische Lampen waren, der Himmel ein festes Dach über ihren Köpfen. Für die Bewohner der Unterwelt zeigte ein anderer Himmel ein ganz anderes Gesicht, aber es war nicht das Antlitz des Himmels. Joth wußtc, daß der Kreuzzug seines Vaters sinnlos und irregeleitet war. Eines der Dinge, die ihm bei der Möglichkeit, in die Welt darüber zurückzukehren, Sorgen machten, war die Aussicht darauf, Carl Magner erklären zu müssen, daß seine Träume ihn betrogen hatten.

48

Der Mann, zu dem Joth wurde, als er aus seiner langen Krankheit in die wahre Welt der Reiche von Tartarus erwachte, unterschied sich in einiger Beziehung von dem Joth, der aus dem Himmel fortgelaufen war, um der Erinnerung an seinen Bruder nachzujagen.

Der neue Joth träumte natürlich, und seine Träume waren geplagt von den erweckten Bildern des Instinkts, der sich von der I-Minus-Wirkung befreit hatte, nun, da Joth andere Nahrung aß und anderes Wasser trank. Die Wiedergeburt des Instinkts kam jedoch in Joths Leben zu spät, um ihn grundlegend zu verändern. Die Alpträume fügten ihm im Kopf Schmerzen zu, aber sie leisteten wenig mehr. Es waren nicht die Alpträume, die ihn in einen anderen Menschen verwandelten.

Der neue Joth besaß neue und fremdartige Perspektiven. Er blickte hinaus in eine andere Wirklichkeit, und im Lauf der Zeit betrachtete er die neue Wirklichkeit mit neuen Augen, weil – wie Camlak gesagt hatte – die Wirklichkeit so sehr im Auge liegt, wie in den Dingen, die es sieht. Joth hatte die Zeit verloren – oder vielmehr ein Bewußtsein von der Zeit mit einem anderen vertauscht. Der ganze

Begriff des *Wandels*, den er übernahm, war anders. Tage und Nächte waren dahin, und mit ihnen die Messung der Zeit. Er konnte die Zeit nicht länger abzählen, und weil er sie nicht mehr abzählen konnte, sah er sie nicht mehr als etwas Zählbares an. Sein Zeitsinn schrumpfte, als Vergangenheit und Zukunft ihre Umrisse verloren und auf den unendlich kleinen Punkt der Gegenwart zusammenliefen. Ereignisse dauerten nicht mehr ›lange Zeit‹ oder ›geschahen plötzlich‹. Die Dinge dauerten, solange sie dauerten. Sie geschahen nach ihrer eigenen Geschwindigkeit.

Joth begann den Inhalt seiner zeitlichen Umwelt nach ihren eigenen zeitlichen Maßstäben zu beurteilen, nicht durch den Vergleich mit der Bewegung der Sonne am Himmel oder den kreisenden Zeigern einer Uhr, die diese Bewegung symbolisieren.

Joth, in der Unterwelt erwacht, wollte nach Hause. Er wollte unbedingt nach Hause – das war das Vorrangigste. Aber die *Dringlichkeit* der Rückkehr in die Oberwelt floß aus ihm ab, weil sie ihren Sinn nicht festhalten konnte. Von dem Augenblick an, als er sich seiner neuen Wirklichkeit bewußt wurde, trat Joth den Heimweg an, aber gleichzeitig lebte er in Camlaks Haus, sprach mit den Leuten, die es bewohnten, beantwortete ihre Fragen und wartete darauf, daß Camlak ihm einen Weg nach Hause zeigte. Er hatte es nicht eilig, weil der Heimweg die Zeit brauchen würde, die er brauchte, und mehr war dazu nicht zu sagen.

Camlak befragte Joth über viele Themen, von denen die meisten ziemlich trivial waren. Er fragte nach Worten, nach Bedeutungen, und nach einer Vielzahl von unwichtigen Dingen. Viele seiner Fragen fanden keine Antwort, weil die Fragen selbst sinnlos waren, aber Joth tat, was er konnte, um dem Alten von Stalhelm zu helfen, die Alternativwirklichkeit zu verstehen, die auf der anderen Seite des Himmels, der kein Himmel war, existierte.

Camlak lernte vieles – vielleicht weit mehr, als Joth glaubte, lehren zu können.

Inzwischen hatte Huldi eine andere Art von Interesse an Joth. Da die Shaira dazu neigten, sie und Joth gemeinsam einzustufen, und weil Joth selbst offenkundig glaubte, sie sei ihm ähnlicher als die Kinder der Stimme, gelangte Huldi zu der Meinung, sie und Joth seien von einer Art. Als sie nach Stalhelm gekommen war, hatte sie das nur getan, um zu fliehen, ohne Pläne, ohne Absichten, ohne Vorstellung davon, was einmal aus ihr werden mochte, über ein paar simple Gedanken hinaus, die sich zu wenig mehr als einer Entschlossenheit addierten, am Leben zu bleiben. Aber Joth bot ein anderes Spektrum von Möglichkeiten. Joth war ein Strohhalm, an den es sich zu klammern galt.

Huldi war natürlich keine Leserin und hatte keinerlei Vorstellung von Alternativwirklichkeiten. Sie war ein Wesen von bescheidenen intellektuellen Kräften, gefangen in einem einzigen Bezugsrahmen, im Käfig einer zerbrechlichen, begrenzten Form der Zeit. Für sie war Joth ein übernatürliches Wesen, aber ein Wesen, das Ähnlichkeiten mit ihr selbst aufwies.

Gleich und doch ungleich. Huldi begann sehr bald, Joth zu lieben, mit einer Art von Liebe, die höchst ungewöhnlich, wenn nicht einzigartig war.

Nita baute die Anwesenheit Joths einfach in das Gefüge ihres Heranwachsens ein. Er war zu einer Zeit anwesend, in der sie sich als Person besonders schnell entwickelte, und ihr Verstand war wach, lebendig und anpassungsfähig. Sie lernte aus Büchern, von Camlak und von ihren Altersgenossen. Es war keine Belastung, Joth und Huldi zu den Quellen für ihre Perspektiven hinzuzufügen. Sie liebte es, sich mit dem Mann mit dem Metallgesicht zu unterhalten, und auch wenn das meiste davon wie Wasser in einem schnellen Fluß an ihr vorbeiströmte, hatte es doch seine Wirkung auf sie und würde sich zu gegebener Zeit als etwas Wichtiges in ihrem Leben entpuppen – vielleicht als etwas Lebenswichtiges für das Ich, das sie werden sollte.

Die Zeit – die Tartarus-Zeit – verband die Menschen miteinander, die in Camlaks Haus lebten. Sie fügte ihrer kollektiven Identität eine neue Facette hinzu. Sie machte Blutsverwandte einer sonderbaren Art aus ihnen.

49

Die Leute von Stalhelm waren vor dem Langhaus versammelt (alle, bis auf zehn Krieger, die in den Bergen Wache hielten) und bildeten einen großen Halbkreis vor dem Thronstein.

Camlak wußte, daß das Fest der Seelen-Kommunion ihm bei dieser Gelegenheit Schmerzen bringen würde. Er erwartete Schmerzen bei der Begegnung mit seiner Grauen Seele, weil er jetzt der Alte war und die Graue Seele in Hinkunft ein sehr viel engerer Teil von ihm sein würde.

Zusätzlich würde es Schmerz bei der Zeremonie geben – Schmerz von einer anderen Art, aber nicht leichter zu ertragen – weil er die Sonne für Yamis Sternkönig sein sollte.

Die Trommeln schlugen in langsamem, gleichmäßigem Rhythmus.

Die Trommler kauerten im Schatten des Langhauses. Der Schlag war gedämpft, und wenn, abwechselnd mit den Trommeln, die Hörner erklangen, gaben sie lange, tiefe Töne von sich wie die fernen Schreie von Nachtvögeln.

Auch der Feuerschein war gedämpft. Die Flammen brannten rot und klein, und die Motten, die im Rauch tanzten, schienen purpurne Flügel zu besitzen.

Sie schienen den Dorfbewohnern die Geister schattenhafter Seelen zu sein.

Der Kreis war stumm, obwohl sie tausend Leute versammelt hatten, wovon fast die Hälfte Kinder oder zumindest Ungepaarte waren. Die Leute kauten an dem Brei, den jeder im Mund hatte. Von Zeit zu Zeit fügten sie neue Blätter zu den gekauten Fasern hinzu und saugten ihnen den bitteren Saft aus. Sie bewegten sich nicht im Rhythmus der Trommeln, sondern nahmen ihn *in* sich auf und vereinten ihn mit dem ihres Herzschlags. Bewußt verlangsamten sie den eigenen Metabolismus. Ihre Augen blieben geöffnet, aber sie wurden glasig, und obwohl sie noch sahen, taten sie das nicht allein mit ihren Augen.

Die Ältesten, nun in der Rolle der Priester, standen in einer Reihe hinter dem Halbkreis. Ihre Arme waren erhoben, so daß ihre weiten Gewänder in großen, gebauschten Falten über ihren Leibern hingen. Kein Windhauch bewegte die wallenden Gewänder. Die Ältesten als Priester brauchten keine Blätter, die sie zerkauen mußten. Sie griffen nach dem inneren Blick, ohne mehr als die Macht ihres Geistes anzuwenden.

Auf den Platz, der um den Thronstein freiblieb, kam der Sternkönig. Er war eingehüllt in eine riesige schwarze Robe, die ihn beim Gehen umpendelte, und sein Kopf war umschlossen von einer riesigen Maske, auch sie kohlschwarz bemalt. Maske und Gewand waren mit winzigen Plättchen bestickt, die das Licht einfingen, als er sich dem Feuer näherte. Wenn die Falten des Gewandes schwankten und pendelten, blitzten die Plättchen der Reihe nach auf, flüchtige, fliehende Sterne auf einem Stoff absoluter Dunkelheit. Der Sternkönig darin war Yami, aber Yami verwandelt. Er war nicht mehr der Alte, sondern nur ein alter Mann, und sein Körper hatte seine aufrechte Haltung völlig verloren. Yami stolperte und schlurfte um den

Thronstein herum, und die Bauschungen des Himmels über seinen erschöpften Gliedern flackerten mit ungewisser Kraft.

Der Sternkönig hüpfte und schwankte ganz langsam umher, verzehrt vom Tempo des Trommelschlags. In seinem Inneren konnte die pathetische Gestalt Yamis hin und wieder als die Wölbung einer Schulter, die Biegung einer Hand erkannt werden.

Yami: eine tanzende Leiche im schwarzen Leichentuch, bestickt mit kleinen Glassternen.

Die Kinder der Stimme sogen unaufhörlich Saft aus den Blättern in ihren Mund und griffen nach dem inneren Blick.

Oben auf den Bergen verschlossen die Vorposten ihre Ohren vor dem hypnotisierenden Rhythmus der Trommeln. Sie fuhren mit den Zungen durch trockene Münder, schmeckten die Bitterkeit des Saftes, der nicht da war, fühlten sich kalt und allein, trotz der drückenden Wärme der Unterwelt. Ihre Köpfe schmerzten.

In Camlaks Haus, hinter dem Ausläufer der Menge an einer Seite des Langhauses, wartete die Sonne. Sein Kopf schmerzte auch, und es war ihm ein wenig übel. Camlak steckte in einem Kostüm, das grell gold und silbern gefärbt war. Die Maske, die er trug, war leuchtend weiß und poliert. Sie kauerte auf seinen Schultern wie ein riesiger weißer Adler.

Die Zeit rann vorbei, zäh wie Molasse.

Neben ihm, mit ihm wartend, standen Joth und Huldi. Sie konnten durch die Fensterschlitze, über die Köpfe der am Boden hockenden Leute hinwegsehen, was auf dem freien Platz vor dem Thronstein geschah. Sie beobachteten Yamis schwankende Maske, wie eine große, schwarze Frucht auf einem windgezausten Ast tanzend.

Aber Joth und Huldi konnten nur mit ihren Augen sehen. Sie hatten keinen wahren Begriff von dem, was geschah und geschehen würde, und man hätte es ihnen nicht erklären können. Camlak war bereits von ihnen getrennt, indem er in die Tiefen seines Geistes hinabstieg, gelenkt von dem Sehen, das nicht mit den Augen allein geschah. Die fremden Wesen konnten nicht teilhaben an der Kommunion, nicht einmal als Beobachter.

Der Rhythmus der Trommeln wurde langsamer und langsamer, und die langgezogenen Schreie der Hörner verschmolzen mit ihnen zu einem lethargischen Wogen gedämpfter Laute. Die Töne klangen qualvoll und sonor, verschleppt, scheinbar endlos langgezogen, und das hohle, undeutliche Brausen der Trommeln klang wie die Brandung einer dickflüssigen See.

Im Tanz des Sternkönigs stellte Yami fest, daß seine Füße ihn nicht mehr vorwärtstrugen. Der Tanz ging weiter, in bizarrer Verlangsamung, aber nun wand Yami sich nur noch, und der Himmel, den er trug, war auf der Stelle verankert.

Es gab noch Bewegung im Kreis, aber es war die Bewegung einer anderen verkleideten Gestalt. Alles, was Joth und Huldi durch ihre Schlitzfenster sehen konnten, war, daß der neue Tänzer Grün trug, und daß die Maske über dem Gewand – ein groteskes Gebilde in der Form eines Pilzes – grau-grün gestreift war.

Die Streifen waren gekrümmt und uneben und flossen rund um die Maske.

Der Tanz war geschmeidig und anmutig, und der Mantel hing so durchsichtig über der Gestalt, daß es sich offensichtlich um ein Mädchen – ein schlankes Mädchen – handeln mußte. Das Mädchen wurde in seinen Bewegungen langsamer, als es sich dem Sternkönig näherte. Bis sie ihn berührte, stand sie beinahe still und sank langsam zur Erde, so daß die Außenstehenden sie nicht mehr sehen konnten.

Die Maske, das Gesicht des Sternkönigs, neigte sich und sank hinunter, um ebenfalls zu verschwinden.

Langsam begann Camlak den langen Weg der Sonne. In seinen Händen trug er eine Axt mit einem Steinblatt aus dem Steinbruch von Stalhelm, zu einer perfekten Wölbung scharf geschliffen.

50

Yami war blind. Nicht nur blind in seinen alten, sich weiß überziehenden Augen (die Maske war augenlos dazu), sondern auch blind im inneren Blick. Yami war allein in dem Tartarusreich, das man die Unterwelt nannte. Als er auf das Mädchen sank, griff er nach seiner Grauen Seele. Er griff hinaus, so weit er konnte, von Verzweiflung getrieben. Er betete. Aber er blieb allein. Er blieb gefangen in dem Käfig, der sich um seinen Geist geschlossen hatte. Er war isoliert von der Kommunion der Seelen.

Er schrie gellend auf und lauschte dem Echo seines Schreis in den Abgründen seines Wesens, aber es kam keine Antwort. Es war kein Laut zu hören. Er war seelenlos. Verlassen.

Yami konnte sich erinnern, daß in der Vergangenheit er die Rolle der Sonne gespielt hatte, und zwar vollkommen. Er versuchte sich vorzustellen, daß rings um ihn jetzt die *Persona* der grellen, glänzenden, gelben Sonne war. Aber er war vom Himmel gefangen, und selbst seine Phantasie konnte ihn nicht befreien. Er konnte aus seinen Wünschen keine Graue Seele machen. Das lag außerhalb seiner Macht.

Er war alt. Er hatte keine Gewalt über seine Arme und Beine. Er hatte sogar die Kontrolle über seine Gedanken verloren.

Yami lag auf Händen und Knien, die Hände auf der Erde zu beiden Seiten des Mädchens, die Knie zu beiden Seiten ihrer Schenkel. Sie lag völlig regungslos unter ihm, völlig still.

Er begann zu vergessen, wer er war.

Der Sternkönig beugte sich vor, bis sein Bauch ihre Brüste berührte.

Der Sternkönig atmete nicht, war nicht einmal lebendig. Im Vakuum seines Geistes herrschte absoluter Friede.

Das Mädchen in der graugrünen Maske wartete. Ihr Herz schlug ganz langsam, ihr Atem ging kaum merklich. Sie war lebendig, aber verloren. Ohne den Saft hatte sie ihre Graue Seele gefunden. Sie war jetzt mit ihr zusammen, auch wenn sie vielleicht nur am Rande etwas wahrnahm.

Es war, als sei sie an der Grenze des Schlafs.

Sie wartete.

Der Leib des Sternkönigs war starr, wie versteinertes Holz.

Gleichgewicht.

Und die Axt sauste in weitem Bogen herunter und trennte Yami den Kopf von den Schultern.

51

Die schwarze Maske rollte davon wie ein großer, schwarzer Ball, die lose Erde blieb daran haften und löschte die schwächsten ihrer Sterne. Der Kopf war noch darin. Blut – eine Flut davon – *drang* heraus, um die Streifen des graugrünen Erdenleibes zu überschwemmen und ihn dunkelrot zu färben. Der Feuerschein war ganz nah. Die hinausstürzende Flut wurde im orangeroten Glühen der Scheite schwarz.

Die Sonne zog die Sternennacht von den Gewändern der Erde und stieß sie beiseite. Sie glitt davon, rasselnd wie verkohltes Papier, das in der Faust zerknüllt wird. Die Sonne ließ den goldenen Leib hinab, griff hin, um die graugrünen Gewänder der Erde zu zerteilen, stieß Licht und Leben hinein.

Die Sonne schuf Leben und Wachstum.

Sonne und Erde waren miteinander verbunden, die Sonne auf der Erde, die riesigen Gesichter aneinandergepreßt. Das Gesicht der Erde troff rot von Blut, und das polierte weiße Gesicht der Sonne war ein wenig befleckt. Verschmiert, wie von einer ungeschickten Hand.

Aber das würde sich erst zeigen, wenn die Sonne wieder emporstieg.

Im Inneren der Sonne war Camlak wie Eis. Körperlich kalt und starr.

Er war eingedrungen – das war leicht, weil sein Penis mit einem Knochen verstärkt war – aber als die Erde sich mit dem ozeanischen Wogen der Trommeln an ihm bewegte, fühlte er sich völlig unbewegt, so, als geschähe nichts, als sei er von sich selbst getrennt. Sein Penis fühlte sich hart und knochentrocken an. Dünn und stählern, wie ein Messer aus der oberen Welt.

Die Erde bewegte sich, und er tat es mit ihr, sanft, in einem Rhythmus, den er nur halb fühlte und fast gar nicht meinte.

Er war sich bewußt, daß die Sonne ihre Rolle spielte. Aber er, innerhalb der Sonne, fühlte nichts von einem Feuer, einer Energiequelle, einem Lebensbringer.

Statt dessen fühlte er sich wie etwas Totes, gefangen in einem Schoß.

Er wußte, daß seine Maske außen weiß war, sein Kostüm grell, aber im Inneren der Sonne war nichts als Dunkelheit. Er sah noch immer mit seinen eigenen Augen.

Sah nichts.

Seine Zunge war trocken, sein Mund sandig.

Sein Rückgrat war wie ein vertrockneter Stock.

Seine Rippen wurden kalt, wie Eiszapfen.

Sein Arm, eingerichtet und geschient, war völlig tot und ohne Gefühl. Ebenso sein Herz, sein Bauch und . . .

Sah nichts.

Dann zerrten ihn die Hörner von dem unentzündeten Schoß fort, zerrten ihn hinab unter die Oberfläche eines Ozeans aus Licht. Heißes, rot-goldenes Licht. Und durch das flackernde, gleißende Gebilde bewegten sich die Schatten.

Silber, genannt grau: die Schatten.

Ein helleres Grau als Erdgrau. Ein weicheres Grau. Das Grau, in keiner Weise von der Erde, sondern von etwas und irgendwo unberechenbar weit von der Erde.

In einer Aureole goldenen Lichts stand er seiner Grauen Seele gegenüber.

52

Alles war still.

Soviel Joth und Huldi sehen konnten, ereignete sich gar nichts. Der Klang der Trommeln und Hörner war erstorben.

Niemand in der verzauberten Menge bewegte einen Muskel. Selbst die kleinen Kinder waren stumm und still. Die Priester, die Arme noch immer erhoben, schienen sich in Stein verwandelt zu haben.

Joth fühlte sich gezwungen, keine Bewegung zu vollführen, und er wagte nicht den leisesten Laut von sich zu geben. Huldi bewegte sich unruhig, aber sogar sie fühlte den Druck des Anlasses. Jeder von ihnen war allein. Sie hatten keine Möglichkeit, sich in die Gegenwart ihrer Seelen zu versetzen – wenn sie denn überhaupt Seelen besaßen.

53

Camlak sprach mit seiner Seele als ein Gleichgestellter. Er stellte sich dem Wesen ruhig, ohne Anzeichen von Furcht. Er fragte, ob seine Art nicht besser sei als die von Yami, und die Graue Seele antwortete ausweichend. Er stellte viele andere Fragen, aber er forderte keine Begünstigungen und auch keinen Rat. Er sprach, wie ein Mann mit einem anderen Mann sprechen mochte (vielleicht von einer anderen Rasse), und er lauschte, als höre er den Worten eines Mannes zu.

Sie wechselten Bilder, Erinnerungen und Gefühlswerte so gut wie Worte. Sie unterhielten sich in vielen Sprachen von vielen verschiedenen Arten, die viele unterschiedliche Sinnesmöglichkeiten enthielten.

54

Die Sonne führte der Erde Feuer zu, und in der Erde sproß das Leben.

55

Carl Magner war ein Mann, der vor sich selbst keine Ruhe fand. In einem Land der Blender war er ein Mann mit ganz besonderem Blick. Nicht König, sondern Opfer.

In einem Zeitalter, in dem ein zu seiner Zeit geborener Mensch damit hätte rechnen können, hundertfünfzig Jahre und länger zu leben, erlitt er genügend psycho-physiologische Strapazen, um seine Lebenserwartung auf die alten biblischen siebzig Jahre herunterzudrücken. Ein anderer Mensch, am gleichen Tag geboren, hätte damit rechnen können, daß seine Kinder zweihundert Jahre alt werden würden. Aber Carl Magner hatte für seine Kinder keine solche Hoffnung.

Carl Magner war ein emotionell isolierter Mensch, auch wenn man hätte behaupten können, daß die Umstände um den Tod seiner Frau und die Verunstaltung seines jüngeren Sohnes ihn dazu veranlaßten, die Liebe zu Individuen zugunsten einer Liebe zur Menschheit im allgemeinen aufzugeben, weil das unmittelbare Risiko geringer wurde.

Er war stets ein entschiedener Euchronier gewesen und wurde ein fanatischer. Wie jeder wahrhaft entschiedene Idealist ging er weit über die politischen Grenzen der Lehre hinaus, und sein Glaube verlor sich in der Wildnis der reinen Prinzipien. Der Begriff des Euchronismus, für den er sich schließlich einsetzte, war von der Art, daß viele Angehörige der Bewegung zu seinen Gegnern wurden.

Er konnte ehrlich nicht angeben, wann seine Träume begannen oder wann die Fixierung auf eine bestimmte Art von Visionen alle anderen Bilder zu verdrängen begann. Am Anfang waren die Träume nur Träume und wurden vergessen. Das Muster und die Wahrnehmung des Musters brauchten geraume Zeit, um sich zu entwickeln. Man kann vermuten, daß Carl Magner den Punkt der Besessenheit fünf oder sechs Jahre vor dem Zeitpunkt erreichte, als Ryan auf der Suche nach der Wahrheit in die Unterwelt hinabstieg. (Man muß darauf hinweisen, daß Ryans Motive, auf die Suche nach der Wahrheit zu gehen, auf der Hoffnung gründeten, die Wahrheit werde keine Ähnlichkeit mit den Träumen besitzen, und die zwanghafte Wirkung der Träume werde sich dadurch aufheben lassen.) Die Träume als individuelle Erscheinungen begannen vermutlich, bevor die Tragödien stattfanden. Magner mag durchaus mit den Keimen des Konflikts geboren worden sein, die seine frühesten Träume heimsuchten.

Carl Magner war ein großer und starker Mann, aber im Lauf der Jahre verlor er die geistige Statur, die seiner körperlichen Erscheinung entsprach. Er wurde vom Temperament her immer spröder. Man hätte beinahe sagen können, daß er durch die Veröffentlichung von ›Die Hochzeit von Himmel und Hölle‹ sich auf eine andere Tragödie vorbereitete, daß er sich anschickte, ihr zu begegnen, bevor die Keime gesät waren.

Es war nicht Magners Wunsch, daß sein Sohn in die Unterwelt hinuntersteigen sollte, wenngleich er zur fraglichen Zeit wirklich des Glaubens war, es sei äußerst wichtig, die Richtigkeit seiner Visionen zu bestätigen. Als Ryan nicht zurückkam, entschied Magner ganz eindeutig, daß er nicht verantwortlich sein wollte, wenn irgend jemand Ryans Spuren folgte. Schließlich wußte er ja durch seine Visionen Bescheid. Er war nicht die Sorte Mensch, die andere hätte auffordern können, in die Hölle hinabzusteigen. Wenn irgend jemand hingehen und die Wahrheit entdecken sollte, würde er das sein müssen, und bevor er ging, mußte er der Welt seine Botschaft übermitteln.

Seine Tochter hätte ihm von Burstone erzählen können – von der Tatsache, daß zumindest ein Mensch seine Visionen bestätigen oder widerlegen konnte. Aber sie tat es nicht, weil sie es nicht wagte. Sie hatte Angst davor, was ihm zustoßen mochte, wenn er dahinterkam, daß seine Visionen falsch waren. Vor dem Gegenteil hatte sie vielleicht sogar noch mehr Angst.

Nach der Veröffentlichung von ›Die Hochzeit‹ war Magner im Grunde ein Verdammter. Die Wahrheit konnte ihm nur schaden, wie immer sie auch geartet sein mochte. Er war ein Mann, den das Schicksal aufs Korn genommen hatte.

56

Carl Magner war vor den Kameras unsicher. Er hätte nicht nervös sein dürfen,was seine Argumente anging, die er hundertmal durchgemustert hatte, er hätte nicht nervös sein dürfen, einem Publikum ausgesetzt zu sein, was er immer erstrebt hatte. Aber er war eindeutig unsicher.

Clea Aron fragte sich vage, was sie im Studio zu suchen hatte. Sie war am Fall Magner nicht interessiert gewesen und hatte keine feste Meinung dazu entwickelt. Ihr schien, daß Heres oder Ulicon höchsten Wert darauf hätten legen müssen, bei der entscheidenden Konfrontation ihren Platz einzunehmen, aber sie waren ganz entschieden dafür gewesen, ihn ihr zu überlassen. Sie hatte eine ziemlich dogmatische Parteimeinung vorzutragen – zusammengestellt von Javan Sobol und Luel Dascon, beraten von verschiedenen interessierten Gruppen – aber sie wußte, daß sie nicht genug festgelegt war, um Magner mit angemessener Heftigkeit angreifen zu können.

Yvon Emerich wußte das auch, aber er wollte nicht zulassen, daß bei seiner Sendung der Schuß nach hinten losging. In einem gewissen Sinn war die Wahl Clea Arons als Vertreterin der Bewegung ein geschickter politischer Schachzug, weil Emerich gezwungen sein würde, ihr beizuspringen, um ihren Argumenten Biß zu verleihen. Auch das wußte er, aber es störte ihn nicht. Er war damit einverstanden, heute von der Bewegung benützt zu werden, in der zuversichtlichen Erkenntnis, daß er das Konto ein andermal würde ausgleichen können. Magner bedeutete Emerich so oder so nichts – wenn er gegen den Mann war, dann nur deshalb, weil die Mehrheit der Zuschauer ihn auseinandergenommen wissen wollte. Emerich war lediglich sein gewohntes uhrenbeobachtendes, überorganisiertes Selbst. Alles lag unter seiner Kontrolle: Vernunft, Sympathie, Wohlwollen, Moral. Er konnte damit spielen, weil er das Auge der Menschen war. Und ihr Mund.

Die Kameras begannen zu laufen, und Emerich stellte seine ›Gäste‹ vor. Er gab eine schnelle, unzutreffende und ziemlich beleidigende Zusammenfassung von ›Die Hochzeit von Himmel und Hölle‹, dann fiel er ohne lange Vorrede über Magner her. Wie von Ballow beraten, mied er den schwankenden Boden, wie Magner dazu gekommen war, das Buch zu schreiben, und ob das Bild vom Leben in der Unterwelt auf Fakten oder Phantasie beruhte. Er kam sofort zum moralischen Kern der Streitfrage.

»Nehmen wir an, daß wirklich Menschen auf der alten Welt leben«, sagte Emerich, »weshalb sollten wir sie in die neue Welt hineinlassen, die wir gebaut haben?«

Magner wirkte in der Nahaufnahme weder aggressiv noch fanatisch. Seine Unsicherheit war unter Kontrolle. Er sagte schlicht: »Wir müssen einsehen, daß es nur eine Welt gibt, und daß sie nicht uns allein gehört. Wir haben kein Recht, anderen Menschen Sonne und saubere Luft vorzuenthalten und sie zu zwingen, in den Exkrementen unserer Zivilisation zu leben.«

»Trifft es nicht zu«, sagte Emerich, auf der Linie weitereilend, die ihm nahegelegt worden war, »daß jedermann in der alten Welt die Wahl hatte, die Welt umzugestalten oder mit ihr zu sterben? Niemand ist gezwungen worden, seinen Kindern einen Anteil an der Zukunft des Euchronischen Menschen vorzuenthalten.«

»Das ist das, was die Bewegung behauptet«, sagte Magner, bewußt, aber indirekt die Wahrheit der Feststellung anzweifelnd, »aber das war vor elftausend Jahren. Es liegt keine Gerechtigkeit in der Forderung, daß ein Mensch die Verantwortung für die Entscheidungen seiner fernen Vorfahren tragen sollte.«

»Sie glauben also, daß die Nachkommen der Menschen, die sich der neuen Welt versagten, das gleiche Recht haben, die Früchte der neuen Welt zu genießen wie wir, deren Vorfahren elftausend Jahre Arbeit, Strapazen und Entbehrung auf sich nahmen«, sagte Emerich.

»Natürlich«, sagte Magner. »Die elftausend Jahre waren für ihre Vorfahren nicht weniger ein Fegefeuer wie für unsere eigenen. Es war Mühsal und Entbehrung für alle. Es ist nicht gerecht, daß wir den Himmel erben, während sie in der Hölle verbannt sind.«

»Sie kennen doch gewiß die Fabel von der Grille und der Ameise, nicht wahr?« sagte Emerich. »Während die Ameise sich fleißig bemühte, war die Grille faul. Und als der Winter kam, bat die Grille, die Ameise möge ihr etwas abgeben. Die Ameise lehnte ab, und die Grille starb. War das nicht gerecht? Ist nicht die Moral der Fabel das Prinzip, daß jene, die für sich selbst sorgen, begünstigt werden denen gegenüber, die es nicht tun? Ist das nicht die Gerechtigkeit der Natur? Ist es nicht so, wie die Dinge sind?«

»Es ist nicht die Gerechtigkeit der Natur«, sagte Magner. »Nur das Gesetz. Wir können Gesetze machen und ändern. Wir müssen nicht von ungerechten Gesetzen gebunden bleiben. Das bedeutet, menschlich zu sein.«

Emerich hatte keine andere Antwort erwartet. Alles entsprach den Erwartungen. Er wandte sich an Clea Aron.

»Sie sind Mitglied der Hegemonie der Bewegung«, sagte er. »Sie machen und ändern die Gesetze. Was sagen Sie zu diesem Argument?«

Clea räusperte sich und bereitete die erste Breitseite vor. In diesem Stadium war sie ruhig und selbstsicher.

»Wir sind heute wegen der Anstrengungen der Euchronischen Bewegungen am Leben«, sagte sie. »Wenn heute auf der alten Oberfläche noch Menschen leben, verdanken sie ihr Überleben auch der Euchronischen Bewegung. Am Ende des zweiten Mittelalters lag die Erde im Sterben. Die menschliche Rasse ging in der Ruine der Biosphäre unter. Sie stand vor der Auslöschung. Die Bewegung war die einzige Kraft, die eine Methode und – wichtiger noch – eine Motivation für die Errichtung einer neuen Welt aus der Asche der alten anbot. Die Bewegung stellte einen Plan – einen grandiosen Plan – auf, eine neue Biosphäre, eine neue Zivilisation und eine neue Gesellschaft zu schaffen. Die neue Welt sollte eine gute Welt sein, die neue Gesellschaft eine geistig gesunde und stabile Gesellschaft, die nie wieder den drohenden Untergang zulassen würde. Das Ziel der Bewegung war nicht allein das Überleben, sondern *verantwortliches* Überleben, in Harmonie mit der neuen Welt, die wir aus der alten bergen sollten.

Heute leben wir in dieser Gesellschaft. Wir haben Vernunft und Stabilität, Bequemlichkeit, Kultur und Frieden. Vor allem anderen haben wir Harmonie mit unserer neuen Welt. Wir werden der Verantwortlichkeit gerecht, die unsere Vorfahren übernommen haben. Die neue Welt wird nicht von einem Zeitalter der Psychose zerstört werden. Wir werden sie vor dieser Möglichkeit bewahren.

Der Euchronische Plan hat die Probe bestanden – er ist erfüllt worden. Wir haben kein Utopia, weil wir noch keine Utopie geworden sind. Vielleicht werden wir es nie sein – diese Möglichkeit können wir akzeptieren, weil wir Menschen sind. Die Tatsache, daß wir Utopia vielleicht nie erlangen, bedeutet aber nicht, daß wir auf die Ebene unserer Vorfahren absinken dürfen. Wir müssen den Platz im Plan der Dinge einnehmen, den zu gewinnen wir uns lange und angestrengt bemüht haben. Wir tragen eine Verantwortung uns selbst gegenüber und unseren Vorfahren gegenüber – aber vor allem haben wir eine Verantwortung für unsere ungeborenen Kinder – Kinder, die nächstes Jahr und *in den nächsten elftausend Jahren* geboren werden. Das eine, was wir nicht tun dürfen, ist, die Verantwortung, die wir unseren Kindern schulden, aufzugeben, weil vor elftausend Jahren die Menschen, die sich gegen Euchronia stellten, die *ihrige* aufgegeben haben.

Wir neigen dazu, die zahllosen Generationen von Menschen, die ihr Leben gegeben haben, damit wir eine neue Welt genießen konnten, für selbstverständlich zu halten. Die Tatsache, daß wir heute abend hier sind, ist ein vielsagendes Zeugnis für das Ausmaß, in dem wir es für selbstverständlich halten. Aber wir dürfen nicht vergessen, daß diese Generationen einen *Grund* für ihre Arbeit hatten – daß sie ihr Leben einem Ideal verschrieben. Sie bauten eine Welt, die einmal zu erleben sie nicht hoffen konnten – für ihre fernen Nachkommen. Die ursprünglichen Planer arbeiteten nicht für ihre Kinder elftausend Jahre in der Zukunft, sondern für ihre Kinder hunderttausend Jahre in der Zukunft. Dank der Macht und der Entschlossenheit der Bewegung haben *wir* die Welt, die sie erbauen wollten. Es könnte ebensogut sein, daß wir sie bauen müßten. Und wenn wir sie selbst bauten, glaube ich, daß wir uns damit zufriedengeben würden. Wir würden unsere Verantwortung übernehmen, und das bereitwillig.

Die Menschen, die am Boden blieben, waren selbstsüchtige Menschen. Sie interessierten sich nur für ihr eigenes Leben und dafür, eine Welt, von der sie wußten, daß sie durch ihr Schmarotzertum zugrundeging, völlig auszuplündern. Sie anerkannten keine Verantwortlichkeit ihren Nachkommen gegenüber. Sie glaubten nicht, daß sie Nachkommen haben würden. Wir müssen bedenken, daß ich nicht von einer einzigen Generation spreche, die an einem bestimmten Punkt ihres Lebens aufgerufen war, eine Wahl zu treffen. Ich spreche von hundert Generationen, die ihre Wahl trafen und dabei blieben, und deren Wahl von ihren Kindern und Kindeskindern bestätigt wurde. Die Menschen, die am Boden blieben, sind eine völlig andere Species. Sie sind die Kinder von Gier und Eigensucht und Zerstörung. Wenn sie heute leben, dann genau auf die Weise, wie sie immer gelebt haben – durch Plünderung. Sie haben die alte Welt bis auf die Knochen zerfleischt, und nun kämpfen sie verzweifelt darum, von unseren Abfällen einen möglichst großen Anteil zu verzehren.

Das sind die Kinder, die von ihren Millionen Vorfahren verraten wurden. Wir sind die Kinder, die nicht verraten wurden, und die ihre eigenen Kinder nicht verraten dürfen. Unsere Vorfahren übernahmen die Verantwortung, eine Welt zu erbauen, und wir müssen die Verantwortung zusammen mit der Welt übernehmen. Es wäre das grauenhafteste aller Verbrechen, unsere Welt den Kräften der Gier und Zerstörung zu öffnen, die die alte zerstört haben.«

Emerich wußte, daß sie zu langatmig gewesen war, aber er hatte es zugelassen, weil sie offenkundig in guter Form war. Sie hatte am Ende angefangen, sich zu wiederholen, den Kern ihres Arguments aber rasch zusammengefaßt. Wenn sie ihre Zeit überschritten hatte, dann nur jene, die er Magner schon abgewonnen hatte. Die Bühne war aufgebaut, die Stellungen waren bezogen. Die Streitfragen waren angesprochen ... Sünden der Väter ... euchronische Verantwortlichkeiten und Grundsätze ... Gerechtigkeit und Menschlichkeit ...

Emerich brauchte das Rad nur noch in Schwung zu halten.

»Clea«, sagte er, als die Kamera zwischen den Kämpfen schwankte, »hat den Ausdruck ›Verrat‹ gebraucht. Finden Sie nicht, Carl, daß Ihr Plan, den Weg zwischen den Welten zu öffnen, ein solcher Verrat ist? Ist es kein Verrat, nicht nur von allem, wofür Ihre Vorfahren sich eingesetzt haben, sondern auch Ihrer eigenen Welt, Ihres eigenen Lebens, Ihrer eigenen Kinder?«

Magner hatte gute Lust, ›nein‹ zu sagen und es dabei zu belassen. So einfach war das für ihn. Aber er wußte, daß er sich das nicht leisten konnte. Er war an die Wand gedrängt worden, er mußte zurückschlagen.

»Clea hat von Menschen gesprochen, die ihre Kinder und ihre Vorfahren verrieten«, sagte er. »Ich glaube, daß solche Argumente selbst Verrat sind. Sie sind Verräter der Vernunft und der Menschlichkeit. Vielleicht waren die Menschen, die es vorzogen am Euchronischen Plan nicht mitzuwirken, eigensüchtig. Man kann aber nicht einfach einen Menschen als ›eigensüchtig‹ bezeichnen und ihn aus der menschlichen Rasse streichen. An einem Menschen ist mehr als sein Mangel an euchronischem Glauben. Diese Menschen hatten eine Wahl und trafen sie, und wir müssen einsehen, daß es keine leichte Wahl gewesen ist, daß ihre Motive vermutlich komplexer Natur waren, und daß die Tatsache, daß sie es vorzogen, bei der alten Welt zu bleiben, statt sich der neuen anzuschließen, sie nicht zu Schurken macht, geschweige denn zu Untermenschen ›einer völlig anderen Species‹.

Wir müssen erkennen, daß unser Wissen über die frühen Jahre des Planes unvollkommen ist, und daß wir sie noch weniger verstehen können. Wir leben jetzt in völlig anderen Umständen. Wir besitzen keine Mittel, mit denen wir diese Menschen beurteilen könnten, und es ist falsch, daß wir es versuchen. Wir haben eine neue Welt und eine neue Lebensweise. Wir haben eine Verantwortung für die Menschen, die sich abmühten, uns dieses neue Leben zu geben – aber wir dürfen aus dieser Verantwortung keine Götzenanbetung machen. Wir haben eine Verantwortung, die Gaben zu *nutzen*, die sie uns gegeben haben, unser Denken an unser neues Leben anzupassen. Wir lassen unsere Vorfahren im Stich, wenn wir unsere neue Welt akzeptieren, uns aber mit fanatischer Starrheit an Vorurteile und Denkweisen, die in alten Zusammenhängen entwickelt wurden, festklammern. Wir sind jetzt neue Menschen – die Menschheit hat einen zweiten Anfang gemacht. Dann wollen wir auch eine neue und angemessene Menschlichkeit finden – wir wollen nach der Gerechtigkeit ebenso streben, die unseren Vorfahren mangelte, wie nach der Vernunft und der Hoffnung auf die Zukunft, die sie erfüllten.

Ich sage, wir haben keinerlei Recht, die Menschen der Unterwelt für die Entscheidungen ihrer Vorväter zu verdammen. Aber selbst wenn wir es hätten, wäre es nicht gerecht und vernünftig, auf die Ausübung dieses Rechtes zu verzichten? In der neuen Welt von heute hassen wir die Menschen der Unterwelt nicht. Weshalb ignorieren wir sie? Warum haben wir ihre Welt und ihr Vorhandensein vergessen? Ist das nicht eine Haltung der *Schuld*? Sie wollen, daß ich von Verrat spreche . . . nun gut, ich biete Ihnen diesen Verrat: den Verrat der Menschen am Boden durch die Menschen im Himmel. Den Verrat unserer Blutsverwandten, unserer eigenen Menschlichkeit. Schulden wir unsere Loyalität einem grausamen Prinzip, oder schulden wir sie den *Menschen*?«

»Die Loyalität schulden wir einander«, sagte Clea, ohne auf Emerichs Stichwort zu warten. »Nicht irgendeinem Prinzip oder einer Idee, was letzten Endes nur auf ein Etikett hinausläuft. Sie sagen, wir schulden unsere Loyalität den Menschen, aber was ist das für ein Begriff? Wir können den Menschen nicht definieren, indem wir ihn einen Menschen nennen. Wir müssen eine Vorstellung vom Menschlichen haben, die nicht einfach auf die Frage des Äußeren oder auf die Fähigkeit abzielt, sich untereinander zu vermischen. Sie selbst haben von Dingen gesprochen, die ›wahrhaft menschlich‹ sind. Wir haben alle eine Vorstellung von den Eigenschaften, die das ausmachen, was wir ›das Menschliche‹ nennen. Wir können unsere Loyalität nicht so einfach bestimmen, wie Sie zu glauben scheinen. Sie sagen, wir verdammen die Bewohner der Unterwelt – ich sage, sie sind verurteilt verdammt, aber nicht durch *unser* Zutun. Wir können ihnen nichts schuldig sein, was wir nicht in größerem Maß uns selbst und unseren Vorfahren und Nachkommen schuldig wären, soweit die Vorstellung reicht. Wir müssen eine Unterscheidung treffen, wen wir meinen, wenn wir von ›Menschen‹ sprechen. Und wir müssen auch entscheiden, was wir in unseren Begriff von Menschlichkeit aufnehmen.

Ich schulde meine Loyalität den Männern und Frauen Euchronias – den Männern und Frauen, die es ermöglicht haben, und den Männern und Frauen, die seine Früchte genießen werden. Ich schulde meine Loyalität der ganzen menschlichen Welt, geformt von eben diesen Männern und Frauen und gestaltet für sie. Ich werde mein Äußerstes tun, diese Welt vor jenen zu schützen, die sie angreifen oder sich gegen sie stellen – ob von außen oder von innen. Die Tatsache, daß diese Angreifer ›Menschen‹ sein mögen, enthebt sie nicht jedes Urteils über ihr Handeln. Manchmal muß man, in Fragen der Loyalität, *zwischen* Menschen wählen. Ich habe meine Wahl getroffen, überlegt und gerecht. Die neue Welt muß von und im Namen der Bürger Euchronias geschützt werden. Die Menschen in der Unterwelt, sei sie Hölle oder Himmel, müssen dort bleiben. Es ist ihre Welt, dort leben, wie sie es für richtig halten.«

»Und das Sonnenlicht?« sagte Magner. »Gehört das Sonnenlicht uns und uns allein? Sind wir Eigentümer des Himmelsantlitzes selbst?«

»Ja«, sagte Clea. »Wir haben eine Welt gebaut, auf die das Antlitz des Himmels herunterlächeln kann. Es gehört uns. Die Menschen der Unterwelt haben das Antlitz ihres eigenen Himmels gewählt. Sie haben die Dunkelheit gewählt. Sie gehört ihnen.«

Magner atmete tief ein. Die Kamera war auf ihn gerichtet. Emerich griff nicht ein.

»Alles, was ich sage, ist, daß sie diese Wahl haben sollten«, sagte Magner. »Sie sollten in die Lage versetzt werden, die Dunkelheit zu wählen, wenn sie das wollen. Aber sie sollten auch das Licht wählen können. Wie Sie sagten, war es nicht eine Generation, der die Planer eine Wahl anboten, sondern viele. Ich sage, wir müssen den Menschen am Boden diese Wahl wieder anbieten. Jetzt und allen künftigen Generationen.«

»Aber ist die Wahl, die Sie anbieten wollen, nicht eine völlig andere?« Diesmal war es Emerich, der den Faden aufnahm. »Die von den Planern angebotene Wahl war die Wahl zwischen dem Bau einer Welt und dem Schmarotzen an einer Welt. Niemand bot ihnen den Himmel an, sondern nur die Gelegenheit, auf einen Himmel für ihre Kinder hinzuarbeiten. Sie wollen Ihnen die Belohnung ohne die Mühe anbieten. Das ist doch ganz und gar nicht dieselbe Wahl, oder?«

»Es ist die Wahl, vor der *wir* stehen«, sagte Magner. »Es gibt

Menschen im Himmel und Menschen in der Hölle. *Wir* haben die Wahl, die Menschen der Unterwelt von ihrem Leben der Qual zu erlösen oder sie dazu zu verdammen, es in alle Ewigkeit zu erleiden. Sie haben keine Wahl, wenn wir uns nicht entschließen, sie ihnen zu geben. Es ist richtig, daß ihre Wahl nicht jene ist, die ihren Vorfahren angeboten wurde, aber bei uns ist es nicht anders.«

»Dann können Sie aber wohl kaum behaupten, wir sollten den Menschen am Boden die Wahl anbieten, weil die Planer es getan haben«, betonte Emerich.

Magner zuckte die Achseln.

»Das akzeptierte ich vollkommen. Wir sollten nicht auf der Grundlage dessen argumentieren, was die Planer getan oder nicht getan haben. Aber Clea hat versucht, ihr ganzes Argument auf die Planer zu beziehen. Mein Argument beruht auf der Tatsache, daß es in der Unterwelt Menschen wie uns gibt, und daß wir mit ihnen teilen sollten, was wir besitzen.«

»Es mag Menschen geben«, sagte Clea, »aber es sind gewiß keine Menschen wie wir. Ich habe schon gesagt, daß Sie die Bewohner der alten Welt nicht einfach ›Menschen‹ nennen und es dabei belassen können. Was für Menschen sind sie, die in den Ruinen einer ermordeten Welt leben und von den Abfällen einer anderen existieren? Wenn Menschen wie Ratten in einer Kloake leben, sind sie dann nicht eher Ratten als Menschen?«

»Sie haben eine recht angehübschte Vorstellung von der Menschheit«, knurrte Magner. »Wenn die neue Welt morgen auseinanderfiele und uns alle in diese Hölle hinabschleudern würde, die der Euchronische Plan geschaffen hat, glauben Sie, daß keiner von uns überleben könnte? Glauben Sie nicht, daß wir bereitwillig nach Schmutz und Abfall und den abgenagten Gebeinen einer zerstörten Welt greifen würden, wenn das der Preis fürs Überleben wäre? Glauben Sie nicht, daß die Umwelt der Unterwelt Sie oder mich oder Rafael Heres oder sogar Yvon Emerich binnen Tagen in Unratfresser verwandeln würde, die ›wie Ratten in einer Kloake leben‹? Der Mensch ist ein anpassungsfähiges Tier, Clea. Was notwendig ist, wird er tun. Alles, was notwenig ist.«

»Vielleicht«, sagte Clea, deren Stimme den Anflug von Feindseligkeit akzeptierte und vergrößerte, indem sie ihn gegen Magner selbst wandte. »Ohne Zweifel könnten *manche* von uns sich als Bürger der Unterwelt sehr gut bewähren. Sie sehen die Fähigkeit zur Degeneration in uns allen, und vielleicht ist sie bis zu einem gewissen Grad in allen von uns vorhanden. Um so mehr Grund, möchte ich meinen, daß wir diese Monstermenschen nicht in unsere Welt aufnehmen. Wenn die Keime der Degeneration in uns allen liegen, dann ist das dritte Mittelalter nicht so fern, wie wir glauben möchten. Wir müssen uns um so wachsamer dagegen absichern.«

»Sie sagen, der Mensch sei ein anpassungsfähiges Tier«, erklärte Emerich, geschickt einspringend, um den Angriff allein auf Magner zu konzentrieren, »und wir müssen bedenken, daß die Unterwelt seit sehr langer Zeit abgeschlossen ist. Die Menschen der Unterwelt haben sich ihr somit mußmaßlich angepaßt. Sie nennen die Unterwelt die Hölle – aber tun sie das auch? Warum ist die Unterwelt eine Hölle, wenn der Mensch so anpassungsfähig ist? Wenn die Menschen der Unterwelt sich der Dunkelheit angepaßt haben, wäre es dann nicht Grausamkeit, das Licht in ihre dunkle Welt scheinen zu lassen? Könnte man nicht sagen, daß, von *ihrem* Standpunkt aus, die Sonne das Höllenfeuer darstellen könnte? Kurz gesagt, Carl, trifft es nicht zu, daß die Menschen der Unterwelt so wenig einen Zugang zu unserer Welt suchen, wie wir einen zu ihrer?«

Emerich feuerte die Fragen schnell hintereinander und mit Nachdruck ab, dann verstummte er plötzlich und ließ Magner in erstarrtem Schweigen hängen. Magner, der Richtung von Cleas Argument folgend, strandete plötzlich durch die Konfrontation mit Emerichs Einwänden. Die Kamera fuhr auf ihn zu und nahm ihn gefangen, schloß sein Gesicht im Schacht der plötzlichen Stille ein, erfaßte sein Zögern.

»Ich habe gesagt, der Mensch sei anpassungsfähig«, sagte Magner, seine Gedanken während des Sprechens sammelnd, mit langsamen, schleppenden Worten, um Zeit gegen die beharrlichen Kameras zu gewinnen. »Ohne Zweifel sind die Menschen der Unterwelt an ihre Lebensweise angepaßt. Aber angepaßt für das Überleben. Sie überleben, und natürlich haben sie sich den Forderungen des Überlebens unter solchen Umständen angepaßt . . . Aber dadurch wird die Unterwelt nicht weniger zu einer Hölle. In der Unterwelt gibt es *nichts* als Überleben. Sie leben, aber sonst nichts. Wir haben so viel mehr, so viel mehr anzubieten, wenn wir es nur wollen. Wir können ihnen die Gelegenheit zum Glück, zum Schöpferischen, zur Selbsterfüllung bieten – alles, was uns durch die Bemühungen anderer gegeben worden ist.«

»Wir können diese Dinge anbieten«, sagte Clea ruhig. »Aber sie könnten sie nicht nehmen. Sie konnten sie nicht einmal *wollen*.«

Magner hätte am liebsten geschrien. Er hätte schreien wollen: ›Ihr könnt ja gar nicht wissen, was sie wollen.‹ Aber das war das einzige, was er sich nicht auszusprechen getraute. Es war das eine, was um jeden Preis vermieden werden mußte. Weil es zutraf. Clea konnte es nicht wissen, Emerich konnte es nicht wissen. Und alles, was Sie zu sagen brauchten, war: ›Sie auch nicht.‹ Diesem Punkt waren sie bewußt ausgewichen. Sie hatten auf ihn gewartet, abgewartet, bis er ihn selbst streifen oder ihnen den Sieg überlassen mußte. Es gab keinen Ausweg.

Emerich sprang mühelos ein, als dieser Punkt zu ihren Gunsten entschieden war.

»Trifft es nicht zu«, sagte er, »daß wir diese Dinge nicht anbieten *können?* Wir leben so, wie wir es tun, weil wir eine stabile Gesellschaft sind. Unsere Bedürfnisse werden erfüllt, weil sie sorgfältig ausgewogen sind, dem Angebot zu *entsprechen*. Wie sollten wir uns vorstellen können, Millionen Menschen in die euchronische Gesellschaft aufzunehmen? Es gibt keinen Weg. Die Bevölkerung der Welt beläuft sich nur auf Hunderte von Millionen. Unter einer halben Milliarde. Wie viele Menschen sind in der Welt darunter? Zehn Millionen? Fünfzig? Wir könnten nicht einmal fünf Millionen absorbieren, nicht wahr? Würde die Öffnung der Unterwelt nicht die vom Euchronischen Plan geschaffene Gesellschaft *zerstören?*«

Magner ging in der plötzlichen Flut unter, die nicht so sehr Frage wie Anklage war. Es gab keine Antwort, die er hätte finden können. Ein simples ›Nein‹ hätte nicht ausgereicht. Es hätte nicht einmal der Wahrheit entsprochen.

»Wir haben kein Recht, den Menschen der Unterwelt den Anblick des Himmelsantlitzes zu verwehren«, sagte Magner.

»Wir müssen es tun«, sagte Clea Aron.

»Sie sagen, Sie seien die Nachkommen eigensüchtiger und gieriger Menschen«, sagte Magner, bemüht, von der Debatte noch etwas zu retten, obwohl der Augenblick schon vorbei war. »Aber wir sind eigensüchtige und gierige Menschen. Wir sind Menschen, die nicht sehen wollen, die absichtlich blind bleiben gegenüber einer Welt, die unter unseren Füßen noch immer existiert. Wir sind die Schuldigen, nicht sie.«

»Müssen wir die Welt hergeben, weil *Sie* sich schuldig fühlen?« fragte Emerich.

»Sie überleben dort unten ohne eine Welt«, sagte Magner. »Die unsrige würden sie nicht zerstören.«

»Wir sollten es auch nicht tun«, sagte Emerich.

Darauf konnte Magner nichts erwidern. Er hatte praktisch nichts mehr zu sagen. Er konnte wieder von vorne anfangen und versuchen, einen besseren Verlauf für die Debatte zu planen, aber dazu blieb keine Zeit. Sie hatten ihn in die Ecke gedrängt. Sie hatten ihn besiegt.

Er hatte natürlich – schon von Anfang an – gewußt, daß die Oberwelt nie geöffnet werden, daß man nie zulassen würde, daß die Menschen der Unterwelt einen Platz im Himmel akzeptierten. Er hatte versucht, sie daran zu erinnern, daß die zerstörte Welt noch immer unter ihren Füßen lag, daß sie nie in der Lage sein würden, sie hinter sich zu lassen, daß sie immer da sein würde, und daß die in der Qual lebenden Menschen auf die eine oder andere Weise immer wieder zurückkehren und sie heimsuchen würden.

Aber er war nicht sicher, ob ihm auch nur das gelungen war.

57

Während der frühen Jahre des Euchronischen Reiches waren in der Unterwelt sechs Arten zu finden, von denen man sagen konnte, daß sie bis zu einem gewissen Grad mit Gefühl und Intelligenz begabt waren. Drei von diesen Rassen stammten vom vor-euchronischen *Homo sapiens* ab, drei nicht. Wie viele von diesen Rassen man ›menschlich‹ nennen könnte, ist allerdings eine Frage der Definition. Von der Definition hängt auch ab, *welche* Rassen man ›menschlich‹ nennen könnte.

Die sogenannten Echten Menschen (sonst unter dem Namen ›Menschen ohne Seelen‹ bekannt) blieben dem Elternstamm, genetisch wie kulturell gesprochen, am ähnlichsten. Physisch waren die Echten Menschen der Unterwelt den Menschen der Oberwelt nicht unähnlich. Es mag sein, daß Kreuzung immer noch möglich gewesen wäre, und so könnte man behaupten, daß sie dieselbe Species geblieben waren.

Die Echten Menschen hatten natürlich jeden Anspruch auf die Art von Zivilisation aufgegeben, wie sie für das Zeitalter der Psychose charakteristisch gewesen war. Sie hatten nicht damit begonnen, irgendeine Art von Zivilisation auf einer anderen Grundlage aufzubauen. Sie lebten in von Mauern umgebenen Städten, und obwohl der Verkehr zwischen Städten ziemlich stark entwickelt war, gab es über die der Städte hinaus praktisch keine politische Organisation. Die Echten Menschen waren in erster Linie Jäger und Sammler, mit wenig Landwirtschaft oder Bergbau, aber sie bewahrten das nackte

Gerüst eines Wirtschaftssystems, das für eine ganz andere Lebensweise geschaffen war. Die Echte Menschen neigten dazu, die Gebiete zu beherrschen, wo es wesentliche Überbleibsel des prähistorischen zweiten Mittelalters gab, und die Ausbeutungsaktivitäten, die sie organisierten, vermochten in diesen Bereichen sogar noch zu diesem späten Zeitpunkt eine gewisse Menge an nutzbaren Stoffen hervorzubringen. Diese ›Produktions‹-Methode hielt die primitive Handelstätigkeit am Leben, aber die Vorratsquellen schrumpften immer mehr.

Die Echten Menschen behielten die Kenntnis von Lesen und Schreiben mit Hilfe von Material aus der Oberwelt bei, aber die Kunst fiel unter die alleinige Kontrolle einer Spezialistensekte, die damit in der Art von Priestern oder Medizinmännern so etwas wie eine Machtelite wurde.

Wegen ihrer relativ langsamen Vermehrungszeit befand die Species sich unter dem vorherrschenden Umweltdruck in einem langsamen Niedergang. Als Species waren sie nicht in Gefahr, auszusterben, aber ihre Lebensweise wurde zu einem stetigen Wandel gezwungen, und letzten Endes würden sie nach einer Alternative zu suchen haben.

Eine zweite Art – oder zumindest Unterart – die vom prähistorischen *Homo sapiens* abstammte, waren die Ahrima. Im Gegensatz zu den Echten Menschen hatten die Ahrima sich bewußt dafür entschieden, ihre Gesellschaftsorganisation und ihre Lebensweise umzugestalten. Die Ahrima mochten bis zu einem gewissen Grad als eine ›künstliche‹ Species gelten, weil ihre genetische Isolierung von den Echten Menschen eine Sache starrer gesellschaftlicher Verfügung war. Es gibt kaum Zweifel, daß eine Kreuzung, wäre sie möglich gewesen, trotzdem fortpflanzungsfähige Abkömmlinge hervorgebracht hätte. Die bewußte Isolierung des Ahrima-Genpools sorgte jedoch unausweichlich dafür, daß sie sich mit größerer Beschleunigung vom genetischen Erbe des Elternstammes entfernten.

Die Ahrima entschieden sich dafür, die Raubwesen *par excellence* der Unterwelt zu werden. Die Begründer der Species nahmen eine Weltanschauung an, die erklärte, daß man in einer letzlich so harten Umwelt nur dann überleben konnte, wenn man einer genau definierten Gruppe totale Loyalität entgegenbrachte und keine Spur irgendeiner anderen. Die Echten Menschen und alle anderen Arten der Unterwelt wurden somit Beutegattungen zur Ausbeutung. Die Ahrima waren Kämpfer, Männer wie Frauen, und sie legten höchsten Wert auf körperliche Tüchtigkeit, Ausdauer und die reine Kraft zum Überleben. Sie pflogen keine bestimmten Durchgangsriten – solche Riten hielt man für falsch und unwirksam – bauten aber in ihren ganzen Lebensstil eine Strenge ein, die dafür sorgte, daß die Schwachen keinesfalls zu überleben vermochten. Die gesamte Last auf dieser Species wurde gesellschaftlich vermehrt, aber sie war auch gesellschaftlich gelenkt, um ihre Willkürkomponente zu beseitigen. Infolge dieser gesellschaftlich geförderten Beschleunigung steigerten die Ahrima langsam die Fruchtbarkeit und verminderten die Fortpflanzungszeit. Gleichzeitig übten sie jedoch einen derart unerträglichen Druck auf die anderen Hauptarten der Unterwelt aus, daß nur zwei letzte Bestimmungen möglich waren: entweder würden die verbleibenden Arten ihre Kräfte zusammenschließen, um die Ahrima ganz auszulöschen, oder die Ahrima würden ihre Haupt-Beutebevölkerungen ausrotten und ihre eigene gesellschaftliche Organisation umstellen müssen.

Die Ahrima kämpften ohne Panzerung, zählt man die Masken, die sie trugen, nicht mit. Ohne Zweifel trugen diese Masken dazu bei, den Kopf vor Verletzungen zu schützen, aber ihr Hauptzweck war die Identifizierung. Die Maske war das Symbol der ahrimanischen Lebensweise, und kein Ahriman hätte einen Maskierten zu seinen Feinden gezählt oder einen Unmaskierten zu seinen Freunden. Die Übernahme eines so offenkundigen und allmächtigen Symbols als Hauptbrennpunkt für gesellschaftliche Indoktrinierung führte schließlich zu einer seltsamen Form von Pseudo-Mimikry bei bestimmten Echten Menschen. Gelegentlich, wenn eine Stadt der Echten Menschen von Ahrima bedroht war, setzten sie eigene Masken auf und schlossen sich den Räubern an. In einem solchen Fall verhielt der Ahrima-Stamm sich genau so, wie er es gegenüber einer zweiten Gruppe Ahrima getan hätte, der man begegnete: die Gruppen gingen gemeinsam vor und verschmolzen schließlich zu einer. *Schließlich* konnte jedoch eine sehr lange Zeit sein, und es war einfach so, daß die Echten Menschen nicht ausgerüstet waren, sich mit der Ahrima-Lebensweise abzufinden. Eine ganze Stadt voll Echter Menschen mochte sich einer Bande von Ahrima anschließen, und nicht einer überlebte die erste Periode begrenzten Zusammengehens. Unzweifelhaft gab es einen gewissen Gen-Zufluß von den Echten Menschen zu den Ahrima, aber der Auswahlprozeß bei der Rekrutierung war von solcher Art, daß der Zufluß keineswegs willkürlich erfolgen konnte. Wenn ein Echter Mensch die Maske aufsetzte, um sich vor dem Tod durch die Ahrima zu retten, erkaufte er einen Hinrichtungsaufschub, der unter schwierigen Umständen abgedient werden mußte. Die Aussicht für ihn, später von den Ahrima loszukommen, war praktisch gleich Null. Die Ahrima besaßen eine paramilitärische Organisation, und Deserteure wurden unweigerlich getötet.

Die dritte Species, als deren Vorfahren prähistorische Menschen in Frage kamen, waren die Cuchumantes, deren Abweichung von der direkten Linie weit bemerkenswerter war als die der Ahrima. Die Cuchumantes waren fast mit Sicherheit das Produkt genetischer Eingriffe, vermutlich absichtlicher und intraspezifischer. Die Cuchumantes waren parthenogenetische Frauen, in ihrer Lebensweise fast völlig wild, die weder Werkzeug noch künstliche Behausungen benützten. Sie waren in kleinen Gruppen oder ›Familien‹ unterwegs (Kinder wurden kollektiv aufgezogen) und wanderten unaufhörlich auf festgelegten Wegen, damit ihre Nahrung sich fortwährend erneuern konnte.

Die Cuchumantes waren keine kriegerische Rasse, kämpften aber mit großer Entschlossenheit und Tapferkeit, wenn jemand versuchte, sie von ihren Weidegründen zu vertreiben. Als Species befanden sie sich im Niedergang, aber es sprach vieles dafür, daß sie sich lange Zeit als seltene und fluchtbereite Rasse würden halten können. Da die Bedingungen sich ständig veränderten, war nicht ausgeschlossen, daß ihr endgültiges Schicksal mehr versprechen mochte, aber im besten Fall hingen ihre langfristigen Überlebensaussichten von Faktoren ab, über die sie keine Kontrolle besaßen.

Die vorherrschende Species in der Unterwelt zu der Zeit, als das Euchronische Reich verkündet wurde, war die Rasse, die sich ›die Kinder der Stimme‹ nannte. Abstammend von prähistorischen Ratten, mag die Art irgendwann in ihrer Geschichte durch genetische Eingriffe ›unterstützt‹ worden sein. Angesichts der Tatsache, daß die Species, aus der sie sich entwickelten, die höchstentwickelte halb-intelligenzbegabte der alten Welt gewesen ist, muß diese Schlußfolgerung jedoch umstritten bleiben.

Die Kinder der Stimme lebten in von Mauern umgebenen Dörfern, ganz ähnlich denen der Echten Menschen (vermutlich Nachahmung). Während die Dorfkultur der Echten Menschen jedoch zu zerfallen schien, war die der Kinder der Stimme fortschrittlich und bot Zusammenhalt. Es gab zwischen den Dörfern viel engeren Kontakt, außer, wenn sie ganz abgelegen waren, und ein Anflug von nationaler Organisation befand sich im Anfangsstadium. Die Kinder der Stimme waren eine streitsüchtige Rasse, aber man arbeitete stetig, wenn auch unvollkommen, zusammen. Die gesellschaftliche

Organisation konnte sich trotz natürlicher Hindernisse vermutlich deshalb so schnell entwickeln, weil ihre Gemüter dazu neigten, sich nur kurz mit gefühlsmäßigen Dingen zu befassen. Individuelle Liebe und Haß waren schnell vergessen, und hinter diesen individuellen Gefühlsreaktionen vermochte sich eine geordnetere Vorstellung von der Welt und ihrem Wirken zu entwickeln. Diese Art geistiger Organisation mag mit der kurzen Fortpflanzungszeit der Kinder der Stimme zusammenhängen, aber ihre wichtigste einzelne Unterscheidung von allen anderen irdischen Arten war zweifelhaft die symbiotische Beziehung, die jeder Einzelne mit einem Wesen unterhielt, das er seine ›Graue Seele‹ nannte.

Die Kinder der Stimme unterziehen sich regelmäßig bestimmten Formen transzendentaler Erlebnisse (unterstützt von Drogen, durch reine Willenkraft oder durch den Druck außergewöhnlicher Umstände), die sie in Verbindung mit diesen Wesen bringen. Ob die Grauen Seelen in ›einem anderen Raum‹ existierten, der mit dem ihrigen nur in Berührung kam, oder ob die Symbioten ganz im Gehirn der Kinder der Stimme selbst (aber als völlig unabhängige Wesenheiten) zu finden waren, ist nicht bekannt.

Die Kinder der Stimme waren gut in der Lage, die ihnen von der Umwelt auferlegte Last zu ertragen, aber vielleicht weniger geeignet, mit dem außergewöhnlichen Druck fertigzuwerden, der sich aus der Berührung mit anderen Arten ergab. Die Tatsache, daß ihre Kultur sich vorwiegend durch ›kulturelle Ansteckung‹ ergab – die Nachahmung der Echten Menschen und das Erbe von Schreiben und Lesen und der Werkzeuge anwendenden Methoden von den Arten menschlicher Abstammung im allgemeinen – verlangsamte unzweifelhaft ihre Entwicklung als eine einzigartige Species, die ihren eigenen Bedürfnissen und Möglichkeiten zum Durchbruch verhalf.

Aber die Zeit stand auf ihrer Seite.

Die sogenannten Höllengenossen stammten von prähistorischen Katzen ab. Sie waren eine Nomadenspecies mit einem hohen Grad an Empfindungsvermögen, aber ziemlich begrenzter Intelligenz. Sie lebten in kleinen Gruppen und führten ein Nomadenleben nicht allzu unähnlich dem der Cuchumantes, nur waren sie viel geselliger. Die Höllengenossen waren im Grunde friedlich und unterhielten friedliche Beziehungen zu allen Arten, mit Ausnahme der Ahrima. Die Höllengenossen konnten sprechen, besaßen aber keine wahre eigene Rassenidentität, da alle ihre Kulturansprüche durch die Nachahmung anderer Arten zustande gekommen waren.

Ihre langfristige Zukunft als Species war unbestimmt. Bis zu einem hohen Grad waren sie kulturell parasitär, aber ihr Schmarotzertum war offenkundig wahlfrei. Sie besaßen unausgeschöpfte Überlebenskräfte. Wenn die Ahrima in der Unterwelt dominierend werden sollten, mochten die Höllengenossen durchaus aussterben oder auf ein niedrigeres Niveau absinken, aber unter allen anderen Umständen konnten sie vermutlich erfolgreich sein, sich in jede gesellschaftliche Organisation oder primitive Zivilisation integrieren, ohne notwendigerweise von ihr aufgesaugt zu werden.

Die letzte der sechs Arten, die man zu dieser Zeit als intelligent hätte einstufen können, war die von Hunden abstammende Species – die Furchenhunde.

Zu einer bestimmten Zeit waren die Furchenhunde eine erfolgreiche Raubwesenart. Wie die Höllengenossen waren sie beim Zerfall der Zivilisation, die im zweiten Mittelalter stattfand, schnell zu vollem Empfindungsvermögen aufgestiegen. Die Furchenhunde stellten jedoch fest, daß ihre Hauptbeute – die Ratten – sich schneller und besser entwickelten als sie selbst. Bis das Euchronische Reich begann, näherten sich die Furchenhunde dem Tiefpunkt eines langen, gleichförmigen Niedergangs. Furchenhunde, die in Rudeln jagten, zeigten noch immer ein hohes Maß an Organisation und verständigten sich sehr wirksam miteinander, trotz der Tatsache, daß sie die menschliche Sprache nie übernahmen. Der einzelne Furchenhund wurde jedoch immer häufiger. Als empfindende Species hatte der Furchenhund keine Zukunft, aber die Regression mochte durchaus zulassen, daß sie als halb-empfindende Tierspecies eine neue Entwicklungslinie entdeckten. Es ist nicht ausgeschlossen, daß ihr Überleben von ihrer erneuten Domestizierung hätte abhängen können, vielleicht durch die Kinder der Stimme.

58

Danach herrschte merkliche Entspannung. Die Stille hörte nicht wirklich auf, weil die Menschen am Boden nicht in ihre Häuser zurückkehrten, aber die Kommunion der Seelen hatte ein Ende, und die Leute von Stalhelm gingen mühelos von der Trance in den Schlaf über. Die Priester knieten und legten sich schließlich nieder. Die Menge sank und brach in einem unordentlichen Haufen zusammen. Es war vorbei.

Als die Sonne sich von der Erde erhob, glitt Camlak in das Reich der Träume. Der Übergang zwischen der Vision, die echt, und jener, die es nicht war, war nicht eigentlich unterbrochen, aber er kannte den Unterschied und würde ihn, wenn er wach war, wiedererkennen.

Oben auf den Bergen wußten auch die Vorposten, daß es vorbei war. Auch sie erschlafften. Sie setzten ihre Wache fort, und nun war es leichter für sie.

Joth und Huldi in Camlaks Haus wußten, daß es vorbei war. Sie hatten während des Rituals nichts gesprochen, weil sie beide von dem, worum es ging, etwas gespürt hatten, aber nun fühlten sie sich befreit.

»Dein Volk«, sagte Joth. »Tun sie . . .?«

»Nein«, sagte sie schnell. Beinahe zu schnell. Er war nicht sicher, daß sie wußte, was er meinte.

»Camlak hat dort draußen seinen eigenen Vater getötet«, sagte Joth. »Sein Vater ist tot.«

»Er mußte es tun«, sagte Huldi.

Joth schüttelte den Kopf. Er begriff, aber es war schwer für ihn, das hinzunehmen.

»So sind die Dinge«, sagte er. »Aber es ist grausam. Ist dein Volk auch so grausam?«

Sie dachte über die Frage nach. Sie schien sinnlos zu sein, aber sie wußte, daß er nach einer Antwort verlangte. Sie entschied schließlich, daß die Antwort keine große Rolle spielte.

»Nein«, sagte sie. Wahrheit oder Falschheit der Aussage waren unwichtig für sie. Sie trat vom Fenster zurück in das Zimmer, wo sie und Joth den Großteil ihrer Zeit verbrachten. Sie hatte ein Laken in der Ecke, hinter dem primitiven Bett, wo Joth schlief.

Joth war mit den Fragen und Antworten noch nicht fertig. Er hatte die Symbolik des Rituals verstanden, aber es fiel ihm schwer, das zu glauben. Er konnte nicht erkennen, daß das für die Menschen dieser Welt irgendeinen Sinn hatte. Er konnte keinen Grund finden, warum die Kinder der Stimme etwas nachvollzogen, was in einer anderen Welt geschah – etwas, das für sie sinnlos war. Er wußte, daß primitive Stämme in der fernen Vorgeschichte Riten ähnlicher Art praktiziert hatten, aber das geschah bei ihnen als Magie. Sie taten es, um ihre Identität mit der Natur hervorzuheben. Das war nicht der Zweck des Ritus, den er eben verfolgt hatte. Die im Spiel angenommene Identität war falsch – es war die Vorspiegelung einer Affinität mit einer Welt, die mit der von Shaira wenig gemeinsam hatte.

Warum? Er zerbrach sich den Kopf. Was für eine Magie war das?

War es überhaupt Magie?

»Huldi«, sagte er, »was für Götter haben diese Leute?«

»Sie haben keine Götter.«

»Sie haben Priester. Sie haben eine Religion.«

»Keine Götter«, wiederholte sie. Er wußte, daß sie nur wiederholte, was sie glaubte. Sie war unfähig zur Diskussion, zu einer Meinungsänderung. Aber kannte sie die Wahrheit? *Konnte* sie die Wahrheit kennen?

»Hat dein Volk Götter?« fragte er.

»Nein.«

»Habt ihr Priester?«

»Wir brauchen keine Priester. Wir haben Leser.«

Joth sah plötzlich ein, daß es eine Art Sinn ergeben mochte. Sie brauchten keine Priester, die Menschen ohne Seelen. Aber das war nicht der Grund, weshalb sie keine Götter hatten. Es lag daran, daß sie keine Rituale hatten. Die Kinder der Stimme hatten Rituale und Priester. Aber hatten sie auch Götter? *Brauchten* sie Götter, anders als die Menschen ohne Seelen? Vielleicht nicht.

»Wozu Götter?« fragte er sich. Sie waren die handelnden Kräfte hinter den sichtbaren Kräften der Natur. Sie waren die herrschenden Kräfte, die letzten Determinanten der Art und Weise, wie das Leben geführt werden sollte – und mußte.

Die Götter waren die Manifestationen einer anderen Welt, einer Welt, von der die erfahrbare Welt nur ein Teil war, eine Welt, deren Gesetze dem willkürlichen Verhalten der erfahrbaren Welt Sinn verliehen. Die Götter waren die Determinanten des Willkürlichen und Unerklärlichen.

Die Unterwelt brauchte keine Götter. Die Bewohner der Unterwelt brauchten sich eine andere Welt nicht vorzustellen. Sie brauchten keine schöpferischen und determinierenden Kräfte zu erfinden. Denn es *gab* eine andere Welt. Es *gab* solche Kräfte. Es gab eine Welt über ihnen – eine wirkliche, lebende Welt, bevölkert von Menschen und nicht von Göttern. Eine Welt, die, was die Menschen der Unterwelt anging, alle Funktionen der übernatürlichen Welt auf eine ganz natürliche Weise erfüllte. Die Oberwelt war der Himmel, aber er war nicht von Göttern bewohnt. Die Bewohner der Unterwelt beteten nicht an und brachten keine Opfer dar, sie erflehten keine Vergünstigungen vom Zufall. Sie besaßen eine viel stabilere und gefestigtere Beziehung zu ihrer eigenen Welt als die Primitiven der Vorgeschichte.

Die Kinder der Stimme waren religiös. Sie waren nicht abergläubisch. Das Ritual, das Joth eben gesehen hatte, diente dazu, ihre eigenen Zwecke zu erfüllen. Es war eine Hinrichtung und eine Kommunion. Die Symbole, die es verwendete, waren die Symbole der anderen Welt – der *wirklichen* anderen Welt – und seine symbolische Funktion war ganz religiös und nicht magisch.

»Ihr habt keine Feste«, sagte er zu Huldi. »Keine Zeremonien.«

»Wir tanzen«, sagte sie. »Wir lieben den Tanz.«

»Aber ihr tanzt, weil es euch gefällt«, sagte er. »Nicht, weil es den Regen bringt oder die Jagd oder die Ernte fördert. Ihr tanzt nicht, damit ihr eure Feinde töten könnt.«

Sie antwortete nicht. Sie hatte keine Antwort anzubieten.

Joth wußte, daß die Kinder der Stimme Glaubenssätze hatten, Ideen, die man Aberglauben hätte nennen können. Sie besaßen Bräuche, die in verschiedener Weise die Identitäten der Natur betonten. Camlak hatte den Furchenhund mit einem Speer gejagt, dessen Spitze aus dem Knochen eines solchen Wesens bestand. Aber das war nicht mehr als eine Verwandtschaft mit der Welt. Sie besaßen keine beherrschende, alles einschließende Vorstellung des Übernatürlichen, in die solche kleinen Bruchstücke des Verhaltens aufgenommen werden konnten.

Keine Götter. Überhaupt keine Götter.

Joth begriff nun, was, nach dem Maßstab der Unterwelt, das Antlitz des Himmels wirklich war. Er begriff den Fehler, den sein Vater gemacht hatte, den Ausdruck in einem Zusammenhang zu gebrauchen, der ihm Sinn ergab.

Er begriff, daß sein Vater sich in starkem Maß geirrt hatte. Obwohl die Bilder echt waren, obwohl das Gesamtbild nicht ganz unzutreffend war. Carl Magner war völlig in die Irre gegangen.

Joth kniete neben Huldi. Seine Gedanken überschlugen sich.

Huldi, schon halb im Schlaf, zog an seinem Ärmel. Der verrottete Stoff zerriß, und er blickte verwirrt hinunter. Keiner von beiden war sich dessen ganz bewußt, was geschah.

Joth legte sich neben das Mädchen, dann rollte er sich auf sie. Er fühlte, wie der tobende Strom seiner Gedanken zerriß, als er sich mit seiner Kleidung abmühte und in die Falten ihres Gewandes griff. Bis sein Kopf klar wurde, hatte er nicht mehr den Wunsch, zurückzuzucken oder es sich anders zu überlegen.

Er zögerte. Aber er wußte, was er tat, und er machte weiter.

59

Chemec lief den Hang vom Clauster-Grat hinunter, so schnell es sein verkrüppeltes Bein erlaubte. Die anderen Vorposten, die von ihren Plätzen aus die Umgebung hatten überblicken können, rannten ebenfalls. Von Mann zu Mann gingen Signale. Einer blieb lange genug stehen, um mit seinem Horn einen langen, lauten Ton zu blasen.

Sie hatten Wache gehalten gegen die Menschen ohne Seelen.

Aber es waren die Ahrima, die kamen.

60

Huldi schlief fest, aber Joth lag wach und dachte, wie leicht es wäre, zu entfliehen. Am Schädeltor stand keine Wache. Er konnte die Holzriegel selbst zurückziehen und in der Nacht verschwinden. Niemand würde es bemerken, niemand sich darum kümmern.

Er gab sich einer Phantasievorstellung anheim. Er hatte keinen wirklichen Fluchtplan. Das Bedürfnis, zur Oberwelt zurückzufliehen, war unter Kontrolle. Er hatte eine gewisse Zuversicht, daß das Bedürfnis zu seiner Zeit erfüllt werden würde.

In Wahrheit war der Gedanke, sich wieder in die fremdartige Wildnis der Unterwelt hinauszuwagen, fort von den warmen Mauern von Camlaks Haus, ein erschreckender. Er wollte nicht in dieser bösartigen Landschaft verirrt sein.

Der Ton des Horns nahm seine Gedanken gefangen, und der Einfall verblaßte. Er wurde von plötzlicher Angst ergriffen, weil er spürte, daß die Krise plötzlich unmittelbar bevorstand.

61

Der erste Läufer erreichte das Schädeltor, packte den Stock, der an der Mauer hing, und begann damit auf die Trommel zu schlagen. Sein Atem kam in harten, wilden Stößen, und seine Gliedmaßen lohten, aber er schwang den Stock so hart und schnell, wie er konnte.

Das Dorf war binnen Minuten auf den Beinen. Aus dem erstarrten

Schlaf, den die Kommunion hinterlassen hatte, sprangen laufende Männer, schreiende Männer, verbreiteten Panik und Dringlichkeit wie ein Lauffeuer. Das Leben erwachte wieder und fand innerhalb von Sekunden ein hetzendes Tempo.

Camlak warf die blutbefleckte Maske ab und hörte beinahe augenblicklich den Schrei: »Ah . . . rima!« Er trug noch das Gold-und-Silber-Kostüm des Rituals, als der Läufer zu ihm gebracht wurde.

»Wie viele?« fragte er, und: »Wie bald?«

»Eine Horde«, sagte der Läufer, die Worte in den Atem pressend, den er ausstieß. »Sie überqueren den Cudal-Kanal. Zu viele, zu nah.«

»Walgo?« fragte er.

»Hat nicht gebrannt. Ermold muß die Maske genommen haben.«

Camlak fluchte. Das paßte zu Ermold. Ermold hätte zur Maske geboren werden sollen. Es gab keine Aussicht, daß Stalhelm überleben konnte. Mit der Kampfkraft von Walgo und der des Ahrima-Trupps zusammen würden die maskierten Räuber Stalhelm binnen Stunden zerstören, auch wenn die Zusammenarbeit nur kurz dauerte. Die Frauen und Kinder würden nach Lehr geschickt werden müssen, um zu versuchen, in Sicherheit zu gelangen, während die Krieger versuchten, die Stadt zu halten. Die Ältesten, die Leser, die alten Frauen . . . sie alle würden ebenfalls bleiben und Waffen tragen müssen, wenn sie konnten . . . um die Plätze der Toten einzunehmen, wie sie von der Mauer fielen.

Der Tod näherte sich. Tod für alle, wenn Shairn nicht auf die Gefahr aufmerksam gemacht werden konnte. Läufer mußten nach Lehr, nach Opilion, nach Digen geschickt werden. Vielleicht würden die Krieger aus dem Herzland kommen, um jenen seiner Leute zu begegnen, die am weitesten zu fliehen vermochten. Vielleicht auch nicht.

Camlak brauchte die Leute nicht zu versammeln und anzuweisen. Sie wußten, was das Kommen der Ahrima bedeutete. Sie wußten, was zu tun war. Camlak lief zu seinem Haus zurück, und während er das Festgewand gegen Panzerung tauschte, sprach er mit Joth.

»Du mußt gehen, und zwar schnell«, sagte er. »Zur Metallmauer im Norden. Wenn es einen Heimweg für dich gibt, findest du ihn dort. Komm nicht hierher zurück. Wenn du überhaupt in diese Welt zurückkehrst, dann geh nach Westen, nach Shairn. Frag nach mir in den nördlichen Städten oder geh nach Süden, nach Lehr. Wenn du in Lehr nichts von mir hörst, wirst du wissen, daß ich tot bin. Nimm Nita mit – sie kennt die Karte, die im Langhaus hängt, und wird dir den Weg zeigen. Nimm auch die andere mit – Ermold hat die Maske genommen, und sie kann nicht hierbleiben. Die Frauen würden sie töten.«

Es blieb keine Zeit für mehr. Es blieb keine Zeit, über die Zukunft zu sprechen, keine Zeit für gute Wünsche. Es blieb überhaupt keine Zeit. Shairn war Ziel einer Invasion, und Stalhelm wurde von der Speerspitze der Invasion bedroht.

»Leb wohl«, sagte Joth, als er bereit war. Aber Camlak hörte ihn nicht einmal.

62

Simkin Cinner war nach niemandes Maßstab ein bedeutsamer Mensch. Was er tat, war im Ganzen unwichtig für das Leben in der Oberwelt. Aber er war ein *Individuum*, nicht der Repräsentant eines bestimmten Typs, und als Individuum hatte er im Plan der Dinge seine eigene, einzigartige Rolle zu spielen. Er war ein Killer.

Trotz der Tatsache, daß er ein leidenschaftlich patriotischer Euchronier war, den Bewohnern von Euchronias Reich fanatisch ergeben, war Simkin Cinner kein netter Mensch. Er war weder dumm noch unwissend, aber Ideen flogen ihm aus den merkwürdigsten Winkeln zu, um sich in ein loses Geflecht von Meinungen und Motiven zu verwandeln, das keine echte Beziehung zu seinem fanatischen Glauben hatte, obwohl sie seine volle motivierende Kraft genossen. Er litt an Selbsttäuschung, gewiß, aber nicht, weil er ein Idiot war, nur wegen seiner Oberflächlichkeit.

Cinner lebte halb inner-, halb außerhalb der Gesellschaft von Euchronia. Er verbrachte viel Zeit in den sogenannten Freistätten – den Orten, die eigens als außerhalb der organisierten Gesellschaft der Oberwelt befindlich galten. Der Zweck der Freistätten bestand darin, jedem Bürger die äußerste Freiheit zu gewähren, einfach auszusteigen. Es gab sie außerdem dafür, daß die Euchronier irgendwo ihre Verbrecher unterbringen konnten. Die Freistätten wurden bis zu einem gewissen Grad von der euchronischen Gesellschaft mit dem Rohmaterial des Lebens versorgt – eine Geste des guten Willens und der Menschlichkeit.

Cinner hatte die Freistätten natürlich nicht als Zuflucht vor der

Gesellschaft nötig, und er war kein Verbrecher. Er ging hin, um Euchronia noch mehr zu genießen. Er ging auch hin, um Menschen zu töten. (Manchmal war es zweckmäßig, Leute von der Möglichkeit der Berührung mit der Gesellschaft ganz auszuschließen. Theoretisch wurde das Verbrechen nicht bestraft, es sei denn durch Ausschluß aus der Gesellschaft, aber hin und wieder hielt man es für zweckvoll, darüber hinauszugehen. Natürlich galten für die Freistätten keine Gesetze. Freiheit war Freiheit. Freiheit, zu töten, Freiheit, beseitigt zu werden.)

Cinner liebte die Gewalt um ihrer selbst willen, aber er hätte nie im Traum daran gedacht, Gewalt gegen die euchronische Gesellschaft zu gebrauchen. Auf der anderen Seite verabscheute er es, wenn die euchronische Gesellschaft auf irgendeine Weise beleidigt oder bedroht wurde. Das regte ihn sehr auf, und er wurde gewalttätig.

Gewöhnlich bezeichnete jemand Cinner, wen er töten sollte. Man gab ihm keinen direkten Befehl, man brauchte ihn auch nicht zu bestechen. Es genügte, einfach anzudeuten, daß es wünschenswert sei, wenn bestimmte Personen nicht die Gelegenheit hätten, aus der Freistätte ›auszubrechen‹. Die Empfehlungen kamen immer von Leuten, die er bewunderte und denen er vertraute.

Es war aber unvermeidlich, daß Cinner schließlich einmal selbst ein Urteil fällen und seine eigenen Gründe entdecken würde, weshalb eine bestimmte Person aus einer Gesellschaft zu entfernen sei, deren Übermaß an Großzügigkeit sie offensichtlich nicht verdiente. Und es war auch unausweichlich, daß die Grenzen der Freistätten mit der Zeit Cinner immer weniger bedeuten würden. Schließlich ist Asyl nur ein Gemütszustand.

63

Abram Ravelvent fuhr auf der West-Autobahn. Es war Nacht, und auf der Straße waren sehr wenige Wagen unterwegs. Er konnte ungefährdet und bequem einssiebzig schaffen.

»Es ist nicht weit«, sagte er zu seinen Insassen (ohne den Blick von der Straße zu nehmen). »Bei dieser Geschwindigkeit sind wir in Minuten dort. Es gibt ganz eindeutig einen Weg nach unten. Einen von sehr vielen, möchte ich annehmen. Ich habe ihn für Harkanter und seine Leute gefunden, aber ich glaube nicht, daß sie vor dem Wochenende hinuntergehen werden. Sie bereiten sich immer noch vor. Ich bin eigentlich nicht ganz sicher, wozu das Ding dient, aber die Plattform ist nicht an einem Tag erbaut und auch nicht an einem Tag in den Garten Eden verwandelt worden. Für den Transport von Material aus der unteren Welt in großem Maßstab muß ausreichende Vorsorge getroffen worden sein. Ich glaube, es handelt sich nur um eine Tür. Wahrscheinlich gibt es viel eindrucksvollere Ausgänge. Viele von den Maschinen sind natürlich vom Boden aus gebaut worden, und wir nehmen noch sehr viel von der Oberfläche – oder von unterhalb der Oberfläche, das wäre wohl genauer.«

Carl Magner antwortete nicht. Er saß auf dem Rücksitz, lehnte sich an den weichen Kunststoff, starrte zum Fenster in die Nacht hinaus, sah die gleißenden Lichter, die so schnell am Wagen vorbeirasten, daß sie eine ununterbrochene Linie am Himmel bildeten. Er hörte Ravelvent kaum zu. Ravelvent war nicht mehr von Bedeutung.

Er stieg hinab in die Unterwelt.

Warum? fragte er sich. Weiß ich auch nur, warum? Gibt es einen echten Grund? Läßt sich ein echter Zweck damit erfüllen?

Er hatte keine Ahnung, was er tun würde, wenn er unten an der Tür stand, die die Welten trennte. Aufsperren, wenn er konnte. Sie weit aufreißen. Und dann? Und . . . dann?

Magner wußte, daß der Abstieg in die Unterwelt zu einer Art sinnlosem Ritual geworden war. Er wollte die Wahrheit wissen, aber er wußte – in seinem Innersten – daß es nicht die Wahrheit war, auf die es ankam. Nicht für ihn. Ravelvent war an der Wahrheit interessiert, und für Ravelvent war die Wahrheit wichtig. Aber Ravelvent würde nicht in die Unterwelt hinuntersteigen. Er konnte es nicht. Er war ein Feigling und konnte sich mit der Vorstellung einfach nicht befassen. Ravelvent hatte Angst vor der Unterwelt und dem, was in ihr sein mochte. Vielleicht lag es daran, daß die Wahrheit wichtig war . . . für ihn.

Was kann ein Blick in die Unterwelt mir sagen? fragte sich Magner. Ich habe die Unterwelt tausendmal gesehen. Ich kenne sie genau – viel besser, als ein Blick aus einer winzigen Tür in der Wand eines Maschinenkomplexes mir zeigen kann. Ich kenne ihr Leben und ihre Wege. Warum also die Tür? Warum muß ich auf einmal nach der Tür suchen? Nie zuvor, in all den Jahren nicht . . . nicht einmal, als Ryan nicht zurückkam . . .

Ich kann nur verlieren, sagte sich Magner. Ich kann mich nur als Lügner beweisen. Aber kann man selbst dem Bedeutung zuschreiben? Was *bedeutet* es, wenn ich mich geirrt habe? Enthält es noch irgendeine Bedeutung? Haben nicht Yvon Emerich, Clea Aron und die gierigen Zuschauer bewiesen, daß meine Träume, meine Hoffnungen, meine Ängste und meine Entschlossenheit leer sind? Alles leer? Gibt es zwischen der Welt oben und der Welt unten irgend etwas außer einer Mauer der Ignoranz und Blindheit? Kann es je etwas anderes geben? Die Oberwelt existiert, weil sie sich über den Schmutz und den Verfall der Unterwelt erhebt. Die Unterwelt existiert, weil die Oberwelt sich über ihr befindet. Gibt es sonst noch etwas?

Er konnte durch das Wagenfenster ein paar Sterne sehen, ganz schwach, wegen der grellen Lichter an der Straße. Sie waren schwache, silberne Lichtpunkte. Sie vermittelten den Eindruck riesiger Entfernungen. Durch das Wagenfenster ein Blick auf die Unendlichkeit. Unter den rasend schnellen Rädern, unter dem dünnen Lack einer Straße und einer Welt eine Vision der Hölle. Dazwischen Magner. Allein.

Einen Augenblick lang fragte sich Carl Magner, was er in den vergangenen Wochen, Monaten und Jahren getan hatte. Aber als er die Augen schloß, wußte er es. Die bloße Drohung des Schlafes genügte. Er hatte seine Träume für eine Offenbarung gehalten. Er hatte ... das mußte er jetzt zugeben ... sich für privilegiert gehalten, beauftragt mit einer Mission. Er hatte sich als eine Art Messias gesehen. Vielleicht mehr als das ... vielleicht als einen Gott. Waren nicht seine eigenen Söhne Ryan und Joth auf *seinen* Ruf hin in die Unterwelt gegangen? Christusse, alle beide. Er war, wenn er aus seinen Träumen erwachte, das Opfer aller möglichen Eitelkeiten geworden. Aller möglichen Blasphemien. Das wußte er jetzt. Er konnte es ganz deutlich erkennen.

Seine Träume ... selbst wenn sie zutrafen – *vor allem*, wenn sie zutrafen ... waren eine Art Versuchung gewesen, eine Versuchung mit einem Fluch, einem Fluch, der ihn in die Niederlage, die Demütigung getragen hatte, und nun ... wohin?

»Wissen Sie«, sagte Ravelvent, die Stille mit einer entschlossenen Redseligkeit durchbrechend, »es ist sehr merkwürdig. Es muß so viele Wege in die Unterwelt geben. Alles, was ich tun mußte, war, nachzusehen, und da waren sie. So viele. Und trotzdem hat kein Mensch der Unterwelt sich je in die Welt darüber gewagt. Woran kann das liegen? Warum hat es keine Entdeckungsreise gegeben? Warum keine Invasion? Warum keinen Diebstahl? Warum sind sie nie gekommen, um sich die Sonne anzusehen, die wir ihnen weggenommen haben?«

Magner verfügte nicht über Antworten. Es war Julea, die antwortete.

»Es ist nicht merkwürdig«, sagte sie. »Sie hätten die Maschinen nie angerührt. Sie hätten ihnen nicht getraut. Sie hätten sich ihnen nicht genähert.«

»Das ist möglich«, sagte Ravelvent. »Es gibt so viele Möglichkeiten, mit so vielen unterschiedlichen Folgerungen. Wissen Sie . . .«

Er sprach weiter. Er fühlte sich verpflichtet, zu reden, um seine eigene Verwirrung und leichte Ängstlichkeit zu tarnen. Er fühlte, daß ein Druck auf ihm lasten mochte – der Druck des Gewissens – mit Magner die Treppe hinunterzugehen. Er wußte, daß er das nicht tun würde. Das machte ihn ein wenig schuldbewußt. Er wußte, daß Julea nicht hinuntergehen – nicht einmal daran denken würde, hinunterzugehen – und daß er auf keinen Fall alleingelassen werden würde. Aber er konnte sich das lange Warten vorstellen, die verrinnenden Stunden, die Frage der Entscheidung. Magner würde nicht zurückkommen. Soviel stand für ihn fest. Was konnte er also tun? Wie lange sollte er mit Julea warten? Würde Julea annehmen, daß er ihrem Vater folgen und ihn suchen würde?

Julea hörte ihm nicht zu. Sie brauchte nicht zuzuhören. Sie wußte, daß Ravelvent nichts sagte, was sie hören wollte.

Sie hatte noch immer niemand anderem als dem Eupsychier den Namen genannt, den Ryan ihr anvertraut hatte, und den sie Joth mitgeteilt hatte. Sie wußte nicht, ob das richtig war. Es war offensichtlich ein Geheimnis, weil *niemand* davon wußte. Aber wessen Geheimnis war es? Und warum war es eines? Was hatte es zu bedeuten? Es war ein tödliches Geheimnis. Es hatte Ryan und Joth getötet und würde vielleicht Warnet töten. Es entfernte einen nach dem anderen, alle, die sie kannte, aus dem Geflecht ihres Lebens. Ihr Vater stand im Begriff, sich daraus zu entfernen. Wer blieb? Was war der Rest? Was die Antwort?

Alles Minus. Alles tot.

Ravelvent hatte ihren Bestimmungsort einen Plexus genannt. Ein Nervenzentrum. Ein riesiges Gerüst von metallenen Nervenfasern. Ein Reservoir von funktioneller Steuerung für das Kybernetz. Schimmernde Fäden von Neuronaldraht. Cytoarchitektur in gepreßtem Stahl. Synpasen in geätzten Mikroschaltungen. Glas mit Metalladern. Meile um Meile aufgerollter Plastikschläuche. Ein verschlungener Knoten von metallenem Mikroorganismus. Ein winziger Bruchteil der lebenden Leviathan-Leiche, die das Kybernetz darstellte: der Atlas, der die Oberwelt auf seinen Schultern trug.

Ravelvent würde ihren Vater dort hinunterschicken. So, als sei er ein Bakterium, das tief in den Rumpf eines kranken Körpers eindrang. Hinab und hinab und hinab, in die metallene Denkwildnis, in die tiefsten Winkel des Unbewußten der Oberwelt: Euchronias Es.

Sie allein begriff (und auch nur verschwommen, in einem visionären Augenblick) die Odyssee, die ihr Vater zu unternehmen im Begriff stand. Sie allein konnte sehen, *wohin* er ging. Ravelvent und Magner selbst waren beide abgelenkt vom *Warum*.

»Es fällt mir so schwer, zu verstehen, warum das Scheitern, mit einer Welt zurechtzukommen, die unmittelbar unter den Füßen liegt, so *totaler* Art ist. Ich bin ein loyaler und überzeugter Euchronier, das wissen Sie. Ich glaube keinen Augenblick, daß eine Gesellschaft wie die unsrige steril ist. Sie ist frei und voller Leben. Sie ist aktiv und fortschrittlich. Wir haben die Dynamik des Euchronischen Planes nicht verloren, durchaus nicht.

Aber ich möchte beinahe glauben, daß die Art, in der wir leben, etwas *Narkotisches* an sich hat. Ich könnte beinahe glauben, daß irgend etwas unsere Augen von bestimmten Richtungen wegdrängt. Ich glaube natürlich, daß wir alle auf die Zukunft achten müssen, aber ich stelle mir vor, daß es eine Gefahr gibt, das könnte zu einer Besessenheit ausarten, daß wir auf irgendeine Weise für unsere Gegenwart und ihr wahres Ausmaß blind werden könnten. Ich meine, letzten Endes können wir ja von der Unterwelt nicht *fort* . . .«

Er holte Atem, wartete auf ein Echo der Zustimmung, die Andeutung einer Antwort, ein Lebenszeichen.

Es herrschte absolute Stille.

64

Cinner folgte Ravelvents Wagen ganz offen. Er fürchtete nicht, der andere Fahrer könnte bemerken, daß er verfolgt wurde. Niemand wäre auf den Gedanken gekommen. Es bestand keine Notwendigkeit, sich auf einer Straße zu verbergen. Ravelvent würde nicht einmal auffallen, daß ein anderer Wagen hinter ihm fuhr, und daß es immer derselbe Wagen in derselben Entfernung war. In der Oberwelt gab es keinen Argwohn mehr.

Das Blut war warm – von alkoholischer Wärme – als es durch

Cinners Herz gepumpt wurde. Er fühlte sich durch und durch warm. Sein Herz hämmerte nicht. Er war nicht erregt, nicht nervös. Nur von freudiger Erwartung erfüllt. Er war völlig sicher. Er hielt sich in delikatem Gleichgewicht.

65

Ravelvent brachte den Wagen zum Stehen und zögerte. Sein Herz klopfte stark, seine Kehle war halb zugeschnürt. Er öffnete die Tür, plötzlich beengt, und atmete die kühle Nachtluft ein.

Der Plexus war von der Straße zurückgesetzt, zwischen zwei sanften Hängen kuschelnd. Er sah sehr sauber aus.

Julea stieg auf der rechten Seite aus. Magner rutschte ihr nach, statt auf seiner eigenen Seite auszusteigen. Ein anderer Wagen näherte sich.

Ravelvent sah das andere Fahrzeug, als er sich umdrehte, um mit seinen Freunden zu sprechen. Carl Magner und Julea standen nebeneinander. Julea schloß die Wagentür. Er konnte das andere Fahrzeug zwischen ihren Schultern sehen. Es fuhr langsam und wurde noch mehr abgebremst. Ravelvent dachte, es würde halten.

Einen Augenblick lang fragte Ravelvent sich, wie er erklären sollte, was sie zu dritt hier draußen machten. Was werde ich sagen? fragte er sich.

Dann beugte Cinner sich aus dem Fenster des vorbeifahrenden Wagens, streckte den Arm aus und schoß Carl Magner in den Rükken.

66

Der Marsch durch die Wildnis schien kein Ende zu nehmen, aber Nita ließ keine Rast zu.

Es gab keine Straße, keine Andeutung auch nur eines Pfades. Sie hatten die bestellten Felder nach kaum einer Meile hinter sich gelassen und waren sofort in völlig verwildertes Land geraten. Sie mußten sich durch kniehohe Vegetation kämpfen, durch stehendes Sumpfwasser waten und felsige Abhänge hinauf- und hinabklettern und queren.

Die Sterne leuchteten ohne Bewegung auf ihre Mühsal.

Ihr Weg wurde erleichtert dadurch, daß sie nichts tragen mußten. Joth und Huldi besaßen nichts als die zerfetzte Kleidung, die sie am Körper hatten, und Nita hatte nichts mitgebracht als ein kleines Allzweckmesser. Sie wußte sehr wohl, wie man sich vom Land ernährte. Sie hatte sich nicht einmal mit der Karte aus dem Langhaus belastet. Sie war in ihr Gedächtnis eingeprägt.

Nita war schneller als ihre beiden Schützlinge und schien nie müde zu werden. Huldi erwies sich natürlich als viel ausdauernder denn Joth. So war es Joth, der das Marschtempo bestimmte. Nur seinetwegen mußten sie ab und zu eine Pause einlegen.

»Was wird mit dem Dorf geschehen?« fragte Joth, als sie rasteten.

»Die meisten Männer werden umkommen«, sagte Nita. »Sie werden die Ahrima nicht lange aufhalten. Ein paar werden davonlaufen. Die Ahrima werden die Häuser niederbrennen, aber sich nicht aufhalten. Sie werden zornig sein, weil alle Frauen und Kinder fort sind. Die Ahrima machen lieber Sklaven, wenn sie einige Zeit an einem Ort bleiben. Sie werden aus Stalhelm mitnehmen, was sie können, und dann weiterziehen. Die ganze Arbeit wird zunichte sein, aber sie kann nachgeholt werden. Wenn die Ahrima fort sind, werden die Leute langsam zurückkommen. Das Land wird noch da sein.«

»Was werden die Ahrima tun?« fragte Joth.

»Angreifen. Vielleicht Lehr, vielleicht Opilion. Die Shaira können nicht aus allen Städten fliehen. Irgendwo werden sie sich stellen müssen. Die Ahrima könnten durch Shaira ziehen, ohne eine Stadt zu nehmen oder Sklaven zu machen, aber es ist wahrscheinlicher, daß sie gutes Land einnehmen, es von Sklaven ausbeuten lassen und bleiben, bis die Shaira eine Armee aufgestellt haben, die groß genug ist, sie zu vertreiben. Dann flüchten sie vielleicht, oder sie versuchen, die Armee zu umgehen und die Dörfer zu überfallen, deren Krieger fort sind.«

»So oder so, das Land wird verwüstet werden«, sagte Joth. »Zerstört.«

Sie zuckte die Achseln.

»Betroffen. Nicht mehr. Shairn kann nicht zerstört werden. Es wird immer da sein.«

»Werden die Frauen und Kinder Lehr erreichen?« fragte Joth.

Wieder zuckte Nita die Achseln, offensichtlich unbekümmert.

»Wenn der Kampf lang genug dauert und die Straße kurz genug ist. Wenn die Krieger von Lehr hinausziehen, um ihre Flucht zu dekken. Vielleicht. Vielleicht auch nicht. Wenn die Ahrima sie einholen, zerstreuen sie sich im Dossal-Sumpf. Viele werden umkommen, manche nicht. Es überleben immer einige, die zurückkommen. Die Ahrima werden nicht ewig in Shaira sein.«

»Die Männer, die zur Maske gegriffen haben, werden sterben«, sagte Huldi. »Alle. Früher oder später.«

»Selbst Ermold?« fragte Nita.

»Selbst Ermold«, sagte Huldi. Ihre Stimme klang tonlos und überzeugt, aber Joth konnte nicht sagen, ob sie es glaubte oder nur glauben wollte.

»Ermold hätte gegen die Ahrima kämpfen können«, sagte Joth. »Die Menschen von Walgo hätten die Shaira warnen können, daß die Horde auf dem Weg war. Eine Armee hätte nach Stalhelm ziehen können.«

»Dann wären die Ahrima umgekehrt«, sagte Nita. »Sie hätten Walgo genommen und alle Bewohner als Sklaven.«

»Die Frauen und Kinder hätten nach Stalhelm kommen können, wie die eurigen nach Lehr gegangen sind.«

Nita schüttelte den Kopf.

»Das hätten sie nicht getan«, sagte Huldi.

Sie gingen durch die leere, verfallene Welt. Sie aßen Insekten und tranken Wasser, das schauderhaft schmeckte. Joth klagte nicht und tat wie die anderen. Er achtete nicht mehr auf das, was er früher als üblen Geruch und Geschmack bezeichnet hätte, aber trotzdem überfiel ihn in der Wildnis in gewissem Maß die Krankheit, die ihn in Camlaks Haus so lange Zeit befallen hatte. Oft mußte er sich gegen Schmerz und Fieber weitertreiben. Aber es war ein Kampf, den er gewann, schrittweise.

Joth hatte jeden Sinn für die Zeit verloren. Er hatte aufgehört, auf die Zeit zu achten, seit er in der Unterwelt war, und begann die Haltung ihrer Bewohner zu ihr einzunehmen. Die drei schliefen, wann sie glaubten, schlafen zu müssen, und wenn Nita es erlaubte.

Eine Zeitlang stießen sie auf wenige Tiere, die gefährlich erschienen. Sie wurden von keinen großen fleischfressenden Raubtieren bedroht, mieden Schlangenbiß und gefährliche Schmarotzer. Sie hatten ein Maß an Glück, selbst zu Beginn. Aber als die Zeit und die Meilen vorüberzogen, fast unbemerkt, drangen sie tiefer in das Innere der Wildnis ein, und sie gelangten in eine Welt, so gefährlich tödlich und feindselig wie nur irgendein Tartarus-Reich.

Sie kamen durch Wälder aus glänzenden Pilzen, hart wie Holz – Pilzgeflechte, die Bäume vortäuschten, Fruchtkörper wie Sträucher.

Der Boden war immer gerillt und glitschig, weil die aufgeblähten Scheinwurzeln und unterirdischen Zellfäden direkt unter dem Humus lagen. In jeder Spalte gab es Haufen von kleinen Basidienpilzen, in der Regel bunt gefärbt und – wie Nita sagte – giftig. Diese Vielzahl winziger Pflanzen erfüllte die Luft mit einem wechselhaften Miasma von Sporenstaub, und sie mußten alle drei ihre Atemwege mit Stoffmasken schützen. Die Masken waren primitiv und konnten den Staub nicht völlig fernhalten, und alle drei litten an schleimverklebten Bronchien. Alle drei – aber vor allem Joth – litten mehr oder weniger ständig an allergischen Reaktionen in ihren Nebenhöhlen und an anderen Schleimhäuten. Nita zwang sie, große Portionen eines überaus bitteren, membranartigen Algengewächses zu schlucken, das Antihistamin-Eigenschaften besaß, aber es konnte die Symptome nur lindern, sie nicht verhindern.

Der Boden war oft bedeckt mit Kakerlaken und kleinen schwarzen Käfern. Die Dendriten bildeten einen idealen Nährboden für eine ungeheure Zahl von Staren und anderen, unbekannten, Vogelarten, die man in den von Menschen bewohnten Gebieten der Unterwelt kaum je zu sehen bekam.

Zwischen den Wäldern gab es feuchte Gebiete, wo der Boden entweder durchtränkt oder ganz überschwemmt war. Hier herrschte eine andere Art von Vegetation vor, von dunkelgrüner Farbe, in der Hauptsache fibrös, wenngleich überall, wo der verhältnismäßig stabile Schlamm sich zeigte, die Bovisten und Chytriden sich drängten, aufeinander hochkletterten, groteske Ansammlungen von Form und Aussehen bildeten, die Stacheln und Hydroiden von zwei oder drei Dutzend verschiedenen Arten sträubend. Das Wasser war hier ätzend und versengte ihre Haut, abgesehen davon, daß Joths Kleidung noch mehr zerfiel. Es gab keinen Ersatz, und mit der Zeit wurde er immer nackter. Selbst die sporenfreie Luft des Sumpflandes brachte ihnen keine Erleichterung, weil sie ätzende Dämpfe enthielt, die dazu beitrugen, daß sie sich die durch die Sporen entzündeten Gewebe noch mehr gereizt wurden.

Sie wagten im Sumpfland keine Rast, selbst dort nicht, wo der Boden durch die dichten Algenfasern zu plattenartigen Erhebungen verfestigt war. Sie mußten solche Zuflucht mit einer großen Zahl von feindlich gesinnten Wesen teilen, die, wenn auch klein, nicht unbeachtlich waren. Vor allem Krebse gediehen in solchen Gebieten.

Es gab ferner große Pflanzen, deren riesige, gummiartige Blätter auf der feuchten Oberfläche lagen und eine Art Zuflucht boten, aber wenn sie länger als wenige Augenblicke auf einem solchen Blatt blieben, begann es unter ihrem Gewicht hinunterzusinken, und sie tauchten ins Wasser. Von Zeit zu Zeit, wenn sie über solche Plattformen gingen, kippten sie seitwärts in den Morast, der weniger wie Schlick war, vielmehr wie tiefreichender Schleim.

Im Sumpfland gab es auch versteckte fleischfressende Pflanzen wie weiche Seeanemonen, mit Fühlern, die nie aufhörten, sich durch die Luft und den Schlamm zu schlängeln. Die Pflanzen verschlangen unablässig Opfer dieser oder jener Art – sie mußten in Bewegung bleiben, um Beute zu fangen, und sie mußten Beute fangen, um in Bewegung bleiben zu können.

In den Sümpfen wurden sie hin und wieder durch den Anblick großer Tiere erschreckt, aber die Tiere erschraken ebenso, und oft nahmen sie ihre Gegenwart nur wahr, wenn eines dieser Wesen auf der Flucht durchs Wasser stürmte.

Gefährlicher, und bei einer Gelegenheit fast tödlich, waren die eineinviertel Meter langen Plattwürmer, die unsichtbar in der wäßrigen Oberfläche lauerten. Einer davon wand sich um Huldis Fußknöchel und schleuderte sie zu Boden. Sie fiel der Länge nach hin, stützte sich aber mit den Händen ab und ließ nicht zu, daß ihr Kopf in den Schlamm tauchte. Der Wurm warf sich wie eine große, nasse Decke auf ihren Rücken. Huldi versuchte ihn abzuschütteln, aber er war im Schlamm zu fest verankert. Joth packte ihn, konnte ihn aber nicht festhalten. Sein Kopf lag zwischen ihren Schulterblättern, und er schien sie anzuspucken, sein ganzes Inneres auszuspeien. Drüsen in den Eingeweiden pumpten Verdauungssäfte wie brodelnde Fontänen, und die Darmzotten flatterten wie tausend winzige Flaggen.

Es gelang Joth endlich, den Wurm festzuhalten, während Huldi sich wand und kreischte, und gemeinsam schleuderten sie das Wesen zur Seite, so daß die Flut ätzender Flüssigkeit in den Schleim rann. Es gab ein hörbares Zischen, als die Säuren in der Algenbrühe versanken. Huldi war in der Halsgegend verätzt und mußte den Rest ihrer Jacke wegwerfen, aber sie entkam ohne schwere Verletzung.

Joth trat wild auf dem Wurm herum, aber der Boden war so sumpfig, daß er keinen echten Schaden anzurichten vermochte. Der Wurm wand sich, sog seine Gedärme wieder ein und glitt unter die klebrige Oberfläche.

Schließlich erreichten sie den Rand eines Gebietes, das verrostet zu sein schien. Joth erriet sofort, daß hier die Ruinen einer Stadt lagen, und er wollte sich sofort auf die Suche nach den Überbleibseln einer älteren Menschheit machen. Nita hielt ihn jedoch zurück und sagte, es sei zu gefährlich, solche Gebiete seien tödlich. Sie deutete nach Westen, und Joth sah weit entfernt am Himmel einen dunklen Streifen. Die Sterne, selbst im Dach unmittelbar über ihnen weniger dicht gehäuft, hörten in dieser Richtung gänzlich auf.

»Das schwarze Land«, sagte sie. »Ewige Nacht.«

»Nicht ganz«, sagte Joth, strengte seine Metallaugen an und justierte sie schließlich mit dem Daumen, um besser zu sehen. »Ich sehe einen dünnen, hellen Strich, wie eine Sternstraße. Sie führt direkt ins schwarze Land hinaus. Wohin? Ohne Grund kann es sie nicht geben. Sie führt irgendwohin.«

»Niemand weiß, wohin«, sagte Nita. »Wir sind weit nach Westen gekommen. Von unserer eigentlichen Richtung haben wir uns entfernt. Wir müssen fort von diesem Land. Wir dürfen es nicht durchqueren und würden sterben, wenn wir es versuchen sollten.«

Sie gingen weiter, fort von dem Gebiet, wo noch Echos einer älteren Zivilisation verweilten. Hin zur Metallwand. Sie wurden alle müde und krank, und zuletzt besaßen weder Nita noch Huldi einen Vorteil gegenüber Joth. Während vorher Nita und Huldi fast die ganze Nahrung beschafft hatten, teilten sie sich nun gleichmäßig in die Arbeit. Sie schliefen abwechselnd, unruhig und kurz, und sie wurden alle von der Art ihrer Träume in gewissem Maß bedängt. Sie stellten weder den Zweck der Reise noch die zurückgelegte Entfernung in Frage. Zu keiner Zeit war die Rede davon, daß Nita lieber umgekehrt wäre, um nach ihrem Vater zu suchen, oder daß Huldi ihrer eigenen Wege gehen wollte. Sie waren durch eine Art Liebe vereint. Und auch durch eine Art Angst (obschon die Liebe immer eine Angstkomponente aufweist, gleichgültig, von welcher Art sie sein mag). Aber ihre Ängste waren stille Ängste, die sie weder aussprachen noch in sich konfrontierten.

67

Am Ende fanden sie die Metallmauer.

68

Carl Magner ging hinunter.

Allein.

Weder Abram Ravelvent noch Julea waren ihm in den Plexus gefolgt. Sie hatten nicht versucht, ihn aufzuhalten, obwohl sie es vielleicht getan hätten, wäre ihnen klargewesen, was sich abspielte. Sie folgten ihm nicht. Julea war in Tränen ausgebrochen und wie eine Gliederpuppe zusammengesunken, als sei alles von Anfang an unausweichlich gewesen und nun zu Ende. Ravelvent war für einen Augenblick zwischen ihnen hin- und hergerissen worden, aber es hatte eigentlich keine Wahl gegeben. Er war bei Julea geblieben, in der Welt, die die seine war, und Magner war allein in den Plexus gegangen, mit einer Kugel im Leib.

Vielleicht bestand die winzigste Möglichkeit, daß Magner umgekehrt wäre, hätte es die Kugel nicht gegeben. Aber jeder Schwung, der ihm mangeln mochte, war durch das Geschoß gewiß ersetzt worden. Es war die endgültige Festlegung, der *coup de grâce*. Er ließ Carl Magner keine andere Wahl, als in die Hölle, die er benannt hatte, hinabzusteigen.

Es gab keine Hilfe mehr. Es gab keine Wirklichkeit mehr als die Welt des Schlafes (des ewigen Schlafes) und der Träume (gibt es im Tod Träume?).

Carl Magner rannte. Hinunter.

Er trat Himmel und Hölle von Angesicht zu Angesicht gegenüber. Zwischen den Welten laufend, war er ihre Hochzeit – die einzige Hochzeit, die sie je erleben würden.

Er ging hinunter.

Und hinunter.

Und hinunter.

Kristallaugen zwinkerten ihm zu. Gitterrohre aus Plastik vernahmen sein Husten, das Klappern seiner Füße, das Klatschen der winzigen Blutstropfen auf den Stufen. Das Blut wäre geronnen, hätte er es nur zugelassen, aber statt dessen lief er hinunter und zerriß sich eine Spur mehr mit jedem Schritt, den er tat, riß die Wunde immer und immer wieder auf, bis ein winziger runder Einschuß zu einem häßlichen, klaffenden Maul wurde. Blut sabberte.

Klatsch, klatsch, klatsch.

Hinunter, und hinunter.

Der Plexus fühlte ihn auch, spürte seine Vibrationen, seine Eile, sein Drängen, seine Not. Und sein langsam verrinnendes Leben.

Der Plexus nahm ihn wahr. Er kannte ihn. Leidenschaftslos kauerte er ringsum und beobachtete ihn, studierte seine huschende Gestalt.

Er war ganz winzig.

Er war ohne Geschmack. Die Maschine konnte ihn nicht riechen. Sie konnte nur sehen und hören und fühlen. Sie besaß keine direkten Sinnesorgane. Ihre organisch-metallischen Synapsen waren mit einem funktionellen System ganz anderer Art verbunden.

Er dachte nicht. Nicht wirklich. Er hatte nichts zu denken, nichts, was seinen Geist beschäftigt hätte, außer der schlichten Aufgabe, seine motorischen Nerven zu betreiben. Nach dem Geschoß war die Zukunft verschwunden. In einem Rauchwölkchen. Die Vergangenheit schrumpfte und verblaßte. In einem Blutwölkchen.

Das ganze Bewußtsein von Zeit und ihrem Sinn (Vergangenheit/Gegenwart/Zukunft), das Carl Magner benützt hatte, um sein Leben anzutreiben, schnurrte in seinem Inneren wie eine gerissene Uhrfeder zusammen. Die Vergangenheit kniete oben auf dem Gras, Julea in Ravelvents Armen. Die Zukunft . . .

Er war eingesperrt in die Gegenwart, eingesperrt und gefangen von Gitterstäben, die wie die Schnüre einer Zwangsjacke sein Wesen fesselten. Er spielte nur eine Rolle, als er die Treppen hinunterlief, um die Tür zur Unterwelt weit aufzureißen.

Er schleuderte sich hinunter, versuchte dem Verrinnen des Blutes zuvorzukommen.

Und hinunter.

Und hinunter.

Und hinunter.

69

Als Carl Magner die Tür zur Unterwelt erreichte, entdeckte er, daß sie offen war. Er brauchte sie nur aufzustoßen, und sie ging auf. Es gab kein Schloß, keinen sichtbaren Riegel, und die Scharniere waren nicht eingerostet. Es bedurfte nur des Drucks seiner schwachen Finger, um sie aufzustoßen.

Die Tür öffnete sich und zeigte das Land seiner Träume.

Stille und Sternenlicht.

Carl Magner begriff, daß die Tür seit Jahrtausenden offenstand

Joth sah, wie die Tür in der Metallwand sich langsam öffnete. Sie waren einige Meilen weit an der Metallwand entlanggegangen. Joth wußte nicht, wieviele es waren. Er wußte nicht – er hatte buchstäblich keine Ahnung – ob es drei Minuten oder drei Stunden oder drei Wochen waren, seitdem sie die Mauer über der Wildnis das erstemal die fernen Sterne hatten verdecken sehen.

Nita und Huldi blieben stehen und regten sich nicht. Aber nach kurzem Zögern ging Joth weiter. Er wußte nicht, was sich hinter der Tür verbarg, aber er wußte, daß es von oben gekommen war, aus seiner eigenen Welt, und er wußte, daß es keinen Grund gab, sich zu fürchten.

Bis Joth die Tür erreichte, lag Carl Magner ausgestreckt auf der feuchten Erde, das Gesicht im Schmutz. Seine Füße lagen noch auf der letzten stählernen Stufe.

Joth drehte ihn herum und bettete seinen Kopf auf den Schoß. Carl Magners Augen waren offen, und er sah zu den regungslosen, perlweißen Sternen hinauf. Joth hatte keine Gewißheit, daß sein Vater noch sehen konnte.

»Joth?« sagte Magner. Magner wußte, daß er nicht träumte. In den Träumen gab es keinen Joth. Es hatte ihn dort nie gegeben. Es konnte ihn nicht geben. Nicht einmal ein Todestraum konnte Joth in die Welt der erstarrten Sterne bringen.

»Ich bin es«, sagte Joth. »Ich bin zurückgekommen. Ich habe den Weg gefunden. Wenn du gewartet hättest, wäre ich gekommen. Es war nicht nötig.«

Joth wußte nicht, daß im Rücken seines Vaters eine Kugel steckte. Er spürte die Feuchtigkeit, wo das Rückgrat seines Vaters auf seinem Schenkel lag, aber er nahm an, daß sie von seiner eigenen Kleidung stammte. Er wußte nicht, daß sein Vater an der Schwelle des Todes stand, obwohl er in Augen blickte, die starr waren.

»Ich bin gekommen . . .« sagte Carl Magner.

»Es ist gut«, sagte Joth. »Du kannst es sehen. Es ist gut. Schau dir die Sterne an. Die Welt ist wirklich. Die Menschen . . . nur die Menschen . . .«

»Ich habe mich geirrt«, sagte Magner.

»Ja«, sagte Joth, »du hast dich geirrt.«

Sie sprachen von zwei verschiedenen Dingen, aber sie wußten es nicht. Sie glaubten zu begreifen.

Dann starb Carl Magner.